KB270426

소 설

# 오다 쥬리아

하

문지사

| 소설 | **오다 쥬리아 하**

2007년 5월 25일 초판인쇄
2007년 5월 30일 초판발행

지은이 | 표 성 흠

펴낸이 | 홍 철 부

펴낸곳 | **문 지 사**

등록일 | 1978. 8. 11(제 3-50호)

주　소 | 서울특별시 은평구 갈현1동 423-16

영업부 | 02)　386-8451

　　　　02)　386-8452

편집부 | 02)　382-0026

기획실 | 02)　6407-1314

팩　스 | 02)　386-8453

**값 9,500원**

잘못된 책은 구입하신 서점에서 바꾸어 드립니다.

ISBN 89-8308-080-9
ISBN 89-8308-081-7(전2권)

나는 길이며, 진리이며
생명입니다.
나를 거치지 않고서는
아무도 아버지께로 갈 수
없습니다.

요한복음 14장 6절

# 차 례

## 소설 오다 쥬리아

# 제3부 천사와 악마

# 12. 귀를 잘라 헤아리다

철령 전투에서 승리를 거둔 가등청정군은 북상을 거듭하였다. 거칠 것 없는 진격이었다. 전투다운 전투도 없이 일방적인 승리다.

"가토오 부대는 왜놈들 중에서도 가장 악질적인 군사들만 모았대."

"귀를 잘라서 상급을 받는다네."

어디서부터 퍼진 말인지 함경도 사람들은 가등청정에 대한 소문으로 지레 겁을 먹고 문 밖엔 얼씬도 하지 않으려 했다. 아예 깊은 산골짜기로 피난을 가버려 사람의 그림자라곤 찾아볼 수가 없는 지경이 되었다. 그러니 전쟁을 치를 군사가 모여질 리가 없었다.

"이제 백두산까지 그냥 밀고 올라가면 됩니다."

가등청정 부대를 따르고 있는 승 현소의 말이다.

현소는 이미 수 년 전부터 조선의 지리를 염탐해 간 적이 있어, 조선의 제일 높은 산 백두산에 깃대를 꽂으면 그게 곧 승리라고 생각하는 듯했다. 그러나 가등청정의 생각은 달랐다.

"겐소는 그게 탈이라니까요? 깃발만 꽂는다고 승리가 아닙니다."

"그러면 청진 나진까지 올라가시겠단 말씀입니까?"

현소는 이미 경성까지 왔으니까, 부령-무산을 거쳐 백두산에 기를 꽂자는 의견이었다. 그러나 가등청정은 산 위에 기를 꽂는 것이 문제가 아니라, 조선인의 머리통 위에 기를 꽂아야 한다는 생각이었다.

"대사님께서는 점령지에서의 행동 지침을 잘 몰라서 하시는 말씀입니다."

이번에는 현소를 대사님이라고 추켜세우기까지 하는 가등청정이다. 그는 상대를 여지없이 깎아내리기 위해 미리 극상의 존칭부터 붙여놓고, 그 다음에 폄하하는 나쁜 버릇이 있다는 걸 현소도 이미 격어서 알고 있는 터라, 청정이 또 무슨 극언을 하려고 이렇게 소쿠리 비행기부터 태우나 싶어 잠자코 다음 말을 기다렸다.

"점령지 백성들은 개, 돼지 잡듯 하지 않으면 말을 듣지 않습니다. 그러니 저들에게 한 치의 틈이라도 보여서는 안 된다 이 말씀입니다. 값싼 동정은 금물입니다. 우리 일본군을 공격한 자는 그 누구를 막론하고 처형이 기다리고 있을 뿐입니다. 그 가족들도 예외는 아닙니다. 나머지 붙들린 자들은 무조건 귀를 잘라 그 숫자를 헤아릴 것입니다."

그러면서 그는 죽인 자는 코를 베어 오고 산 자는 귀를 잘라 오라고 명령한다. 귀도 구분이 없으면 양쪽 귀를 함께 가져와 두 사람을 잡았다고 할 테니까, 왼쪽 귀만 가져오도록 명했다. 그 숫자에 해당하는 상급을 내리겠단다.

"이렇게 하지 않으면 점령 하의 백성들을 다스릴 수가 없습니다."

이제 이들은 한 번 지나가면 다시 돌아오지 않는다. 점령지는 행정관원들이 뒤를 맡을 것인바 저들은 힘이 없다. 힘없는 행정관원들이 일을 하기 편하게 해주기 위해서는 군대가 강력한 힘을 보여줘야 한다. 말인즉 옳은 이야기였다. 통솔을 위한 무력적 강압이다.

그러나 현소는 인간이 어쩌면 이토록 잔인해질 수 있을까? 하는 생각을 해본다. 이미 지나오면서 수없이 목격한 바이지만, 아무런 죄 없는 사람들을 코 베고 귀를 잘라 전적에 올린다는 것은 언어도단이 아니지 않는가?

적을 사살한 자에게 내려지는 상급이 적을 생포한 자에게 내리는 상급보다 두곱절이 많음으로 살아 있는 자의 코를 베어가는 병사들이 생겨날 지경이었다. 문제는 그 뿐만이 아니었다.

애꿎은 민간인의 코와 귀를 잘라 전투에서 잡은 군인의 것이라 속인다는 점이다. 어떤 곳에서는 귀를 서로 사고 팔고 하는 일까지 생겼다는 소문이다. 실제로 귀를 꿰미에 꿰어 가지고 다니는 병사들도 있었고 상할까 봐 소금에 절인 귀보자기를 달고 다니는 병사들도 있었다. 이토록 인간의 양심을 송두리째 파괴시키는 행위를 가르치는 가등청정에게 따끔하게 알아듣도록 한 마디 해야겠다는 생각은 하면서도 어떻게 해볼 도리가 없는 현소였다.

가등청정은 부대를 책임지고 있는 지휘관이고, 현소는 군인이 아닌 승려의 신분이다. 단지 미리 와서 정탐한 지리적인 여건을 설명해 주고 대외적인 민간외교의 임무만이 주어졌기에 전투에 대해선 일체 관여할 수 없는 입장이다.

그러나 전혀 모르는 체 할 수도 없는 현소였다.

"법도가 너무 엄하면 숨어버리는 자가 더 많을 것이 아닙니까? 그러면 누굴 데리고 일을 시키겠습니까?"

"배가 고프면 다 나옵니다."

"함경도는 산이 높고 골이 깊어 산 속에만 들어가면 얼마든지 살 수가 있습니다. 저들이 만약 화전이라도 일구고 안 나오겠다면 불이라도 지르겠다는 말씀입니까?"

"못 지를 것도 없지요. 제깐 것들 모두 타 죽어도 이 가토오는 눈썹 하나 깜짝 안 합니다. 이미 관백 태각전하께서는 조선 팔도에 격문을 내리셨고, 난 그걸 이미 시달했습니다."

관백 태각전하로 불리우는 풍신수길이 하달한 조선 분지 계획에 의하면 일본 국내와 똑같은 정령을 펴라고 되어 있다. 그러니까 일본 국내의 백성들에게 거두는 것과 같은 세금을 거두고 저들에게 부역도 시키라는 내용이었다.

이런 분지 계획에 따라 점령지의 행정을 맡은 일본장 모리휘원은 이런 격문을 띄우고 있다.

백성들에게 고하노라. 관백 태각전하께서 대명국을 치고자 하여 그 선봉이 된 자는 일본의 공후장상으로서 수만의 정병을 거느리고 길을 이 나라에 빌린 것이로다. 부산 동래로부터 공성야성지공으로써 조선국을 장악하기에 이르렀고, 이미 한성(낙양)을 공함하여 의주강(압록강)을 쳤도다. 이런 까닭으로 일본제군이 팔개도에 걸쳐서 이르지 않은 곳이 없으나 관민들이 아직 래복하공하지 않으므로 이로 인하여 제장을 팔개도에 분견케한 다음 국가를 무육하고 관민을 안거케 하고자 하노라. 여등이 만약 이 전역이 일조일석에 끝나리라 생각한다면 큰 잘못이로다. 기 일본의 예악을 이 나라에 행하고 미풍 환속하고자 하는 바. 위로는 백관에서부터 아래로는 만민에 이르기까지 이러한 생각을 가지고 곧 빨리 산중에서 나와 항복한 다음, 그 관에 있는 자는 관역에 종사하고 농사를 업으로 하는 자는 경농에 힘써서 각자 신분에 따라 일상생활을 영위한다면 가히 굶주림을 면할 것이 아닌가. 설사 산중 해외에서 잠신하고 약적한다 할지라도 백년이나 되어도 필경 아무런 이익이 없을 것이니, 산에서 나와 항복을 한다면 살려 줄 것이고, 또 은상을 줄 것이로되 구악을 고치지 않고 항복하여 오지 않는 자에 대하여서는 산간에까지 가서라도 찾아내어 죽일 것이로다.

모리휘원의 이 격문은 하루 속히 항복하면 살려 줄 것이나 그렇지 않은 자에게는 죽음뿐이라는 협박이 들어 있다. 뿐만 아니라 일본의 미풍양속이나 예악을 이 나라에 전해 일본화 시키겠다는 무서운 음모도 훤히 드러나 있다. 그러면서도 명을 치기 위해 길을 빌린다는 모순된 사탕 발림을 한다.

이렇게 되니 잡혀서 죽을 때 죽더라도 우선 피하고 보자는 피난민이 산중으로 숨어들어 아예 화전을 일굴 준비를 하게 된 것이다.

그런가 하면 한시라도 빨리 일본군에 투항해서 목숨을 부지하고자 하는 사람들이 생겨났다. 차라리 부역을 하면 했지 죽는 것보다야 낫지 않을까 하는 마음에서다.

또 한편 아예 항복을 할 바에야 차라리 공훈을 세워서 저들에게 잘 보이자는 사람도 생겨났으니 두 왕자를 잡아다가 팔아먹는 일이 이래서 생긴 것이다.

명천현의 사노 정말수는 현성에서 반란을 일으켰고, 종성 관노 귀석과 성인손은 자기네들의 상관이었던 이범을 잡아 적진에 투항하였다. 경성 관노 국세필과 회령의 토관진무 국경인 등은 임해군과 순화군 두 왕자를 잡아서 가등청정에게 넘겨주었으며, 은성 부품관 강신 등은 부사 이수를 잡아 적에 투항하였다.

아무리 난리 판국이라 하지만 자기 나라의 왕자를 잡아다가 적에게 팔아 넘기는 이런 못난 짓은 있을 수 없는 일이었다.

"겐쇼, 당신이 늘 칭찬해 말하던 조선인의 긍지라는 게 겨우 이거
였소?"

가등청정은 현소를 비웃었다. 현소는 평시 조선 사람은 충의가 있
는 사람들이라 함부로 항복하지 않을 거라고 충고한 바 있어, 이것으
로 그 말은 여지없는 웃음거리로 떨어지고 말았다.

"왕자를 잡아다 파는 조선인들에게 무슨 긍지요?"

이 와중에 일본 본토에서는 관백 태각전하로 불리우는 풍신수길의
모친이 죽는 변이 일어났다. 갑자기 어머니가 죽자 명호옥의 행영에
서 집무를 하던 풍신수길은 대판으로 돌아가 장사를 치르지 않을 수
없게 되었다. 그러면서도 그는 그 동안이 불안했던지 다음 같은 명령
을 하달했다.

· 평양성 수비를 엄하게 하라.
· 부산포에서 평양에 이르는 주보급로상의 모든 성을 굳게 지키고
  연락을 중단치 말라.
· 명년 3월을 기하여 내가 직접 건너가 일거에 평정하기를 기다려
  라.

이 무렵 가등청정은 겨우 눈에도 안 띄는 안변부를 차지하고 앉았
고, 가장 중요시하는 거점지인 평양성은 소서행장이 차지하고 있었
다. 청정은 또 이것이 불만스러워 견딜 수가 없다.

아무리 강원도 이북 땅을 다 차지하고 앉았다 해도 평안도 하나만
못한 게 함경도다. 갈수록 첩첩한 산이 앞을 막는 개마고원. 비록 함
흥 청진같은 바다를 낀 해안이 있다고는 하나 평야는 아니다. 그만큼
먹을 게 없다는 결론이다. 여기서 내년 봄을 기다려 겨울을 보낸다는
것은 도무지 있을 수 없는 일이다. 그러잖아도 추위를 두려워하는 가

등청정이다.

"이제 곧 겨울이야…"

그러니까 빨리 무슨 변화를 가져 와야 했다. 그 변화란 하루 속히 조선의 최북지인 유포진에 기를 꽂고 다시 남진해 내려가는 길이다. 이미 그곳은 점령해 놓은 거나 마찬가지이고 내려가는 길에 평양성으로 들어가 소서행장과 자리바꿈을 했으면 하는 것이 소망이었다.

그러나 그런 의중을 함부로 입밖에 내어서 할 소리는 아니다. 될 수 있는 대로 소서행장과의 마찰은 피하는 게 유리하기 때문이다.

"겐소, 만약에 말이오."

가등청정은 뜸을 들인다.

"예. 말씀하세요."

"대사님이 이 가토오라면 어떻게 하시겠소?"

"뭘 말씀입니까?"

"이 조선 사람들… 포로로 잡혀 온 저 자들 말이오. 군량미를 축내 가며 꼭 데리고 있어야 하겠소? 죽여 버려야 하겠소? 아니면 귀를 잘라 버리고 방면을 해야 하겠소?"

듣고보니 난감한 문제였다. 그러잖아도 모자라는 군량을 먹이며 포로를 데리고 있다는 것은 군비 절약이라는 측면에서 아무런 이득이 없는 노릇이다. 그렇다고 죽여 버리기엔 너무 잔혹하다 하여, 가등청정은 귀를 베어 방면을 했다가 이들이 다시 붙들려 오면 그땐 가차없이 죽여 버리는 방법을 택했던 것인데, 이를 못 마땅하게 생각하고 있는 현소에게 그 대책을 묻는 것이다.

"부처님께서는 대자대비를 가르치셨습니다."

"그건 나도 아오. 나도 누구 못잖게 불심을 가진 사람이오."

그렇다. 가등청정은 독실한 불교신자였다.

"전쟁이란 불심만 가지고 자비를 베풀었다간 오히려 내가 죽고마는 이율배반적인 모순이 있소. 그게 이 가토오의 고민이오."

"그렇다고 귀를 베어 버리는 것은 평생토록 그 인생을 망치는 게 아니겠습니까? 정히 그 자가 계속해서 전투에 참가하는 지 아닌지 의 여부를 알아내려면 차라리 손가락을 자르는 편이 덜 잔혹하지 않겠습니까?"

"잔혹이라? 그렇다면 지금까지 이 가토오가 조선 땅에 와서 잔혹한 짓만 했다는 말씀이시구려?"

가등청정은 귀 대신 손가락을 자르라는 현소의 말에 일리가 있다고 생각하는 모양이다. 그도 인간이라면 지금까지 했던 일이 마음에 걸리지 않을 수 없다.

전투가 한창 벌어지고 있는 전장에서의 문제는 그래도 이해가 간다 손 치더라도 포로에 대한 예우는 그게 아닐 터, 가등청정이 지금 괴로워하고 있는 것은 두 왕자들 때문이다. 지금까지 그가 했던 대로라면 두 왕자도 코를 베거나 귀를 잘라야 한다.

"겐소, 겐소가 이 가토오의 고민을 들어주었소."

그는 무엇을 결심했는 지 부관을 불러 앞으로는 귀 대신 손가락을 자를 것을 명한다.

"그러나 현장에서 반항을 하거나 부상을 당한 자는 이미 죽을 자니까 코를 벤다. 산 속으로 도망 가 숨어있던 자도 마찬가지다."

귀를 베라는 명령이다. 그러니까 다시는 일본에 대항하지 않고 순순히 시키는 대로 하겠다고 굴복하는 자만이 손가락을 자르는 형벌로 낮춘다는 시달이다. 반면에 한 가지 조건이 더 생겼다.

"도주한 자를 은닉시켰다가 발각된 자 역시 손가락을 자른다."

그는 이를 즉시 선포하고 마을마다 알리라는 지시를 내린다. 이렇게 해서 산 속으로 들어갔거나 민가에 몰래 숨어 지내는 자를 속출해 내겠다는 것이었다. 그런가 하면 이들을 밀고하거나 잡아오는 자에 대해서는 더 큰 상을 내리겠다는 당근책도 함께 폈다.

"일본에 협력하는 자에게는 부역과 세금을 면제한다고 하라."

가등청정이 이렇게 패주해 흩어진 의병들을 검거하기 위한 작전을 시달하고 있을 때 의병을 일으켜 크게 싸우던 의병대장 정문부는 경성 전투에서 1백여 명의 적군을 피격한 다음 회령으로 향하고 있었다. 철령 전투에서 참패를 당한 이래로 통쾌한 승전이었다.

"대장! 북도 이야기를 들으셨습니까?"

의병을 모집해 싸움에 참가한 신세준이 새로운 사실을 알린다.

"지금 회령에는 두 분 왕세자를 포박하여 왜구들에게 갖다 바친 반적 국경인이 북도 수비부장이 되어 우리 조선인을 잡아들이는 앞잡이 노릇을 하고 있답니다."

"어떻게 그런 일이?"

좌중이 놀란다.

"왕자를 잡아다 바쳤으니 그 정도 자리는 얻어야 하지 않겠소?"

정문부의 말이다.

"그렇다면 왜구들보다 마땅히 저런 자들부터 먼저 처단해야 하오. 그래야 모반자가 더 느는 것을 막지 않겠소?"

"옳소이다. 그런 자가 또 한 사람 있습니다. 명천에 반도 정말수가 있습니다."

정말수는 명천 사노로서 왜구가 밀려오자 반란을 일으켜 상관을 잡아 넘기고 스스로 적의 편에 섰다.

"그렇다면 회령의 반적을 치는 건 신세준 그대가 맡으시오."

"알겠습니다."

“정말수는?”

“소장이 맡겠습니다.”

정견룡이 자청하고 나선다.

이렇듯 제장들을 지휘하고 있는 정문부는 해주 사람으로 부사 진의 아들로 스물일곱의 나이로 북도 병마평사가 되었고, 임진왜란이 일어나자 함경도에서 의병을 일으켜 대장으로 추대되었다.

그는 지금 종성부사 정견룡을 부장으로 삼고 한바탕 큰 전투를 준비하고 있는 중이다. 정견룡은 판관 임순과 같이 적장에게 항표를 전하고 성을 버리고 길주로 도망하였다가 정문부에 의해 다시 마음을 고쳐 의병이 된 자다.

그는 적장에게 보내는 항표를 이렇게 썼던 적이 있다.

나를 사랑하면 곧 임금이 될 것이오, 나를 학대하면 곧 원수가 될 것이거늘, 신하로서 쓰지 못할 사람이 뉘있으며, 임금으로서 섬기지 못할 사람이 뉘 있으랴.

‘이런들 어떠하리 저런들 어떠하리’와 같은 시 내용이다.

정견룡은 이렇게라도 해서 스스로 지은 죄를 만회할 기회를 찾고자 하였다. 정문부는 이를 즉시 허락하였다. 그렇지만 정문부의 측근 중에는 아직도 정견룡 같은 자는 경계의 대상으로 삼아야 한다는 사람도 있었다. 때문에 정문부는 일부러 큰 소리로 말한다. 여러 사람 앞에서 공언한 말에 대한 책임을 지라는 뜻이겠다.

“좋소! 그대들을 믿겠소.”

“실수없이 거행하겠습니다.”

적을 맞아 싸우자면 집안을 먼저 결속시켜야 한다. 집안을 결속시키자면 배반자를 먼저 처단해야 한다. 정문부는 적을 맞아 큰 싸움을 벌이기 이전에 집안을 먼저 다독거릴 방도부터 세운다.

"먼저 집안을 다스리고 나서 세상을 다스려야 하는 법…"

그는 먼저 회령과 명천의 반도들을 치러 갈 사람을 뽑는데 일단 한 번 나라를 배신했던 정견룡 같은 자를 서슴없이 등용하였다.

전쟁은 싸워야 하고 싸우면 이겨야 한다. 이기는 방법은 단 하나, 상대방보다 상대를 더 잘 알아야 한다. 상대방의 강점이 무엇인지 약점이 무엇인지를 알아 그 허를 찔러야 한다. 그 허를 아는 자가 바로 정견룡 같은 사람이다.

지금 저들은 왜군과 함께 있기 때문에 상당한 무기를 갖추고 있다. 그러한 병기라면 이쪽이 아무리 날고 긴다 해도 당할 도리가 없는 노릇이다. 조총을 든 자들과 맞선다는 것은, 그것도 방어가 아니라 공격을 감행한다는 것은 자살 행위나 다름없이 어리석은 짓이다.

정견룡은 이미 저들의 신병기의 위력에 겁먹고 항표를 던졌을 만큼 왜적의 병기에 대해서 잘 안다. 그렇다면 이제 어떻게 싸워야 할지 그 방법도 알고 있을 것이다.

"그렇다면 아무래도 야밤을 틈 타 기습 공격을 해야겠지요?"

"암요. 그쪽 지리에 밝은 사람들을 시켜 기습 작전을 펴야 합니다. 캄캄한 한밤중에 무슨 조총이 필요가 있겠습니까?"

"너무 방심하지는 마시오. 저들은 귀를 잘라 상급을 받겠다는 인피를 둘러쓴 매구들이올씨다."

이들은 소수 특공대를 조직하여 회령으로 명천으로 떠났다. 의병이 반도들을 처단하러 길을 떠났다는 소문이 퍼지자 의병에 가담하겠다고 찾아오는 사람의 수가 날로 늘어났다.

정문부는 사방에서 모여든 의병들에게 이렇게 말한다.

"우리는 이 나라 땅끝까지 쳐들어온 왜구를 물리치지 않으면 더 이상 물러설 곳이 없는 북도 사람들이오. 우리가 이제 어디로 가겠소? 북쪽은 아라사, 서쪽은 오랑캐들이 득시글거려서 갈 곳이라곤 동해 바다밖에 없소. 저 거친 바다에 처박혀 죽든지 왜구들에게 코를 베이고 죽든지 둘 중의 하나요. 요행히 살아남을 길이 있다면 쳐들어온 왜구들을 무찔러내고 내 살던 고향 땅에서 자손대대로 사는 일이오. 이것이 우리가 살 길이요. 여러분! 죽겠소? 살겠소? 죽고 사는 것은 여러분들의 의지 하나에 달려 있소. 나 하나 죽는 건 괜찮소. 내가 죽고나면 우리 가족과 재산이 모두 잿더미가 되는 것이요. 이렇게 되면 위로는 임금과 나라에 대한 불충이요, 집안으로는 조상에 대한 죄가 될 것이며, 후손에 대해서도 죄업을 짓는 거요. 우리 모두는 살기 위해 싸워야 하는 것을 잊지 맙시다."

이러한 정문부의 호소가 주효했든지 의병의 숫자는 날로 늘어 천여 명을 헤아리게 되었다. 사방에서 젊은이들이 나라를 위해 싸우게 해 달라고 몰려들었다.

이때 길주성을 지키고 있던 왜장은 가등우마윤과 가등안정이라는 형제였다. 이들은 다 함께 가등청정의 일족으로 부장들 중에서 제일 포악한 자들로 이미 소문이 나 있는 자들이었다.

"핫하하하! 정문부란 자가 의병을 일으켰다고?"

"합! 그러하옵니다."

"그 쥐새끼 같은 자가 군사를 얼마나 모았다더냐?"

"1천여 명은 된다고 들었습니다."

"1천여 명이라? 그 잘 됐군. 마침 어깨가 근질거리던 판국에 정말 잘 됐군."

마침 가등의 군사도 1천여 명이었으니 겨루어볼 만하다는 것이었다. 저들은 겨우 쇠스랑이나 곡괭이 같은 무기를 든 농민군이 천 명이면 뭣하고, 2천 명이면 뭣하겠느냐 자만심으로 정보 수집원의 보고를 귓등으로 들어넘긴다.

"의병이 1천 명이란다. 너도 들었냐? 우하하하핫."

"들었습니다. 형님."

"또 우리 상금이 늘어나겠구나. 조선놈 코가 1천여 개면 상금이 얼마냐?"

"얼른 계산이 서지 않습니다, 형님."

그러나 이 정보는 잘못된 것이었다. 정문부가 경성 전투에서 적의 목을 1백여 수 거두고, 회령에서 국경인을, 명천에서 정명수를 베고 흩어져 있는 성읍들을 수복하는 기미를 보이자 길주목사 정희적, 방원만호 한인제, 수성방찰 최동망, 영건만호 정예국, 동관첨사 이응성, 보화보권관 이언상 등이 모두 이에 응하여 병사와 군량을 가지고 의병을 도우러 와 그 군사가 수천 명으로 불어나고 있는 중이었다.

이렇게 의병의 세가 날로 확장하는 줄 모르고 가등 형제는 길주 성 내에 1천여 명의 군사를 주둔시킨 다음, 따로 3백여 명의 군사를 길주 남쪽 80리 지경인 영동관 목책을 지키게 하면서 영동지방과 내왕하며 군수물자를 조달하는가 하면 노략질로 소일을 삼았다. 또한 이들은 떼거리로 몰려 다니며 일반 가정집과 산 속으로 숨어들어간 아녀자들을 찾아내어 겁간을 저질렀다.

"오늘도 놈들이 성 앞까지 와서 행패를 부리다 갔습니다."

"나도 봤다."

정문부는 왜구들이 성문 바로 앞까지 와서 농성을 하고 있는데도 군사를 풀지 않았다. 저들에게 농성을 하는 군사들을 대적할 만한 능력이 없는 무방비 상태라는 걸 보여주고 싶었던 때문이었다. 일단 허술하게 보여 상대를 기만하자는 전술이다. 저들은 돌아가 의병은 있으나마나한 존재라고 말할 것이고, 그렇게 된다면 경계심을 풀고 허술한 차림으로 약탈을 자행하러 다닐 것이다. 그때 성문 앞을 가로막고 돌아오는 군대를 친다면 승산이 있다.

정문부는 동관첨사 이응성에게 군사 7백 명을 거느리게 한 다음 유진장을 삼아 경성부를 지키게 한 다음, 군사 1천여 명을 거느리고 직접 명천현으로 나아가 진을 치기로 하였다.

때마침 명천 반도 신말수를 잡아서 베고 성을 접수했다는 승전보가 올라왔기 때문이다.

"이 때를 놓치면 안 될 것이야."

정문부는 신속히 의병들을 명천으로 이동시켰다. 적들이 진을 치고 있는 길주와 가장 가까운 거리에 있는 성이었다. 마침 길주성을 빼앗기고 명천으로 물러나 앉아 신말수 같은 반도들의 감시에 억눌려 있던 길주목사 정희적은 정문부를 보자 눈에 눈물을 글썽인다.

"면목이 없습니다."

"이제 곧 성을 되찾게 될 겝니다."

정문부는 우선 군제를 편성하여 임무를 맡겼다.

의병대장 정문부와 중위장 종성부사 정견룡은 병력 1천 명으로 명천에 주둔하고 그 임무는 고참동에 잠복하여 본도를 차단한다는 것이다. 좌위장 고령첨장 유격천은 병력 1천 명으로 해정에 주둔하면서 량취병 동향을 감시한다. 우위장 경원부사 오응태는 병력 3백 명으로 서북보에 주둔하면서 임무로는 정병을 내어 길주 동구에 잠복한다. 특파대로는 정문부의 종사관 원충서를 삼고 병력 2백 명을 데리고 아문창에 주둔하면서 고지에서 적정을 감시토록 하였다.

그러나 이들이 임무지로 채 떠나기도 전에 전방에 나가 있던 특파

대장 원충서로부터 보고가 날아들었다. ―아침 일찍부터 적병력 1천여 명이 해정―가파리 방향으로 이동 중―이라는 것이다.

적은 노략질을 하기 위하여 아침 일찍부터 해안 지역으로 나갔다. 산중으로 들어가는 것보다는 바닷가로 나가야 도적질할 것이 많다는 사실을 이들은 잘 알고 있었다.

"이놈들 두고 보자. 오늘이 네놈들 제삿날이 될 것이다."

해정 사람 이돌석은 장덕산 돌머리고개에서 자기 집이 불타는 광경을 보고 이를 갈며 울부짖었다. 빤히 내려다보이는 마을에 불길이 번지면서 초가지붕에 불이 붙어 검은 연기가 치솟고 있는 것을 보고 있노라니 심장이 터질 것만 같았다.

"지금 당장 가서 저놈들을 깨부수겠소."

그는 금방이라도 산을 뛰어내려갈 것 같은 기세로 날뛰었다.

"여기는 군대다. 군대는 명령을 지켜야 한다."

"내 집이 불타고 있는 것을 그냥 보고만 있으란 말이오?"

"지금 달려간다 해도 네 집은 이미 불탄 재 밖에 없을 것이다. 그러니 여기서 기다렸다가 원수를 갚는 일이 최선이다."

특파대장 원충서는 돌머리고개에서 적을 맞을 준비를 한다. 적은 병력으로 대군을 감당하기에는 지형지물을 이용하는 수밖에는 다른 방법이 없다. 그러면서 그는 가까이 있는 복병장 한인제에게 지원군을 요청한다.

"빨리 가라. 우리가 돌머리 고개에서 적을 맞아 싸우는 동안 장덕산을 넘어 패주하는 적을 섬멸시키라고 전해라."

그리고는 장졸들을 요소요소에 배치시킨다. 장덕산은 구비구비 고갯길을 넘는 재가 여러 개 있어 해정 쪽은 작은 돌고개, 길주 쪽은 큰 돌고개로 불리웠다.

"적은 한꺼번에 돌아오지 않을 것이다. 그러니 요소요소의 험로마다 숨어 있다가 단숨에 쳐야 한다. 그러니까 적의 선두부대는 복병장 한인제에게 맡기고 그냥 지나치게 나둬라. 우리는 적의 후미를 칠 것이다."

장덕산은 함지박처럼 움푹 패인 분지를 두고 있어 산을 넘자면 이 분지를 통과해야 했다. 분지에 내려서면 조총을 쏠 수가 있지만 고개길에서는 조총이 무용지물이다. 그 첫 번째 고개가 돌머리고개로 바다를 향하고 있는 해정 쪽의 작은 돌고개다. 이번 전투에서 그는 적의 선두를 복병장 한인제에게 맡기고 후미의 선두를 칠 전략을 짰다.

그러나 한인제가 저 분지에서 적을 맞아 싸우면 백 번 불리하다. 적을 고갯마루까지 유인하지 않으면 안 된다. 그리고는 지형지물을 이용한 복병전을 펼쳐야 한다.

한인제가 그걸 알고 있을까? 이에 대비해서 또 적이 달아날 만한 산마루 곳곳에 복병을 배치한 원충서다. 그리고 보니 막상 자기와 함께 나아갈 행동대가 몇 명 남아 있지 못했다.

그는 다시 지원을 요청하는 파발을 띄운다. 마지막 달아나는 적들을 성문 앞에 매복하고 있다가 치소서….

지금까지의 경험으로 본다면 대개는 이러한 작전이 실패로 돌아가기 마련인 것을 원충서는 경험을 통해 잘 알고 있었다. 아무리 완벽한 작전을 짜도 서로간의 협조 체제가 이루어지지 않으면 허사가 아니던가? 그렇게 된다면 이 싸움의 승산은 반반이다.

먼저 고지를 점령하고 적을 기다린다는 점과 지형지물을 잘 알고 지리에 익숙하다는 점에서는 이쪽이 유리하지만, 무기와 군사들의 전투 경험으로 본다면 저쪽이 훨씬 유리한 싸움이다. 그렇다면 승산은 반반이다. 그보다 중요한 사실은 병력의 숫자다.

지금 현재로선 저쪽은 1천여 명, 이쪽은 불과 3백 명에 불과하다. 원군이 올 경우엔 수적으로 비슷해지겠지만, 지원군이 오지 않을 경우엔 수적으로 열세를 면치 못했다.

"내가 지금 떨고 있나?"

원충서는 지금까지 그가 알고 지내던 정문부라면 반드시 현장에 있는 부하의 청대로 지휘를 할 것임을 믿고 있는 터였지만 불안하기는 마찬가지다. 언제나 전투 직전에는 떨리기 마련인가. 그는 이빨이 딱딱 부딪치는 소리를 듣는다.

이윽고 노략질과 분탕질을 끝낸 왜구들이 산길로 접어들었다. 선두부대는 주로 가축과 양곡을 약탈하는 보급병들이었다. 이들은 무기도 없이 맨손으로 탈취한 물건들만 운반하고 있는 중이었다. 소와 말을 동원해 잔뜩 실은 물건들 위에 이미 울다가 지쳐 버린 아녀자들을 태운 짐바리도 있었다.

이를 숨어서 지켜보고 있는 이돌석은 이를 갈며 '저게 우리 소'라며 격분을 참지 못했다.

"저게 어떻게 거둬 먹인 소인데…"

금방이라도 적을 향해 뛰어갈 기세다.

"안 되겠다. 저 자를 소나무에 묶어두어라."

원충서는 선두부대가 작은 돌머리고개를 넘어갈 때까지 이돌석을 소나무에 묶어두라고 명한다. 전혀 훈련되지 않은 의병들이 태반이라 이렇게 하지 않으면 계획대로 작전을 수행할 수가 없다.

또 해정 사람 하나가 '저것들이 내 마누라를 끌고간다'며 숨었던 바위를 박차고 뛰쳐나가려는 것을 옆에 사람이 겨우 막았다. 한 마디로 오합지졸이다. 이들을 데리고 어떻게 싸울까 걱정이 되기도 하였지만, 원충서는 이제는 빠져나갈 길도 앞으로 나아갈 길도 없는 진퇴

양난에 빠진 입장을 잘 안다. 이젠 싸우지 않고 여길 헤쳐나갈 길은 없다. 좀 더 기다려 보기로 한다. 기다리는 시간이 천 년 같다. 입 안이 바작바작 타들어갔다.

얼마를 기다렸을까? 적의 선두부대는 작은 돌고개를 넘어 분지를 향하는 내리막길로 접어들고 반대 쪽에서 다른 후미부대가 산기슭을 향해 올라오고 있는 것이 시야에 들어온다.

"오너라, 어서 오너라…"

그는 눈짓을 하여 말 탄 병사 몇 명을 이끌고 솔밭 사이를 뚫고 적의 선두를 향해 쏜살같이 달려들었다. 선두에 섰던 척후병은 미처 무기를 뽑을 사이도 없이 목이 달아났고 뒤이은 측근들도 목에서 피를 뿜어댔다. 졸지에 당한 일이라 저만큼 뒤따라오던 왜병들은 앞에서 무슨 일이 일어났는지도 모르고 달려오다 땅바닥에 나뒹구는 목을 보고는 고함을 질렀다.

"적이다."

"복병이다…"

소리 지르는 병사들을 향하여 화살이 날았다. 보이지도 않는 나무 뒤에서 날아오는 화살을 막을 자가 뉜가? 돌고개란 희한한 지형을 하고 있어 한 고개만 넘어서면 아무리 고함을 질러도 들리지도 보이지도 않는다. 이런 고개가 중첩돼 있는 데다가 바람까지 세차게 불어 왠만해 가지고서는 고개 너머에서 무슨 일이 일어났는지도 모르고 계속 올라오게 되어 있다.

"적이다…. 복병이다…"

화살에 맞아 피를 흘리며 달아나던 왜구 하나가 조총을 쏘아대며 고함을 질러대기 시작한다. 이미 첫 번째 고개에서 수십 명을 넘어뜨린 뒤였다. 이때 큰 돌고개 쪽에서도 총소리가 나기 시작했다. 아마도 한인제가 당도를 한 모양이다.

"지원군이 왔다. 싸워라."

"이제 마음 놓고 싸워라."

원충서는 아군들에게 이렇게 전달해 놓고는 기마병 몇 명을 데리고 적진 앞으로 깊숙이 달려 나아갔다가 수급을 벤 후 짐짓 패해 달아나는 척하고 날쌔게 산마루를 향해 말을 몰았다. 뒤따르던 말들도 콧바람을 내며 고갯마루를 향해 오른다.

"자, 이제 나아가 마음껏 원수를 갚아라."

원충서는 이돌석을 향하여 소리치는 것과 동시에 전원 공격 명령을 내렸다.

"공격하라."

"공격하라."

제1단계로는 위에서 아래로 돌을 굴리는 일이다. 돌을 굴려 상대방의 정신을 혼란하게 만든다.

"돌을 굴려라."

뒤쫓던 왜구들은 위로부터 굴러내려오는 돌을 피하려 고갯길을 벗어나려다가 바위 뒤에서 쏘는 화살에 맞아 꺼꾸러지고 엎어진다.

"아이구야."

"내 눈…"

사방에서 비명소리가 터져 나오고 소리없이 잘 숨었다 싶으면 어디서 나타났는지 몽둥이와 칼날이 목을 찌른다. 요소요소에 배치돼 있던 복병들은 눈앞에 나타난 적들만 무찌르고 그 시체를 감춰 버린 뒤 은폐물을 이용하며 숨자 뒤따라 올라오던 왜구들은 도대체 적이 어디 있는지도 모르고 산마루를 향해서 뛰기만 한다. 짙은 숲에 가려 조총도 그 위력을 잃었다.

"도대체 어디 숨어 있는 거야?"

"어디 숨어 있으면 뭐 할래?"

수풀 속에서 기다란 손이 뻗쳐 나와 모가지를 달랑 낚아채는 식이다. 온 산이 유혈이 낭자하고 후미를 뒤따르던 주력부대가 사태의 기미를 알아차릴 즈음해서는 뒤를 치는 조선 의병부대가 또 나타났다. 자위장 유격천이 해정으로 돌아 적의 꽁무니를 치면서 공격해 오고 있는 중이었다.

"완벽한 작전이야."

원충서는 이렇게 손발이 잘 맞으면 무슨 일인들 못하랴 싶어 외친다.

"자, 뒷쪽에도 지원군이 왔다. 용감하게 싸워라."

원충서는 양쪽 산 아래가 보이는 고갯마루에 높이 올라 목이 터져라 외친다.

"한 놈도 남김없이 도륙을 내라."

왜장은 마상에 높이 앉은 원충서를 올려다보고 조총을 겨눠봤지만 어림도 없는 거리였고, 멀리 가까이 들려오는 고함소리로 보아 이미 사방으로 포위가 되었음을 직감했다.

그러나 때는 이미 늦었다. 지금까지 그래왔듯이 무저항 상태의 촌가에 들어가 노략질만 하면 된다는 생각에서 총알도 화약도 충분히 가지고 나오지 않았고 추위에 대한 준비도 하지 않았던 것이다. 시월이라 했지만, 북도의 시월은 해만 지면 잔혹하리만큼 매서운 혹한이 밀어닥친다. 그에 대한 준비도 없이 그냥 가서 노략질만 해올 요량으로 빈 손으로 나왔던 왜장의 때늦은 탄식이다.

"이 일을 어이할꼬?"

노략질을 하기 위해서 귀를 잔뜩 베어 귀주머니를 말 옆구리에 차고 있던 가등안정은 전리품이 아깝다. 귀는 본시 왼쪽 귀만을 잘라야 숫자를 헤아리는데 소용이 닿는다. 그렇지만, 그는 왼쪽 귀 오른쪽 귀를 다 잘라 모았다.

왜냐면, 그 자신이 검수관이었기 때문이다. 그런가 하면 다른 사람이 벤 귀까지도 빼앗아 자기 점수를 채우기를 서슴지 않았다. 이 날도 이미 왼쪽 귀가 잘려나간 한 노파의 오른쪽 귀를 마저 잘라가면서 아파서 울부짖는 노파의 따귀를 때렸다.

"코를 베지 않는 것으로 감사하라."

겉으로 이런 허세를 부리면서도 속마음으로는 집에 계신 어머니를 생각하던 그였다. '이제 그 천벌을 받는구나!' 생각하면 하늘이 무너지는 것 같았다.

"이 고비만 넘기면."

이 고비만 넘기면 착하게 살아가리란 작정도 해보지만, 그는 결코 이 고개를 넘을 수 없으리란 낙담에 사로잡힌다. 이미 해가 기울고 있고 바람까지 불어 체감 온도가 영하로 떨어지고 있다. 일본에서는 좀체로 느껴보지 못한 추위였다.

해정으로 다시 돌아가리란 생각도 해보지만, 이미 날랜 기마부대가 어디로 어떻게 왔는 지 해정에서부터 뒤를 좇고 있다. 그러고 보니 이곳 지리를 아는 정보가 하나도 없었다. 지금까지 그래 왔던 것처럼 닥치는 대로 빼앗고 불지르고 아녀자들을 붙들어 농락을 하면 그만인 줄로만 알았던 저들이 아니던가?

"내 이럴 줄 알았더라면 형을 따라 선두부대에 설 것을…"

괜한 여자를 붙들어 한 판 일을 치르는 통에 후미부대에 남게 된 것을 후회하는 안정이었다. 그는 조금 전까지만 해도 아녀자를 붙잡아 희롱하고 있었다. 그는 여자를 겁간하고는 그것도 모자라 맥없이 쓰러진 여자의 두 귀까지 잘라내어 귀주머니에 담았는데, 그때 겨우 정신을 차린 여자가 애들 만큼은 그냥 두어달라고 애원을 했는데도 그조차 묵살하고 말아, 별명 그대로 '수이광ㅣ귀 모으기에 미친놈ㅣ'임을 여실히 드러내었다.

"그 보상을 받는 게야."

그러느라고 형과 나란히 가야 할 선두부대에서 뒤쳐졌다. 생각하면 할수록 허망한 날이다. 이까짓 귀가 뭐라고.

"저놈이다. 저놈을 잡아랏."

말잔등에 붉은 기가 꽂혀 있는 것으로 보아 틀림없이 적장일 거라는 생각이 들었던지 말 탄 궁사들은 일제히 가등안정을 향해 화살을 날리기 시작했다.

그는 반항도 못해 본 체 말에서 떨어져 내렸다. 사실은 지금껏 단 한번도 전장에서 용감하게 싸워본 적이 없는 그였다. 형이 경험 삼아 조선 정벌에 따라 나서 보라는 바람에 바다를 건너온 이래 전투다운 전투는 해본 일이 없고, 여자를 붙잡아 벗기고 귀모으는 일에만 전념했던 그였다.

"그래, 나 같은 놈은 죽어도 싸…"

가등안정이 말에서 떨어지는 모습을 본 장령들은 조총을 허공에 대고 쏘면서 달아나기 시작했다. 말을 탄 장령들이 달아나자 보병들은 앞뒤 돌아볼 겨를 없이 사방으로 흩어져 달아났다. 이때를 놓칠세라 바위 뒤에 나무 뒤에 숨어 있던 의병들의 창칼이 이들을 후려치고 찔렀다.

이렇게 해서 후미부대를 완전 강타한 원충서군이 작은 돌고개를 넘어 큰 돌고개에 이르렀을 때, 이곳 역시 승리의 기색이 완연하였다. 졸지에 부대가 두 동강이 난데다가 앞뒤 전후좌우에서 공격을 받은 왜구들은 지리를 몰라 허둥대다가 꼼짝없이 당하고 만다.

의병들은 총도 없고 칼도 없었지만 평소 훤히 아는 지형지물을 이용하여 적의 허를 찌르곤 하는 바람에 왜병들은 이들이 신출귀몰하는 재주를 가진 용병으로 밖에 보이지 않았던 것이다.

"저 자들은 우리가 싸움을 잘 하는 줄로만 알겠제?"

"그럼, 그럼."

이돌석은 신이 나서 동에 번쩍 서에 번쩍 맨주먹으로도 적을 때려 눕혔다. 날이 저물자 야음을 틈 타 숨어서 움직이기는 더욱 좋았다. 그에게 있어 장덕산은 나무 한 그루 풀뿌리 하나까지 눈감고 훤히 알 정도로 지형지물에 익숙해 있다. 그는 밤새도록 이리 뛰고 저리 뛰며 산 속에 길을 잃고 헤매고 있는 패잔병들을 처리하느라고 지칠줄 몰랐다.

졸지에 산중 복병을 만나 대군을 잃은 적장 가등우마윤은 말에서 내려 허급지급 산 위로 기어 올라가기 시작했다.

"어쩌다가 이런 일이…"

그는 계속해서 어이없는 함정에 빠져버린 자신이 애처롭다 못해 분통이 터졌다.

그러나 함께 분통을 터뜨릴 부하 장졸들도 없었다. 그는 거의 단신으로 산을 향하여 기어오르고 또 올랐다. 도망을 갈 땐 홀가분한 게 좋다. 그래야 나중에라도 할 말이 있다. 도주하는 비겁한 모습을 부하들에게 들키는 것보다는 아무도 모르게 혼자서 살아남는 편이 나중에 변명을 하기에 유리한 것이다.

그는 아무도 지켜보는 부하가 없다는 것을 생각하니 무릎으로 엉금엉금 기고 싶도록 피곤함을 느꼈다. 여자를 두 명이나 거푸 강간했다. 한 여자는 이미 죽어있었는데도 시간을 했다. 그렇게 시간과 힘을 빼버리는 게 아니었는데, 괜한 짓을 했다고 후회해 본다.

"여기가 도대체 어디쯤이야?"

그는 엉금엉금 기어 작은 산마루 위에 올랐는데, 도대체가 동서남북을 분간할 수가 없다. 사방에서 옥죄어 올라오는 함성소리만 가득하다.

"아우는 어떻게 되었을까?"

그는 문득 가등청정의 진노한 얼굴이 떠오른다.

"이노옴! 기껏 내보내 놨더니 그 따위 방종을 일삼다가 잘도 당했다."

금방이라도 그 진노가 이마에 와서 꽂히는 것 같다.

"차라리."

책임을 지고 할복을 하자. 그게 더 사나이답지 않겠는가?

"패장은 할 말이 없는 거다."

이대로 포로가 된다면? 적들은 틀림없이 가등청정 본영에 붙잡혀 있는 두 왕자와 교환을 하자고 할 것이다. 지금 현재로선 저들이 바꾸고 싶어 하는 물건은 그밖에 없지 않은가. 아니면 즉석에서 처형을 할 것이다. 싸우다 죽는다 해도 말이 안 된다. 겨우 한 두 사람 더 죽이고 죽어봤자, 그게 무슨 큰 전과가 되랴.

"애초에 이렇게 피하는 게 아니었는데…"

창졸간에 말이 놀라 뛰는 바람에 제대로 한 번 겨뤄보지도 못하고 산 위를 향하여 허급지급 올랐던 것이 잘못이다. 처음부터 첫 단추를 잘못 꿴 것을 후회하고 있는 사이 벌써 두런두런 사람들의 말소리가 들려온다.

"벌써 여기까지 올라온 놈이 있는 모양이네?"

그가 바위 위에 벗어놓은 투구를 보고 하는 말이다. 분명히 일본말은 아니다. 그렇다면 적군이 여기까지 올라온 게 분명했다.

그는 갑옷 대신 입고 나온 겉옷을 벗고 속옷을 가슴까지 말아올렸다. 그리고는 검을 빼들고 복부를 겨냥한다. 이럴 때 모가지를 쳐주는 친구가 있었으면 얼마나 좋을까 생각해 본다. 할복에는 두 가지가 있다. 배를 찔러 한 번에 죽으면 다행이지만, 그렇지 못할 경우 그 고통을 들어주기 위해 목을 쳐주는 목치기가 있는 것이다.

"잠깐만, 저기 저 자가 뭘 하고 있는 것인가?"

"글쎄올시다."

단검을 빼들고 두 무릎을 단정히 꿇어앉아 할복을 기도하고 있는 가등우마윤을 보고 있는 두 사람은 산마루에 배치를 받아 여지껏 지겹도록 기다리다가 총소리와 고함소리를 듣고 사태가 어떻게 돌아가는 지나 한 번 보자고 이리로 올라오던 중이었다.

"저 자가 아무래도 우리 아군은 아니지?"

바위 위에 엎어놓은 투구를 보고 하는 말이다.

"왜군이 틀림없어… 그 중에서도 높은 사람인 것 같애."

두 사람이 이렇게 말하고 있는데, 갑자기 우마윤이 장도를 집어주며 자기 목을 칠 것을 손짓으로 말한다.

"이 자가 뭐래?"

"자기 목을 치라는 것 아닐까?"

얼떨결에 우마윤의 장도를 받아든 의병은 어떻게 해야 좋을지 몰라 망설였다. 일본인들은, 아무리 적이라 할지라도 할복을 하는 자를 도와주는 것을 미덕으로 삼는다. 그러한 저들의 관습을 모르는 장졸들은 적장이 집어주는 칼을 받고도 어찌할 바를 모른다.

너무 갑자기 뜻밖의 적을 만난 것이다. 적장이라면 머리에 뿔이 달리고 손에 갈퀴라도 달렸을 줄로 생각했는데 그건 아니다. 그게 아닐뿐더러 이제는 아예 칼을 집어주며 목까지 쳐 달란다.

가등우마윤은 차분히 마음을 가라앉히고 이승에서의 마지막 하직을

고한다. 제일 먼저 눈에 선하게 떠오른 것이 고향 산천이었다. 그리고는 어머니의 얼굴이 흘러간다. 그 뒤로 일가친척과 어릴 때 뛰놀던 고향 친구들. 모든 지나간 것들이 아릿아릿 떠오른다.

그 아릿아릿한 기억들을 뒤덮으며 폭풍우처럼 쏟아져 내리는 가등청정의 질책이 또다시 머리를 어지럽힌다. 그보다는 이 장덕산과 돌머리 고개에서 죽은 1천여 명의 부하들과 저들 부모 형제들의 원성이 일시에 귀청을 뚫고 들어온다. 자칫 방심 때문에 부대를 전멸시켜 버린 이 책임을 누가 어떻게 질 것인가? 마땅히 죽음으로 보상 받을 수밖에 없는 일이다.

"장군님, 저의 어리석음을 용서하소서."

생각이 여기까지 미치자, 우마윤은 더 이상 지체할 수 없다는 걸 깨달았다.

단검을 쥔 손목에 힘을 주어 복부를 향하여 힘껏 찔러 넣었다. 예리한 칼끝이 심장을 뚫고 지나갔다. 그는 잠시 먼 데 하늘을 바라보는 듯하였지만, 이내 꼬꾸라지고 말았다.

어디선지 한 가닥 찬바람이 불어와 피비린내를 훅 하고 끼쳤다.

"죽었잖아?"

"제 손으로 제가 죽다니. 무서운 놈일세."

이들은 이 자가 누구인지도 모른 체 칼과 투구를 들고 산을 내려간다. 그러면서 연이어 올라오는 사람들을 향하여,

"저 위에는 아무도 없어."

"우리가 제일 위에 있다가 내려오는 길이야."

하면서 내려갈 것을 종용한다.

이름하여 '10월 장평전투'다. 일명 장덕산 전투 혹은 돌고개 전투라고 일컫는다.

# 13. 산은 얼지 않는다

겨울이 깊어가고 있다.

산중의 바람은 삭풍이 되어 몰아붙이고 삭정이를 부러뜨려 땅바닥으로 날린다. 인선은 오늘도 마른 삭정이를 주어 아궁이에 불을 지핀다. 밤이면 뼈 속을 파고드는 추위 때문에 군불을 지피지 않으면 잠을 잘 수가 없다. 미리 미리 땔나무를 준비해 둬야 했다.

변변히 덮을 이불도 준비하지 못한 산중에서 겨울을 나게 될 줄은 미처 몰랐던 일이다. 그러나 인선이 밖에 나와 있는 것은 그것 때문만은 아니었다.

얼음 위에 댓닢자리 깔고

임과 내가 얼어 죽을 망정

정든 이 밤 더디 새오시라.

인선은 혼자서 흥얼흥얼 노래를 부르고 있었다. 누구인지 모르지만 고려 여인이 불렀다는 노래였다.

이조 시대에 와서는 상스런 남녀상열지사라고 부르지 못하게 한 노래였지만, 막으면 막을수록 더 멀리 더 빠르게 퍼져나가는 게 이런 노래가 아니었던가?

언제까지 이 산중생활이 지속될까?

아직도 애타게 기다리는 명나라 지원군은 오지 않고 겨우 유격장 심유경이 소서행장을 만나 50일간의 휴전을 맺은 것이 고작이었다.

심유경은 본시 절강 사람으로 그 스스로 명나라 조정에 사태 수습에 힘쓸 것이라는 글을 올려 병부상서 석성의 동의를 얻어 경영참주 유격이 되었다. 말하자면 그 스스로 자청하여 유격장이 된 인물이라고 한다.

그러니까 그는 전투를 위해 파병된 게 아니라 겨우 군사 몇 백 명을 얻어 강을 건너온 외교사절의 임무를 띠고 있는 인물이었다. 사실 심유경이 휴전을 제의한 것은 원군이 도착할 때까지의 시간을 벌자는 계획이었고, 소서행장이 이에 응한 것은 풍신수길의 모친상을 치르고 그 슬픔을 추스리는 기간 동안만이라도 큰 전투없이 조용히 지내자는 시간 벌기였던 것이다.

양쪽이 다 자기 시간을 벌자는 속셈에 의해서 휴전협정을 맺었지만, 여기 저기서 소규모 전투는 계속되었고 왜구들의 약탈 행위는 더욱 잔혹해 갔다. 아직 인선이 있는 묘향산까지는 왜구들이 출몰하지는 않았지만, 봉학에 있는 고모네와 어머니도 하는 수없이 집을 버리고 보현사로 들어와야 할 지경이 되었다.

"아직도 명나라에서 소식이 없는 걸 보면 영영 나 몰라라 하는 것 아닌가?"

"설마 그럴 리야 있겠어요? 명나라도 우리 조선의 상국이 되자면, 이럴 때 대군을 보내서 도와주지 않으면 나중에 누가 조공을 바치겠소?"

"그러게 말이오. 만약에 왜구들이 우리 나라를 집어먹고 나면 어디로 가겠소? 다음은 명나라 자기네 나라가 아니오? 그러니 호미로 막을 일을 가래로 막는 짓이야 안 하겠지요."

사람들마다 명나라에서 지원군이 오기를 고대하고 있었다. 그렇지만 웬일인지 명나라 지원군은 차일피일 미루어지면서 끝내 지원군이 오지 않으면 도저히 전쟁에서 이길 가망이 없다고 판단하는 조선 백성들이었다.

"우리 묘향산 승군들은 다 어디 가 있지?"

"어디 가 있긴? 임금님을 모시고 있지. 청허 큰스님께서 팔도 십육종 선교 도총섭으로 임명되셨다는 구마?"

"팔도… 뭐라?"

"팔도 도총섭이라구. 조선 팔도에 있는 승려들의 총 통솔자라는 뜻이야."

팔도 도총섭으로 임명된 청허는 그 이름이 드높아져 서산대사라고 불리워지고 있었다. 묘향산이 서녘에 있는 산이라 하여 붙여진 별칭이었다.

서산대사는 그 동안 모은 승군을 이끌고 순안에 위치한 법흥사에 자리를 잡고 전국의 승려들에게 격문을 보내어 나라를 위해서 일어설 것을 독려하였다. 순안에는 전군의 총사령부격인 원수부가 있는 곳이라 승군도 법흥사에 자리를 잡게 된 것이다. 이러한 일의 총책임을 맡고 서산대사를 도와 실무를 보게 된 인물이 그의 제자 사명당 유정이었다.

서산대사는 승군 1천여 명을 이끌고 금강산에서 여기까지 달려온 사명당에게 승군을 총지휘할 수 있는 권한을 가진 의승도 대장을 삼

았다. 이는 물론 도원수와 도체찰사의 정식 승인을 받은 지휘관 자리
였다.

사명당은 자신이 모병하여 온 1천 명과 서산대사가 모병한 1천 명
을 합한 총 2천여 승군을 이끌고 평양성과 중화에 있는 적군의 왕래
통로를 차단하는 유격전을 벌이면서 평양성의 적정을 살피는 일을 하
였다. 이러한 정탐이 나중 평양성 탈환에 큰 몫을 차지한 것은 말할
나위도 없이 중요한 작전이었다.

이에 앞서 사명당은 승군만으로도 능히 평양성을 칠 수 있다고 하
면서 공격 명령을 내려 달라고 청하였다. 싸움은 숫자로만 하는 것이
아니라는 지론이다. 또 이에 앞서 유격장 심유경은 평양성에 강화회
담을 청하러 들어가며 선물로 전 왜병들에게 줄 모자를 하나씩 준비
하였는데, 그 숫자가 1만 명에 해당하였다.

이는 은연 중에 왜군의 숫자를 헤아려 보기 위함이었는데, 명나라
원정군 총대장이된 이여송 제독은 이 숫자에 3배를 곱한 원정군을 편
성하였다고 한다. 그렇다면 사명당이 이끄는 승군 2천여 명이라는 숫
자는 3만 명에 대항할 왜구의 숫자와도 맞먹는 비율의 병력인 것이
다. 그렇다면 신출귀몰한 신통력을 가진 사명당으로서는 한 판 승을
노려볼 만도 한 전투였던 것인데, 공격 명령을 허락 받지 못하는 아
픔을 견뎌야 했다.

조정대신들의 반대 이유는 명군이 오기 전에는 공격을 해서 안 된
다는 것이었다. 병력의 절대 부족도 문제였지만 명나라 군사보다 먼
저 공격했다가 행여라도 명나라의 자존심을 건드리면 어쩔 것이냐는
것이었다.

성공을 하면 선제공격을 해서 공훈을 빼앗아갔다는 비난을 받을 것
이오, 실패를 하면 겁도 없이 공격을 해서 아군의 사기만 떨어뜨렸다

고 핀잔을 들을 것이 아니냔 소극적인 반응들이었다. 아직 원군이 오기도 전에 지휘권을 내놓은 것이다.

이렇듯 전쟁이 소강 상태로 접어들자 산사람들은 더욱 진이 빠져 달아나기 시작한다.

"아무래도 올겨울은 여기서 나야 할 모양이지?"

겨울을 보낼 일이 제일 걱정이다. 입성도 문제였지만 먹을 양식도 걱정이다. 그 동안 절을 찾아오는 식구들이 하나 둘 늘어나기 시작하여 이미 식량은 바닥이 난 지 오래다. 게다가 눈이라도 와 쌓인다면 꼼짝없이 교통이 두절되는 곳이라 이러다가 굶어죽는 일이 생기지 않을지 걱정이었다.

말이 좋아서 초근목피지 겨울에 무슨 초근목피? 이렇게 되면 짐승을 잡아먹는 수밖에 없는데 절에서 무슨 살생? 사람들의 얼굴에 수심이 가득하다.

이런 가운데서도 인선은 즐거운 마음으로 나날을 지낼 수 있었다. 황보제은덕의 덕분이었다. 외팔이의 이름이 황보제은덕이라 했다. 무슨 이름이 그러냐니까 자기도 모른다고 했다. 다만 성씨가 황보인 것만은 틀림없는 듯한데, 이름이 왜 그렇게 되었는지 모른다는 답이다. 처음 어렸을 때의 이름은 외자인 '제'였다. 그러던 것이 집을 떠나 외삼촌네 집에 살면서부터 '은'자가 하나 더 붙어 '제은'이로 불렸다. 그 다음으로 붙은 '덕'자는 그 스스로 붙인 글자로 큰스님 서산대사를 만나고 나서부터 그 덕을 본받고 기리고자 한 글자를 덧붙였다는 설명이었다.

"이름에 대한 이야기는 비밀이야."

지금까지 아무에게도 자신의 이름에 대한 이야기를 해본 일이 없다는 황보제은덕이었다. 사람들은 그를 부를 때 그냥 황보라고 불렀다.

그 여름 토굴을 들어갔다 온 이후로 둘은 한몸이 되었다. 몸도 마음도 하나가 되어 서로를 존중하는 사이가 되었다. 인선의 아버지 이수익이조차도 두 남녀의 사이를 나무라지 않았다.

"황보도 알고보니 상놈 집안에서 태어난 자는 아니더구나…"

이수익은 그가 양반 출신이라는 것 하나만으로 모든 걸 접어두려는 듯했다. 어머니와 고모도 둘 사이를 용인하는 눈치였다. 겉으로 드러내어 뭐라고 하지는 않았지만 여차하면 집안으로 들일 생각도 있는 눈치들이라 인선은 아무런 제약없이 황보와의 비밀을 즐길 수 있었다. 온 식구들의 묵인 아래 이루어지는 젊음의 향연이라고나 할까.

이 날도 황보는 삭정이를 줍고 있는 인선의 곁으로 다가와,

"날씨가 찬 데 밖에 나오면 어떻게 해요?"

하며 일은 자기가 다 알아서 할 테니 방으로 들어가란다. 그렇지만 인선은 들어갈 생각을 않는다. 사실은 이렇게라도 해야 황보를 만날 수 있지 않을까 해서 삭정이를 줏으러 나온 것이다.

"나 토굴 한 번 가보고 싶은데…"

인선은 토굴이 가보고 싶다고 은근 슬쩍 의중을 떠본다. 토굴에 가자는 것은 둘만의 은유로 정을 나누고 싶다는 이야기였다. 다들 전쟁 터로 나가고 없는 빈 절간이라고는 하지만, 그 동안 군식구들이 늘어 눈들이 많아 이들 감시의 눈을 피하자면 토굴밖엔 장소가 없다.

날씨가 춥지 않았을 때는 수풀 위에 드러누으면 되었지만 추위가 몰아오고부터는 토굴만한 데가 없다. 밖에서야 전쟁이 나건 굶주려 죽건 젊음에는 또 젊음만이 가질 수 있는 사랑과 그 열정을 식힐 은밀한 장소가 필요한 법이다.

둘은 누가 먼저랄 것도 없이 토굴을 향해 올라간다.

"오늘은 왜 기천일 안 데리고 왔어?"

"응, 할머니가 보고 계셔…"

"그럼 빨리 내려가야 되겠네?"

"응, 아니야. 할머니도 이미 우리 사이를 눈치 채셨어."

"그런데도 가만있어?"

"가만 안 있음?"

황보는 그 짓을 하다가 처음 어른들한테 들켰을 때를 생각하면 낯이 화끈 달아오른다. 그렇지만 점차 이력이 나니까 부끄러움도 사라졌다. 그보다는 인선의 변화가 더 놀랍다. 인선은 이제 적극적으로 아주 대담하게 요구할 정도로 나선다.

"오늘은 멋지게 할 거야."

내가 이렇게 화냥끼가 있나? 하면서도 인선은 매사 다른 일에 열중하듯이 이 일에도 적극적이고 싶다는 생각이다. 누군가에게서 들은 말이 떠올랐다.

집안에서는 현모양처, 이불 밑에서는 요부. 인선은 이미 알 대로 알아버린 몸이 시키는 대로 요부가 되고 싶은 것이다. 어쩌다가 그렇게 첫 단추가 잘못 끼워지기는 했지만, 이제부터는 남은 단추라도 잘 맞추고 싶은 것이다. 황보에게도 이미 말해 주었다. 기천은 어쩌다가 그렇게 낳은 아이라고. 자기 의사와는 아무런 상관없이 행해진 일이니까, 그 아이 아버지에 대해서 신경 쓸 필요가 없다고 말이다.

"그러니까 자기는 처녀란 말이지?"

"그렇다니까."

황보 역시 총각이었다. 처녀 총각이 서로 좋아서 만나는데 무슨 이유? 이들은 비록 궁색한 피난 생활을 하고 있지만, 언젠가는 이 질곡의 세월에서 벗어나 새 살림을 차리고 함께 살 것을 굳게 맹세하였던 것이다.

그러한 이들에게 토굴은 가장 안전하고 가장 비밀스러운 장소가 아닐 수 없는 둘만의 보금자리였다. 황보도 이제는 주저함 없이 인선을 받아들였고, 인선이 역시 아무런 저항없이 황보를 받아들였다. 이미 부풀대로 몽오리진 꽃송이 같은 나이들이 아닌가?

어디선지 모를 먼 곳에서 불어오는 바람이 소나무 가지를 서로 비비게 하고 나무가지 우는 소리가 조용한 산골짜기를 일깨운다. 얼음 사이로 맑은 개울물이 흐르고 이것들이 다시 새 기운을 일으킨다. 토굴 안에서 들으면 이 세상 돌아가는 소리가 다 들린다.

"황보, 나는 이 순간이 가장 좋아."

"나도."

두 사람은 껴안고 다시 껴안고 뒹굴고 다시 뒹굴고 그 기운이 끝이 없다.

한바탕 일을 끝내고 황보가 묻는다.

"그래도 난리가 끝나고 나면 임금님이 다시 부르지 않을까?"

언젠가도 물었던 말이다.

"그럴 리 없어. 이미 까마득하게 잊어버렸을 거야."

인선은 스스로 그 일을 알리기 전에는 임금님이 다시 자기를 찾을 일은 없다고 잘라 말한다. 그 증거로 임금님이 평양에 와 한 달이나 있었으면서도 자기를 찾지 않았음을 그 예로 들었다. 이 대답도 언젠가 했던 말 그대로다.

"그러니 아무 염려마."

그러나 황보는 불안하다. 임금님의 여자를 건드렸다는 불안감일까, 아니면 앞일이 불안한 것일까? 하여튼 뭔지 모를 불안감이 휩쓸어 지나간다. 짐승 같은 본능 때문일까?

짐승은 본시 암컷을 취하고 나면 나 몰라라 던져둔다. 반대로 암컷이 수컷을 내밀치는 경우도 있다. 단지 종족 보존을 위해서만 교미를 하기 때문이다. 그렇지 않은 짐승들도 있지만 일부일처제의 가정을 꾸리기보다는 그때그때 만나는 짝짓기를 통하여 종족 보전을 하는 경우가 많다. 단지 인간만이 유일하게 서로의 사랑을 확인하고 그걸 지속시키려 노력한다. 황보는 그러한 노력을 할 수 있을 것인가 의문스럽다. 떠돌이 산적 주제에, 그런데다가 불구의 몸으로 감히 어떻게 임금님이 어루만지던 여인을 자기 것으로 만들 수 있을 것인가 그게 두렵고도 두려웠다.

"두려워…"

"아무 걱정 말래두?"

사내는 발기해 있을 적에는 하늘이라도 찌를 듯 무슨 일이라도 할 듯 하지만, 한 번 사정을 하고나면 나약하기 이를데 없는 본심으로 돌아와 허물허물해지는 법이다. 그는 이제 자책감과 두려움에 훌쩍훌쩍 울기까지 한다.

"나 같은 놈이 어떻게 감히…"

"아무 걱정마. 난 있는 그대로의 당신을 좋아하고 있으니까."

"이렇게 팔도 없는데?"

"내가 당신 팔 없는 걸 모르고 좋아했나?"

"부모형제도 없는 천애의 고아인데?"

"언젠가는 찾을 수 있을 지도 몰라. 잘못한 일도 없으면서 귀양간 사람들은 얼마든지 많아. 그리고 도망쳤다면 살아 있을 수도 있고."

황보의 아버지는 배소에서 도망쳐·압록강을 건너 대국으로 건너갔다고 하였다. 어머니와 동생들은 그 죄값으로 관비로 끌려갔고 황보 혼자서 도망을 쳐 산적의 떼거리에 들었다. 이게 대충의 황보 인생 역사다. 이미 수없이 들어서 알고 있는 내용이었다.

여자는 모성으로 뭉쳐져 있다. 남자가 칭얼거리면 칭얼거릴수록 모성은 강해진다. 없는 것도 있는 것처럼 기정 사실화되고 한 번 확인된 사실은 진실로 변한다. 그게 설사 허상이라는 걸 알면서도 맹신하게 되는 게 모성이다. 인선은 지금 그 모성으로 똘똘 뭉쳐져 어느 게 참 자신인지 잘 알지 못한다. 그러면서도 황보를 어르고 달랜다.

"내가 말했잖아? 우리는 함께 살게 될 거라고…"

인선은 이미 자식까지 딸린 처지에 어디 가서 총각을 만나 결혼하랴 싶기도 했지만, 이만한 남자 만나기도 어렵다는 생각이다. 팔 하나 없는 걸 빼놓으면 다 괜찮은 남자가 황보였다.

비록 산적의 무리에 가담한 적은 있지만 본시 천박하게 큰 사람이 아니라 속에 든 것은 넉넉한 사람이란 걸 느끼게 해준다. 게다가 서산대사가 거두어 곁에 두고 있는 걸 보면 사람 됨됨이를 미루어 짐작할 수 있는 바가 없지 않다.

아버지 이익수도 그 점을 높이 사고 있다. 뭔가가 있기 때문에 황보를 거두고 있을 것이라는 짐작이다. 그 때문에 두 사람의 교제를 묵인하고 있는 터일 게다.

"아무 걱정 말아요."

인선은 황보의 머리를 들어 자신의 허벅다리를 베게 하고 이마를 쓸어 넘기며 눈물을 닦아주고 있다.

"눈물은 이럴 때 보이는 게 아니예요."

사내대장부라면 큰일을 위해서 울어야 한다. 나라를 위해서라든지, 가족을 위해서라든지, 조상을 위해서라든지, 그런 큰일을 위해서 울어야지 감상에 젖어 울면 안 된다.

"인선은 어디서 그런 걸 다 배웠어?"

"아버님도 절 가르쳐 주셨지만 일월선사라는 분이 우리 집엘 자주

들리셨거든요.”

“그분이 무예까지 가르쳐 줬나?”

“무예는 무슨 무예요?”

“내 언젠가 인선이 무예 연습을 하는 걸 본 일이 있어.”

“그건 어깨 너머로 배운 것에 불과해요. 그리고 심심풀이로 해보는
것 뿐이구요.”

황보는 서산대사의 무예에 대한 이야기를 한다. 대사께서는 보통
아침에 몸풀기 운동으로 비룡소를 한두 번씩 날아서 건너갔다가 오는
데, 마치 가벼운 도랑을 건너뛰듯 한다는 것이다.

비룡소의 높이가 백 길도 넘고 그 너비만도 백 발이 넘는데, 그것
도 앉은 자세로 휙휙 날아갔다 온다는 이야기다.

“나도 처음엔 내 눈을 의심했거든?”

그런데 자세히 보니까 참선하던 자세 그대로 공중부상을 하더란 거
였다.

“그걸 배울 욕심으로 여기 머물고 있었나요?”

“반드시 그랬던 건 아니지만, 배울 수 있다면 배우고 싶어.”

“그 정도 도술은 우리 일월선사님도 다 부려요.”

“정말? 그럼 그대도?”

“아니요. 난 거기까진 배우지 못했어요.”

황보는 꼭 무예를 익혀 세상에 대한 복수를 하겠다고 다짐을 한다.
무엇이 그의 복수심을 불태우고 있는 지 모를 일이다. 그러한 그에
게,

“복수란 나쁜 거예요. 하나도 이로울 게 없는 허상이에요.”
라고 말할 수는 없었다.

인선은 남자가 하는 일에 아녀자는 절대 관여해서는 안 된다고 배

워왔다. 한 번 배워 익힌 공부는 아는 것만으로 끝나서는 안 되며, 몸소 실천해야 한다고도 배워왔던 것이다.

황보. 앞으로 지아비로 모셔야 할 사람이다. 인선은 마음속으로 이 남자를 지아비로 모실 것을 깊이 새겨 작정한다. 그러고 보니 또 한 번 끌어안고 뒹굴고 싶어진다. 젊음이 샘솟아 넘치는 것을 어찌할 수 없다. 이들은 아득히 먼 곳으로부터 불어오는 바람이 잠잠해질 때까지 서로에게서 떨어질 줄을 몰랐다.

"아, 시원하다."

한바탕 땀을 쏟고 토굴을 나온 인선은 매서운 찬 바람이 오히려 시원했다.

인선은 마른 나무가지를 줏어 안고 아무 일도 없었던 것처럼 토굴을 내려온다. 산중의 짧은 해가 이미 산마루를 넘는 것이 안쓰럽다. 밤이면 할 일이 없어진다. 그저 관솔 불빛 아래 모여앉아 한숨만 내리쉴 뿐인 밤이다.

"엄마 어디 갔다 와?"

돌아오니 기천이 먼저 반긴다.

"응? 엄마 나무 해왔지…"

"나무 하는데 그렇게 오래 걸려?"

인선은 간이 뜨끔했다. 이 어린 것이 뭘 알고나 하는 말인가?

"응, 토굴에도 갔다왔어."

"황보 아저씨 만나러?"

"응."

이제는 더 거짓말을 할 필요가 없을 것 같은 인선이다. 황보 아저씨도 기천을 좋아하고, 기천이 역시 황보를 따른다.

"황보 아저씨 오늘은 토끼 안 잡았어?"

"토끼가 뭐, 매일 잡히나?"

기천은 황보 아저씨보다는 산토끼가 더 생각나는 모양이다. 며칠 전에 산토끼를 한 마리 몰래 잡아 구워먹은 일이 있었다. 큰스님이 계셨다면 어림도 없는 일일지도 모르지만, 큰스님이 안 계신 지금은 그런 게 별 문제가 되는 사람이 없다. 먹고 살 일을 해결하는 데는 그 수밖에는 도리가 없기 때문이다.

"우리 기천이 고기가 먹고 싶은 모양이구나?"

"아니, 그렇진 않아. 그런데 배가 고플 때는 고기 생각이 나."

"그러잖아도 황보 아저씨한테 토기 한 마리 잡아 달라구 부탁해 놨어. 그런데 일월선사님이나 큰스님 계시는 곳에선 고기먹었단 이야기하면 안 돼."

"왜?"

"살생은 나쁜 짓이거던."

"살생이 뭔데?"

인선은 살생에 대해서 설명을 한다. 살아 있는 모든 생명은 함부로 죽여서 안 된다. 그렇지만 사람이 살기 위해서 죽이는 것은 어쩔 수 없는 일이라고 말해 주었다.

"그런데 선사님한테는 왜 그 이야기를 하면 안 돼?"

"그건 왜냐면 말이야…"

설명을 하기가 곤란하다. 철 모르는 애한테 거짓말을 시키라는 것밖에 더 되는 일인가? 차마 거짓말을 하라고 시킬 순 없었다.

"아, 알았어. 해서는 안 될 일을 했으니까, 말하지 말라는 이야기지?"

"그래, 말하자면 그렇지."

인선은 기천의 영민함에 새삼 감탄하며 이걸 앞으로 어떻게 키워야 할 지 또 걱정이다. 이런 아이를 때놓을 수밖에 없는 경우가 일어난다면? 있을 수 없는 일이다. 아무리 일월선사가 키워준다 한들 있을 수 없는 일이다. 무엇보다 출가를 시킨다는 것은 상상도 할 수 없는 일이었다.

황보와 혼인을 한다면 아이와 함께 살 수 있지 않을까? 인선이 요즘 부쩍 황보와 가까워지고 있는 이유 중의 가장 큰 문제가 이것이다. 그 때문에 아버지 어머니도 둘의 만남을 눈 감아주고 있는 것이리라.

황보가 만약 아이와 함께 사는 것을 허락한다면, 아이 있는 여자를 받아들이기만 한다면 아무 문제가 있을 수 없다. 이미 그러한 사정을 알고 둘은 만나고 있지 않은가? 잠시 동안의 부정이 아니라면…

인선은 지금 자기가 하고 있는 행동이 부정스런 행위라고 생각하지는 않았다. 황보 역시 부질없는 쾌락을 위하여 인선을 만나고 있지는 않는 것 같다. 아직 물어보지는 않았지만 장래에 대한 아무런 생각없이 하는 짓은 아니라고 믿고 싶은 인선의 마음이다. 믿으니까 만남의 횟수가 잦아지는 것이 아닌가?

'생각하면 다 널 위한 일이야…'

인선은 기천에게 미안한 생각이 들 때마다 혼잣말로 자기 스스로를 위안하곤 하던 말을 이번에는 반쯤 입밖에 내어 말해 본다.

'넌 아직 이해하지 못해.'

기천은 이러한 엄마의 마음을 아는 지 모르는 지 그저 즐거울 뿐이다. 기천은 그 동안 들었던 이야기며 생각나는 일들을 하나도 빠짐없이 재잘재잘 줏어 섬긴다. 기천의 이야길 들으면 그 동안 어른들이 무슨 일을 했는 지 무슨 이야기들을 했는 지 하나도 빠짐없이 알 수 있다. 그런데 이건 또 무슨 말이냐? 인선은 가슴이 철렁 내려앉는다.

"고모할머니가 그러는데 엄마 시집 갈 때 색동저고리 해준 댔다?"

시집 갈 때 색동저고리? 이건 또 무슨 말인가. 틀림없이 이 아이가 들은 말이 있기 때문에 하는 소리일 것이다. 도대체 무슨 말을 어떻게 들었는지 궁금하다. 대충 짐작이 가는 이야기이긴 하지만, 그래도 그렇지 아이가 듣는 앞에서 그런 말을 하다니?

그렇다면 이미 어른들은 두 사람의 장래 문제를 결정지었다는 말이 아닌가? 정작으로 본인 자신도 모르는 사이에 일이 그렇게 결정되었다면, 그 동안 어른들은 두 사람의 관계를 주욱 지켜보고 있었다는 이야기가 아닌가. 지켜보았을 뿐더러 일이 그렇게 되도록 유도를 했는지도 모를 일이 아닌가.

인선은 아이를 먼저 방 안으로 들여보내놓고 머리며 옷매무새를 다시 한 번 매만지고 얼마동안을 서 있다가 안으로 들어갔다. 그런 데도 낯이 화끈화끈하다. 괜스레 얼굴이 달아오르는 것이다.

"애, 거기 좀 앉아봐라."

어릴 때부터 안고 키워주던 고모님이라 스스럼없이 지내는 터인데, 이 순간만큼은 어쩐지 쑥스럽다는 느낌이 들었다. 이미 어른들이 하는 짓을 하고 들어온 사정을 다 아는 사람들 앞에 벌거벗은 몸뚱아리를 그대로 내보인다는 그런 부끄러움과 창피스러움이었다.

"우리가 지금까지 상의를 해봤는데…"

'네, 고모님 뭘요?'

속으로 이런 말이 한순간에 목구멍을 튀어나오려는 것을 인선은 억지로 삼키며 앉았다. 결코 싫지 않은 다음 말이겠건만, 어쩐지 서운한 느낌도 동시에 들었다. 이들이 이제 나를 떠나보내려 하는구나 하는 적막한 감정이 물결쳐 왔다.

"지금 같은 난리 판국에는 여자가 혼자 지내는 것보다는 누군가 마땅한 배필이 있어 함께 살 수 있었으면 좋겠다는 이야기를 의논해 보았다.”

“알고 보니 그 사람 덕이네도 우리가 전혀 모르는 집안이 아니더구나. 지금, 지체를 따져서는 어쩌겠니!”

“그래서 말인데, 너만 싫지 않다면 덕이와 혼사를 맺었으면 좋겠다는 이야기를 했다.”

“비록 덕이가 팔이 하나 없긴 해도 네가 처녀의 몸으로 애기를 가지고 있는데 비한다면, 아무런 허물이 아니라고 생각한다. 듣기에 따라서는 서운하게 받아들일 수도 있는 이야기라 차마 네 아버지 어머니는 못하겠다는 말을 내가 대신하니 이해하거라. 네 생각은 어떤지 한 번 말해 보아라.”

인선은 선뜻 ‘좋아요’라고 대답하지 못했다. 그래서 마음에도 없는 소릴 해야만했다.

“이젠 고모님도 제 처지가 불쌍한 모양이죠?”

“얘야….”

아버지가 고모를 나무란다.

“왜 그런 말을 함부로 해 가지고 애 맘을 상하게 만드냐? 말이란 게 아 다르고 어 다르다는 걸 모르니? 같은 말을 해도 그렇게 하는 법이 아니지.”

아버지는 오늘 일월선사로부터 서찰이 왔다는 이야기부터 먼저 던진다.

“마침 부상 당한 승군이 한 사람 있어 절로 돌아오게 되었는데, 선사님께서 서찰을 보내왔구나. 적을 대처하고 있는 현실이라 자세한 이야기는 못 적는다며…”

서찰의 요지는 덕이에 대한 내용이었다고 한다.

"덕이 한때 욱! 하는 복수심에서 산적에 가담했지만 근본은 착한 애로서 집안도 훌륭하고 공부도 많이 했다고 하더구나. 때마침 월경을 했던 제 아버지되는 사람이 유격장 심유경을 따라 통역관으로 왔는데, 그의 공적을 봐서 그 동안 지은 모든 죄를 나라에서 사해 줬다는구나. 이건 결코 우연이 아니라며, 두 사람을 맺어주었으면 어떻겠느냔 이야기였다."

"……"

일월선사가 그런 서찰을 보내왔다면 거긴 반드시 무슨 곡절이 있을 것이다. 아이를 키워주겠다는 약속을 포기했던지, 아니면 애당초 그 방법이 이런 것이었던지. 하여튼 아무런 생각없이 이런 서찰을 보낼 선사는 아니었기에 집안 사람들이 모여 의논을 하였다는 것이다.

"내 생각 같아서는 선사님께서 애초에 아이를 자기한테 맡기라는 말씀이 바로 이거였던 것 같다는 생각이 드는구나. 세옹지마라는 말이 있잖니? 그게 바로 너희들한테 해당하는 말이 아닌지…"

난세를 살아가는 방법은 여러 가지다.

"이런 난리 판국에 서방 맞아 사는 여자 몇 되겠니? 하늘이 내린 배필이려니 생각하고 맞아들여라. 이 전쟁은 하루 아침에 끝날 싸움이 아니라는구나."

"고모님은 왜 말씀을 꼭 그렇게 하세요? 애한테는 물어보지 않구서…"

이번에는 어머니까지 거든다. 겉으로는 딸을 생각하는 척하지만, 이미 결정을 다 해놓고 하는 겉치레에 불과하다는 것을 인선은 잘 안다. 어머니는 항상 그렇다. 속으로는 안 그러면서도 겉으로는 딸을 가장 잘 이해하는 척한다.

"그래, 우리 이야기를 다 들었으니 너도 한 마디 해 봐라. 그 작자가 영 싫으면 억지로는 혼사 안 시킨다. 그렇지만 잘 생각해 보거라."

고모는 언제나 안달이다. 여자 성격이 아니다.

"그 사람도 이 사실을 알고 있어요?"

"아직은 모른다. 그 이야기를 하러 올라갔더니…"

둘이서 그러고 있어 그냥 내려왔다는 이야기 아닌가? 인선은 또 한번 알몸을 들킨 것처럼 얼굴이 달아오른다. 그렇다면 이들이 이렇게 묻는 것도 굳이 답을 기다려 하는 말은 아닐 것이다. 인선도 솔직하게 대답한다.

"그 사람이 싫지는 않아요. 그렇지만…"

"기천이 말이냐? 그 사람도 마다할 이유가 없지 않으냐? 이미 일월 선사께서 그 사람 아버지되는 사람한테 자초지종을 다 이야기 했다는데…"

"서찰에 그렇게 씌어있어요?"

"그렇게 상세하게 적혀 있지는 않지만, 이미 그쪽 일은 접어두고 두 사람 본인의 의사에 따라 하면 된다는 게야."

"혼례는 찬물 한 그릇 떠놓고 작수성례도 한다더라. 이 난리 판국에 예단 다 갖추고 격식 차릴 수 있겠냐? 그게 오히려 다행이라면 다행 아니냐?"

"고모님도 참, 말씀을 왜 자꾸 그렇게 하세요. 아무리 어려운 때라도 누군들 평생 한 번 쓰는 칠보 쪽도리 쓰고 원삼 안 입고 싶겠어요?"

"자아 자, 그만들 하세요. 지금이 그런 거 따질 때요? 자, 그래 네 마음은 어떠냐? 이렇게 말하는 것도 이게 다 따지고 보면 내 잘못이다만…"

인선은 아버지 맘을 더 괴롭혀 드려선 안 된다고 생각한다. 그러잖아도 모든 책임을 당신 혼자서 떠안고 괴로워하고 있는데 속으로는 은근히 기대하고 있던 혼사 문제를 놓고 이렇게 속을 썩혀드려서 덕 될게 무언가?

"그 사람한테 한 번 물어보세요."

"그 사람 덕이만 좋다면 할 거냐?"

"예…"

인선은 기어들어가는 소리로 대답한다. 이미 정해진 수순이긴 했지 만, 이렇게 간단하게 끝날 일을 두고 무엇 때문에 서로 속 보이는 말 까지를 하게 만들었던가?

"그러면 됐다. 내 올라가서 덕이 만나고 올 테니까 다른 생각들 말 고 기다려라."

이수익이 당장 토굴로 올라갈 채비를 한다.

"날이 어둔데요?"

"날이 어두면 어때? 모르는 길도 아니고…"

그렇다고 할 일이 있는 것도 아니다. 인선은 굳이 지금 올라갈 것 이라면 함께 가자고 해본다.

"그 동안을 또 못 잊어서…"

고모가 핀잔을 준다.

"아까 보고 또 보고 싶냐?"

"너는 여기 있거라."

이수익은 기어이 혼자 가겠다고 나선다. 가물가물 흔들리는 관솔불 을 하나 들고 방을 나서는 아버지의 뒷모습이 몹시도 초라해 보인다 고 느끼는 인선이다.

할아버지가 나가고 나자 잠자코 있던 기천이 한 마디 한다.

"그럼 황보 아저씨가 우리 아빠되는 거야?"

어른들은 서로의 얼굴을 쳐다보며 무슨 말을 해야 할지 모른다. 아무도 기천의 이러한 기분을 모르고 있었다. 아무리 철없는 아이라 하지만, 이제 알 것은 알아야 하는 시점인데도 그 생각은 까마득하게 잊고 있었다.

"왜? 기천이는 아저씨가 싫어?"

고모가 조심스레 묻는다.

"응… 싫진 않지만, 난 임금님이 더 좋은데."

어른들은 서로의 얼굴을 쳐다볼 수밖에 없었다. 그렇다면 이 아이의 마음 속에는 임금님이 제 아버지라는 것을 알고 있다는 이야기가 아닌가? 그 누구도 아이가 듣는데 그런 말을 한 일이 없었고, 모두가 금기시하던 말이 아닌가? 이건 어른들만의 비밀이었던 것이다.

"네가 말했니?"

고모가 인선을 바라보며 묻는 말이다.

"어차피 알 것은 알아야 하지 않아요?"

"하기사…"

언제 알아도 알 일이라면 일찌감치 알아야 나중에 상처 입는 일이 없을 것이다. 그리고 지금처럼 불확실한 세상에서는 누구나 알 것은 알아야 한다. 언제 어디서 어떻게 죽을 지 모르는 난리 판국에 아이도 자기가 알 것은 알고 있어야 한다.

"임금님은 너무 바쁘신 분이라 기천이 하고 놀 시간이 없어요. 그러니 가까이 있는 황보 아저씨가 더 낫지. 기천일 늘 돌봐줄 수가 있잖아?"

"그래도 임금님은 만백성을 위해 일 하시잖아?"

"그렇긴 하지. 임금님은 만백성을 위해 일하기 때문에 항상 바쁘신 분이야. 그렇다고 기천이 아빠가 아닌 것은 아니지. 단지 네 엄마에겐 기천이와 엄마를 돌봐줄 남자가 필요한 거란다. 그래서 황보 아저씨를 네 엄마의 남편감으로 고르려는 거야. 그러니까 황보 아저씨는 기천이의 새 아빠가 되는 셈이지.”

“새 아빠가 뭐야?”

“새 아빠가 뭐냐 하면…”

고모는 한참을 궁리하다가 이렇게 설명을 한다. 기천일 낳은 사람은 임금님이지만, 기천을 기를 사람은 황보 아저씨라고…

“날 낳은 사람은 엄마야. 나는 엄마 뱃 속에서 자라고 커서 이 세상에 나왔어. 엄마, 그렇지? 엄마가 날 낳았지?”

“그래, 엄마가 널 낳았지. 고모할머님은 네가 더 커야 무슨 뜻인지 알 거란 말씀이란다.”

“기천이 이제 다 컸는데? 할머니가 그랬잖아. 어이구, 우리 기천이 이제 다 컸구나 하고 말이야. 그랬지, 할머니?”

“오냐, 그래. 우리 기천이 다 컸지. 이만하면 얼마나 똑똑하게 컸냐. 불쌍도 한 것!”

할머니는 혀를 끌끌 찼다.

“다 컸다면서 혀는 왜 차요?”

인선은 돌아앉아 눈물을 훔친다. 어쩌다가 일이 이 지경으로 돼 버렸을까? 아무리 기박한 팔자를 타고 났다 하더라도 아이를 앞에 두고 이런 이야기들을 해야 하다니. 기가 막힌 운명이다.

“훌쩍거릴 것 없다. 이게 다 네 팔자라고 생각하고 살아라. 내 보아하니 그 사람도 인간 됨됨이는 괜찮은 것 같더구나. 그 사람 팔자나 네 팔자나 다 이렇게 타고 난 걸 어떻게 하니?”

드디어 고모까지도 눈물을 내비친다.

“고모할머니는 왜 울어요?”

"응? 내가 울고있니? 이건 우는 게 아니다."

그러면서도 급기야는 인선을 부둥켜안고 운다.

"언감생심 못 오를 나무는 쳐다보지도 말랬다고… 너 설마하니 후궁 같은 걸 미련에 두고 있는 건 아니겠지?"

고모의 질타를 어머니가 받는다.

"후궁은 무슨 후궁. 눈꼽만큼이라도 마음에 두고 있었으면 평양 와서 한 번 불러도 안 봤겠어요? 벌써 잊어버린 지 오랜 인연이지…"

어떻든 간에 들지도 않은 정이었지만 미련을 갖지 못하도록 단단히 차단을 시키려는 이야기들이다. 이미 인선이 자신도 그런 생각을 가져본 적이 없었다.

그런데도 모든 사람들의 생각은 어느 날 갑자기 찾을 날이 있다면 그때 뭐라고 대답해야 할 것인가를 걱정한다. 차마 믿기지 않아 잊었노라 하는 따위 말을 할 수 없는 처지 아닌가?

죽었다고 말할까? 차라리 찾을 일이 없기를 기도할까?

송로가 맺히는 밤이다.

## 14. 대포와 조총

동정군 제독이 된 이여송은 임진년 12월 8일 드디어 군비를 정비하고 요양에 진군하여 동정에 나섰다. 왜란이 일어난 지 여덟 달이나 지나서였다. 선견부대장 부총병 왕필진이 미리 진군해 있다가 제독을 맞이하였다.

동정군의 전투 편성표는 대략 다음과 같다.

제독 이여송. 중협대장 이여백, 부총장 좌협대장 양원, 부총병 우협대장 장세작, 부총병 참장 낙상지, 부총병 오유충, 부총병 왕필진, 부총병 조승훈, 부총병 사대수, 참장 이녕, 유격장 갈봉하.

이하 병력 총 4만 명. 이 4만 명은 미리 보낸 심유경이 탐지해 낸 평양성 적군의 숫자에 네 배수를 더한 병력이다.

이여송은 13일 왕필진으로 하여금 보병 1천여를 거느리고 압록강을 건너게 하고, 뒤이어 14일에는 부총병 오유충이 이끄는 1천 5백 명을 도강시켰다.

그리고 주력부대는 12월 13일 봉황성을 지나 25일에 도강하였다.

이여송이 압록강을 건넜다는 소식을 들은 왕은 친히 대동로 최북단에 있는 의순관까지 나아가 제독을 영접하기에 이르렀다.

이미 조선 팔도는 핍진할 대로 핍진해 있어 유리걸식하는 사람들이 늘어나고 사방에서 굶어 죽는 사람들이 생겨나 희망을 걸 데라곤 동정군 밖에 없다고 생각했기 때문이다.

이날 밤, 이여송과 도체찰사 유성룡이 동헌에서 만나 작전을 짜기에 이른다.

유성룡이 소매 속에 넣어온 평양성 지도를 펴 보이며 지리적 위치를 설명했다. 이여송은 잠자코 그의 설명을 듣고 난 뒤 이렇게 말했다.

"왜적이 믿는 것은 단지 조총뿐인데 비해 우리는 대포를 사용하여 5~6리 먼 곳까지 쏠 수 있으니까, 그들이 어찌 우리를 당할 수 있으리까."

걱정 말라고 하였다.

그러면서 그는 주안상을 차리겠다는 유성룡에게 부채시를 한 수 써서 선물로 주며 술은 승전 후에 마시자고 하였다.

군사를 거느리고 밤 돌아 강을 건너온 것은
삼한 나라가 편치 않다고 들었음이로다.
성군께서 날마다 건보를 기다리시거늘
미신이 어찌 이 밤에 술을 즐길손가.
봄이 와서 살기 가득하나 마음은 더욱 장쾌하노니
벌써 요사한 무리들은 뼈마저 저릴 것이로다.
담소하면서 내 어찌 승산이 없을손가
꿈 속에서도 항상 말을 타고 정전한 나이었거늘…

유성룡은 이렇듯 자신만만한 이여송의 일거일동을 왕에게 소상하게 아뢰었다. 왕은 이제야 나라를 되찾는구나 싶어 안도의 한숨을 내쉬었다.

다음해 1월 4일에 숙천부로 진군하여 수녕관에 머물게 된 이여송은 선봉으로 있던 부총병 사대수로 하여금 적장에게 보내는 서찰을 전하게 하였다. 그 내용은 이러했다.

대명국에서 이미 화친하기를 허락하여 유격장 심유경이 멀지 않아 다시 온 다음 화를 의논할 것이라.

이때 소서행장은 이들을 단순한 사신으로만 여겨 그의 비장 죽내길 병위로 하여금 스무여 명의 수병을 이끌고 순안까지 가서 맞아오라고 일렀을 뿐이다.

이때 사대수는 미리 순안군 부근에 복병을 숨겨두고 참장 이녕등과 계략하여 영접하러 나왔던 적병들을 사로잡아 포박하였다. 여기엔 통변 장대승과 죽내길 병위같은 비장도 있었지만, 운 좋게도 다섯 명은 달아나버렸다. 달아난 이들에 의해서 비로소 소서행장은 명나라 대군이 강을 건너온 사실을 알게 되었다.

이때 마침 소서행장 진중에 와 머물고 있던 승 현소는 이런 시를 써서 올렸다.

부상의 나라 일본이 싸움을 그치고 중화의 나라 대명에 복속하게 되었으니 사해와 구주가 한 집안이 되었소이다. 기쁜 기운이 문득 온 세상의 백설을 녹였으니 건곤에 봄이 일찍 와서 태평한 꽃이 피었소이다.

이 시를 읽은 이여송은 현소의 목에 현상금을 걸었다.

'요승 현소를 잡거나 베는 자에게 은 일만 냥을 거노라. 거기다가 후손 대대로 벼슬을 내릴 것이로다.'

이미 명나라 조정에서 내 건 현상금은 이렇다.

· 풍신수길과 수자, 승 현소를 잡거나 베는 자에게 은전 1만 냥, 봉
  백 세습.
· 우희다가수, 소서행장, 종의지, 우자수승, 송포진신 등을 잡거나
  베는 자에게는 은 5천 냥, 지휘사 세습.

그러니까 승 현소의 목에 풍신수길과 같은 액면의 현상금이 걸린
것이다. 풍신수길은 일본 내에 있는 인물이라 잡기가 불가능하지만,
현소는 적장 중에 가장 값비싼 모가지가 돼버린 셈이다. 시 한 수를
잘못 지어올린 죄값이라 생각하기엔 터무니없이 비싼 댓가다.

그러나 이여송처럼 문무를 겸비한 눈으로 본다면 이는 대명국을 이
미 쳐서 복속시킨 승리에 도취한 글임에 분명하다.

'扶桑息戰服中華의 복중화 대명에 복속하게 되었으니'는 '대명을 복
속시키게 되었다'는 말이나 다름 없다.

"이 고이연 놈, 네 일찍이 왜구 중에 요승이 있다는 말은 들었지만,
이렇게 여우같은 놈은 첨 본다."

이여송은 글을 가지고 노는 자를 싫어 하였다. 적어도 사내 대장부
라면 차라리 일본이 국내를 통일하고 이제 그 기운이 뻗쳐 대륙 진출
을 꿈꾸고 나왔으니 한 판 붙어보자, 뭐 이런 식으로 당당하게 나오기
를 바랐던 것이지 요사모사한 말장난을 할 줄은 몰랐던 것이다.

글귀를 가지고 말장난을 하는 자는 치졸한 자다. 이여송은 이 점에
분통이 터졌다. 따지고 보면 아무 일도 아닌 이 글귀 한 자, 이렇게
치졸한 자를 상대하고 있어야 하는 자신이 누추하게 느껴지는 것이다.
적어도 그는 싸울 만한 상대와 맞붙어 싸우고 싶은 것이다. 대명천지
에서 싸울 상대가 없어 조선까지 왔는데, 겨우 이런 생쥐 같은 자를
상대해야 한다니. 그의 분통은 남들이 들으면 웃을 일이었지만, 그 자
신은 상당히 심각했다.

이여송은 황금청옥의 투구와 황적색의 전포 그리고 황금대도를 빗겨 차고 청모마 위에 높이 앉아 호령하는 자기 자신을 그려본다. 그런데 막상 그 앞에 있는 적군은 생쥐 같은 무리들이다. 사람들이 얼마나 비웃을 것인가?

"맞대할 상대가 없는 것도 비극이야."

그는 요승 현소의 시를 받고 스스로 자탄에 빠져 고향에 두고 온 어머니 심씨를 그려본다. 심씨는 평생 동안 그의 스승이며 정신적 지주 같은 존재다. 열 네 명의 총병과 네 명의 참장을 탄생시킨 여장부. 이 여장부는 아직도 이 대장군들의 엉덩이를 때리며 타이르는 강인한 모성을 지니고 있는데, 이 경우 어머니 같았으면 어떻게 하라고 시켰을 것인가를 곰곰이 생각해 본다.

당연히 자만에 빠지지 말라고 먼저 타일렀을 것이고, 그 다음으로는 그래도 최선을 다해 싸우라고 말해 줄 것이다. 이미 답을 알고 있는 대장군이었지만, 어쩐지 마음이 심란하기는 마찬가지다.

이미 승 현소는 이러한 적장의 마음 속까지를 읽고 이 글을 썼을 것이다. 혼란, 혼란이다. 적을 눈앞에 두고 적개심부터 갖는다는 것은 좋지 못하다. 아무리 조총밖에 없는 적이라 할지라도 이미 두 차례나 방어전에서 이겼고 철옹성을 선점하고 있다. 그러한 적이라면 결코 만만하게 봐서는 안 된다.

그는 문득 도체찰사 유성룡의 말을 기억해 낸다.

"아군의 병력으로는 관군 이외에도 의병과 승군이 있습니다."

승군이라! 승군. 그는 갑자기 소리를 높여 부관을 부른다.

"이에는 이… 눈에는 눈…"

부관은 제독의 말뜻을 얼른 알아들을 수가 없다.

"가서 승군대장을 불러오너라."

"승군대장이라 하였습니까?"

"조선군 중에 승군이 있다고 들었다."

"합! 알겠습니다."

"승군대장을 잡아오라는 것이 아니다. 정중히 모시고 오라는 뜻이야. 알겠나?"

이렇게 하여 팔도도총섭 서산대사와 명나라 동정군 총대장 이여송 제독의 만남이 이루어졌다. 이여송은 자기 진중으로 찾아온 서산대사를 정중히 맞아들였다. 진중에 나와 있는 동안 웃자란 머리에 서리가 하얗게 앉은 것이 보이는 대사에 비하면 이여송은 아직 젊은이다.

"어서오세요, 대사님. 찾아가 뵈야 하는데, 이렇게 오시라 해서 송구합니다."

"아닙니다. 우리 나라를 도우러 먼 길을 떠나오신 분인데 당연히 제가 찾아 뵈어야지요."

"허어, 그렇던가요? 주객이 전도되었습니다."

이여송은 차를 내오라 일렀다.

"우리 중화 사람들은 차를 좋아합니다."

"그러십니까? 조선에도 이미 그 차가 들어와 있습니다. 신라시대 당나라에 사신으로 갔다 온 대렴이 차종자를 가져와 지리산에다가 심었지요."

"그러시군요? 차의 역사에 대해서 잘 아시는군요?"

"당나라의 육우라는 사람이 지은 '다경'에 한나라 이전에 차를 마신 고사가 있다는 것을 읽은 적이 있습니다. 다경의 차 일편에 보면 이런 고사가 있습니다. 전한의 선제 때 왕포라는 선비가 만든 매매 계약서에 '동양'이란 서책이 있지요. 거기 나오는 이야기인데 양혜 라는 과부의 전 남편이 편료라는 남종을 1만 5천 냥에 사온 뒤 편

료가 해야 할 일이 적혀 있는데, 무양에 가서 차를 사오는 일과 손
님이 오면 차를 달여 접대하는 일이 포함되어 있어 차 마시는 풍습
이 전한시대부터 있었음을 알게 하지요.”
“과연 대사님이십니다. 어쩌면 그렇게 차에 대해서 소상히 알고 계
십니까?”
“과찬이십니다.”
“중국차로서는 수주차 서주차 고저차가 유명하다고 돼 있지요.”
“티벳트의 찬보왕이 즐겨 마셨다는 차 아닙니까?”
“옳습니다. 이조라는 사람이 쓴 ‘당국사보’의 기록이지요. 그런데
요즘은 전국 어디서나 이 차가 난답니다.”
“차는 그 산지가 문제가 아니지요.”
“맞습니다. 언제 차잎을 따느냐 그 시기가 맛을 결정합니다.”
“이 차는… 아마도 두물차 정도 되는 것 같습니다.”
　서산대사는 차에 대해서 이야기하고 있었고, 이여송은 차에 대한
이야기를 끄집어냈다가 오히려 듣고 있는 쪽이었다.
　차는 채취 시기에 따라 맏물차 두물차 세물차 등으로 구분한다.
　더 세분한다면 음력 섣달에 따는 차를 납차, 춘분 전후를 해서 따
는 차를 사전차, 한식의 금화 이전에 따는 차를 화전차, 그 이후에
따는 차를 화후차, 화전 화후도 아닌 금화의 한식 때 따는 차를 기화
차, 곡우절 이전에 따는 차를 우전차, 이후에 따는 차를 우후차, 입
동에 따는 차를 소춘차 등으로 구분한다.
　차나무에서 따낸 날잎은 햇빛에 말리는 일쇄차와 인공적인 열을 가
해 말리는 발효차로 나뉜다. 발효차는 발효의 유무와 정도의 차이에
따라 불발효차(녹차) 발효차(홍차) 부분 발효차(우룽차)로 나뉜다.
　이여송은 차에 대한 달인을 만난 듯 이야기를 그저 듣고만 있다.

이토록 차에 대해 해박한 지식을 갖춘 사람은 처음 만난 것 같다. 차를 마셔 보지도 않고 차맛을 알아내다니?

"저는 입맛이 까다로워 맏물차는 너무 약하고 세물차는 너무 강해 그 중간쯤인 두물차를 즐겨 마십니다. 그런데 어떻게 대사께서는 차를 마셔 보지도 않고 그 차맛을 아시는지요?"

"하하… 중화차는 대개가 우롱차 아닙니까? 우롱차는 두물 아니면 세물이지요. 설마하니 제독님에게 올리는 차에 세물을 드릴 수는 없겠다 싶어 짐작했지요."

"짐작이라 말씀하셨습니까?"

"예, 짐작도 맞을 때가 있지요."

이여송은 새삼 서산대사를 큰 인물로 생각하는 눈치였다.

"그렇다면, 저 행장이란 자는 어떠하리라 짐작하십니까?"

"고니시 유키나가 말씀이옵니까? 그 자는 아마 퇴로를 빌려 달라 할 것이옵니다."

"퇴로를 말입니까?"

"강안을 열어두고 싸우십시오. 평양성은 삼면이 강으로 둘러싸여 있고 그 입구만 열려있습니다. 그런데 그 입구는 모란봉이 가로막고 있습니다."

평양성은 동남으로는 대동강, 서남으로는 보통강이 둘러싸고 있어 마치 주머니 속처럼 돼 있다. 보통강 옆으로 외성과 읍성이 있고, 모란봉 아래 북성이 있고 칠성문이 있다. 그리고 그 중간에 중성이 있어 보통문이 나 있다.

"중성에서 대동강변으로 나 있는 문이 고리문과 함구문입니다. 이 문을 비워놓으면 적들은 대동강을 퇴로로 삼고 달아날 것입니다."

서산대사는 차에만 달인이 아니었다. 이미 전략도 다 짜여져 있었

다. 이여송은 이 말을 받아들여야 할 지 역정을 내야 할 지 판단이
서지 않았다. 차에 대해서야 역사책을 읽어 아는 일이니까 그렇게 잘
난 체를 해도 되겠지만, 전략에 있어서 함부로 말하는데 있어서는 참
을 수가 없다.

"제독님께서는 소승의 무례한 말을 듣고 역정이 나실 겁니다. 전투
에 대해 아무것도 모르는 일개 중이 뭘 안다고… 그러나 이미 평양
성 탈환은 정해져 있습니다. 제독님의 승리라는 게 나와 있지요.
그러나 소승의 뜻은 성 안에는 미처 피난을 가지 못한 숱한 백성들
이 있고 후에 잡혀간 노역자들도 수없이 많습니다. 만약 제독님께
서 적군을 섬멸시키시려 하신다면 저들도 함께 죽을 수밖에 없는
운명이어서 감히 청을 드리는 것이오니 너그럽게 해량하시기 바랍
니다."

듣고보니 역정만 내서 될 일도 아닌 것 같다는 생각이 들었다.

"옳은 말씀이오. 이 이여송이도 사람 죽이는 것을 그렇게 즐겨하지
는 않습니다."

"듣던 대로 명장이십니다."

"그런데 말이요. 그 모란봉을 어떻게 하면 칠 수 있을 것 같소?"

여기서 이여송은 서산대사를 다시 한 번 시험해 보고 싶은 모양이
다. 이미 적은 유리한 고지를 점령하고 있고 무리한 싸움을 한다면
피아간에 사상자만 더할 뿐인게 뻔한 이치다.

"모란봉에는 수많은 부역자들이 물자를 조달하고 있습니다. 우리
승군이 부역자들의 옷으로 변복을 하고 들어가면 됩니다."

"그렇지만 승군들은 전투 경험이 없질 않소?"

"전투 경험이 많은 명나라 군사들과 함께 짝을 지우면 해결이 날
겁니다."

과연 명안이다. 이여송은 이런 인물이 조선 땅에 있었다는 게 믿어지지 않는다. 말은 조선 사람으로 하도록 하고 싸움은 명나라 군사들이 하게 한다. 빈틈 없는 작전이다.

"모란봉만 탈환하면 이미 적은 우리 수중에 든 거나 마찬가지입니다."

위에서 내려다보고 쏘는 대포의 위력을 미리 알고 있는 서산대사다. 성 밖에서 조준도 하지 않고 쏘는 대포하고 산 위에서 적을 내려다보고 쏘는 대포의 위력은 비교가 안 될 것이다.

이여송은 역시 서산대사를 청하기를 잘 했다고 생각한다.

"대사님 청하기를 역시 잘 했다는 생각입니다."

"제가 할 말이지요."

두 사람은 이날 밤 오래 이야기할 시간이 없는 점을 아쉬워하며 헤어졌다. 일단 전투가 개시되면 일부 동정군과 승군은 조선인 부역자들의 복장으로 변복을 하고 한 조가 되어 싸우기로 약속 하였다.

드디어 작전 개시일이 다가왔다.

동정군은 성을 에워싸고 사방에서 공격을 할 것처럼 돌격 작전을 취한다. 이들을 맞은 소서행장은 성 밖에 녹각책자를 세우고 성벽에는 조총을 쏠 수 있는 만반의 준비를 해놓고 방패를 끼고 검을 빼어 높이 쳐들면서 그 위세를 높이고 있었다.

성 안에 있는 적장들은 대장기를 세우고 북을 치고 소라나팔을 불고 꽹가리를 치면서 안팎을 순시하며 군사들을 독려하고 있는데, 그 기세가 자못 높아 보였다. 성 밑으로부터 사다리를 놓고 성벽을 쳐들어 가기는 불가능한 형세다. 그야말로 난공불락의 요새다.

성을 한 바퀴 둘러본 이여송은 서산대사가 간파한 대로 모란봉에서부터 돌파구를 뚫어야겠다고 다짐한다.

바라보니 모란봉 위에는 청백기를 높이 세운 조총부대가 하늘 높이 총을 쏘며 고함을 질러 사기를 드높이고 있는 것이 눈에 들어왔다.

이여송은 부총병 오유충이 지휘하는 강남 군사 정예부대를 빼내어 모란봉을 치게 하였다.

"그대들은 조선 승군과 함께 행동을 할 것인즉, 즉시 옷을 갈아 입어라."

저들에게는 조선옷을 껴입혀 위장을 시켰다.

"전투가 시작되면 공격을 했다가 후퇴할 때쯤이면 군복을 벗어버리고 조선옷을 입고 저들과 뒤섞여라."

처음엔 무슨 말인지 잘 알아듣지 못한다.

"거짓 공격을 하다가 후퇴를 할 것이다. 그때 미리 조선옷을 껴입었던 자들은 부역자들 틈새에 끼어 산 위로 올라가라는 이야기다. 지금 저 위에는 포로로 잡혀가 부역을 하고 있는 조선 병사들이 수없이 많다. 그들이 너희들을 도울 것이다. 이미 저들과는 연통을 놓아났으니까 별문제가 없을 것이다."

특별히 차출한 특공부대는 오유충 부대원들 중에서도 날쌔기로 이름난 장졸들이다. 거기다가 무술을 연마한 승군들이 한 패가 되어 언어 소통을 한다 하니 이제사 작전 개요를 알아듣는 저들이다.

"너희들은 절대 입을 열지 마라. 말은 짝이 된 승군들이 알아서 할 것이다. 너희는 사지로 들어가는 특공대이니 만큼 각별히 조심해야 할 것이다. 그 대신 너희들에게는 소서행장과 요승 현소를 잡을 기회가 먼저 주어지는 것이니 전과를 올려라."

현상금 이야기가 나오니까 동정군들은 기가 나는 모양이다.

"띵호아…"

"현상금은 내 거다."

이렇게 하여 첫날은 탐색전으로 끝났다.

그러나 밤에 왜구들이 보낸 기습병들이 은밀하게 성에서 나와 부총병 양원과 이여송 장세작의 대장군영을 습격하는 사건이 생겼다. 이들은 곧 붙잡혀 참형을 당하였다.

둘째 날은 아침 일찍부터 전투 태세가 취해졌다.

이여송은 보통문 앞까지 바짝 군사들을 진출시키고 조선군의 방어사 정희현과 김응서는 고리문까지 돌출하였다.

그러나 소소한 충돌이 있었을 뿐 아직 큰 전투는 일어나지 않았다.

동정군들은 포진을 넓게 잡아 수십 리에 걸쳐 공위진을 치고 포문을 배치하는데 하루를 다 잡아먹었다. 그러면서 서쪽에 있는 잡약산, 동쪽에 있는 목멱산 같은 높은 산 위에 거점을 잡고 포진해 있는 조선군을 보고,

"당신들은 높은 산 위에 올라가 구경들만 하시오. 내일은 우리가 반드시 왜구들을 다 때려잡을 것이니까."

하는 것이었다.

과연 대군의 포진은 달랐다. 유리한 고지 같은 곳을 거점으로 삼아 소규모 전투를 벌이는 게 아니라, 온 들녘을 모두 전장터로 잡는 것이다.

"과연 대군은 대군이다."

이날 저녁에 또 기습병들이 야습을 감행하여 부총병 이여백의 진영을 급습하였지만, 아무런 성과를 거두지 못하였다.

드디어 총공세가 시작되는 날이다. 새벽 여명에 이여송은 향을 피우고 이 날의 점괘를 보았다.

길일이다.

아침 조반을 든 이여송은 친위병 2백여 명을 거느리고 역전의 청

모마 위에 높이 앉았다. 황금 청옥의 투구가 햇빛을 받아 번쩍였고 비껴 찬 황금대도에서도 빛이 번쩍거리고 있었다. 제독기가 앞장 서고 마상에 높이 앉은 제독은 철편으로 지휘봉을 대신하고 있었는데, 친병 2백여 명이 뒤를 따랐다. 부마 4두와 총수 궁전수 불랑기 포수 등정병이 사방을 호위하였다. 그 기세가 하늘을 찌를 듯하다.

그의 청모마가 칠성문 앞에 이르렀을 때 어디서 날아왔는지 소리도 없이 날아온 총탄이 그의 청모마를 쓰러뜨렸다. 그러나 그는 당황하지 않고 기우뚱 쓰러지는 청모마에서 뛰어내려 적록마의 부마로 갈아 탔다.

이 바람에 앞으로 나아가기를 주저하는 병사가 눈에 띄었다.

그는 거침없이 마상에서 병사의 목을 쳐 높이 들고는

"앞으로 나아가기를 주저하는 자는 이렇게 될 것이다. 그러나 제일 먼저 성 위에 오르는 자에게는 상은 오천 냥을 내리리라."

하고는 병사들을 독려하여 공격을 하도록 명령하였다.

"공격하라!"

"공격하라."

와! 하며 군졸들이 앞을 다투어 성벽을 기어오르는 동안 또 한 방의 적탄이 날아와 제독의 적록마를 쓰러뜨렸다. 그는 또다시 흑토마로 갈아타고 진격을 독려하였다. 대장이 최전선에서 말을 세 번씩이나 갈아타며 전투 지휘를 하는데, 어느 병졸이 싸움에 임하지 않을 수 있을까? 모두들 죽을 둥 살 둥 성벽을 기어오른다. 앞 사람이 쓰러지면 뒷사람이 기어오르고 또 그 사람이 쓰러지면 그 뒷사람이 악착스럽게 따라 붙는다.

일기당천이다. 이렇듯 악착스런 공격이 이어지자 왜구들은 중성에서 북성 쪽으로 달아나며 조총을 쏘아댄다. 거의 허공을 향해 총알이 날아가는 것을 보니 건성으로 쏘아대는 것이 틀림없다.

이여송과 참장 이방춘의 군사는 정양문과 정해문을 일시에 돌파하였다. 뒤이어 참장 낙상지의 군사들이 주작문과 장경문을 연달아 점령하였으나 토굴을 파놓고 사방으로 총구를 뚫어놓은 진지 앞에서는 어찌할 수가 없었다.

왜구들은 을밀대와 만수대 높은 곳에 토굴을 만들고 그 속에서 총을 쏠 수 있는 진지를 구축해 놓았는데, 그 총구가 사방으로 향하고 있어 접근할 수가 없다. 게다가 진지 앞에 잡혀간 포로들과 조선인들을 방패막이로 삼아 줄을 세웠는데, 차마 저들을 향하여 대포를 쏠 수는 없었다.

"독화살을 쏘라."

동청군은 독화전과 신화전에 불을 붙여 쏘았다. 독화살의 연기를 쏘인 토굴 안에서는 기침 소리가 콜록콜록 들리고 드디어는 굴 밖으로 나와 토하는 자의 모습이 보이기 시작했다.

"공격을 늦추지 마라."

점령한 토굴 안에 대고는 화공을 퍼부었다. 일시에 토굴이 폭파되어 터져나가고 아우성 소리가 천지를 뒤덮는다.

이때에 소서행장은 나머지 군사들을 이끌고 풍월정 토굴 안으로 뛰어들어갔다. 모란봉으로 올라가려 했지만, 이미 모란봉에 승군의 기치가 꽂혀 있는 것을 보았기 때문이다. 모란봉을 빼앗겼으면 이젠 싸울 재간이 없다. 더 이상 어디서 버텨볼 곳이 없는 패전이다.

그런데다가 잔뜩 기세가 오른 동정군은 자제하고 있던 대장 군포와 위원포, 벽력포 등을 동원해 집중 사격을 퍼붓는다. 사방에서 화약 연기가 치솟고 살점이 타는 냄새가 하늘을 진동한다. 그중에는 적군도 있을 것이지만 대부분이 바다를 건너 여기까지 온 부하 장졸들이라 생각하면 가슴이 미어지는 소서행장이다.

"하늘이 우리를 버린 것이야."

간밤 작전회의에서 많은 부하들이 후퇴를 권했을 때 그 말을 들었어야 했다고 생각하는 소서행장이었다.

"자네 말이 맞으이…"

간밤의 작전회의에서 유마청신은 '내일 아침에는 적이 반드시 공격해 올 것이므로 내성은 좁으니 외곽을 수리하여 사용하면서 성을 고수하고 원병이 오기를 기다려야 한다'고 하자, 이에 대해 송포진신은 '대동강을 아무런 방해없이 건널 수 있는데, 원병이 아직 당도하지 않는 것은 적이 중간에서 이미 길을 막은 것이니 원병을 기다릴 것이 아니라 2개 군단으로 구분하여 후퇴하였다가 다시 병력을 모아가지고 평양성을 탈환하자'고 말하였다. 결과적으로 송포진신의 의견이 옳았던 것이다.

이미 대동강은 얼어 있어 마음만 먹으면 밤중에 강을 건너 원군과 합세하여 후일을 도모할 수 있었던 것이다. 이들이 믿고 기다리는 원군이란 봉산군을 지키고 있는 대우길통의 군사들을 말함인데, 사실 원군이 온다고 해도 그 숫자는 몇 천 명에 불과한 것이어서 실질적인 싸움에 큰 도움이 될 병력은 아니었다.

그런데도 이들이 원군에 기대를 거는 것은 사전에 아무런 정보도 없이 갑작스럽게 밀어닥친 동정군의 침공도 침공이었지만 신출귀몰하는 승군이 거기 있을 줄은 미처 몰랐던 때문이기도 하였다. 이날 전투에서 가장 큰 실수는 모란봉을 사수하지 못한 작전 미숙이었다.

처음에 승군은 명나라 복장을 하고 싸움에 가담하였지만 일진일퇴를 거듭함에 따라 한 사람씩 군복을 벗어버리고 조선인 부역자들로 변장을 해서 산으로 올라왔던 것이다. 저들은 실탄과 화살을 운반하는 척하다가 일시에 포대를 장악하고 조총을 쏘도록 설치해 놓은 토굴을 점거해 버려 산을 향하여 밀려 올라오는 적군들을 눈앞에 두고서 고스란히 당할 수밖에 없었던 것인데, 더욱 기가 막힌 것은 현소가 저들한테 붙잡힌 것이다.

현소를 붙잡은 적장 중의 한 사람인 일월선사란 자는 현소와는 구면이었다. 전쟁 이전에 이미 만나 서로의 학식과 도술을 겨루어 본 적이 있는 인연으로 얼굴을 잘 알고 있었다.

그런데도 현소를 붙잡은 일월은 조용히 이렇게 말했다.

"네 목에 현상금이 얼마나 걸려 있는 줄 아느냐?"

"일만 냥이라고 들었다."

"네가 만약 명나라 군사들한테 먼저 붙잡혔더라면 어떻게 되었을 줄 상상해 보았느냐?"

"상급이 탐 나서 목을 가져갔겠지."

"그렇다. 사람이 태어나 제 죽고나면 무슨 소용인가? 아무리 나라를 위해서 전쟁을 하고 있지만, 그대는 일본국을 위해 목숨을 바칠 위인은 아니잖은가?"

"그건 그렇다."

"나 역시 네 목을 들고 가 상급이나 타 먹을 그런 위인은 아니다."

"그건 이미 익히 알고 있는 바, 당신이 나를 살려주는 이유는 단 하나…"

"단 하나? 그 이유를 알고 있다는 말인가?"

"두 왕자의 목숨을 돌려받기 위해서라면 틀린 대답인가?"

"역시 그대다운 생각이다. 내 지금 그대를 살려준다면 두 왕자를 돌려보내 줄 것인가?"

"지금 당장 평양성에 있는 분이 아니라서 장담은 못하겠지만, 노력은 해 보겠다.”

“평양성에 있는 줄을 내가 안다.”

“그렇다 치더라도 그건 내 소관이 아닌 것을 그대도 잘 알지 않는가?”

여기서 현소는 두 왕자의 목숨을 담보로 살아나갈 구멍을 찾은 듯 싶은 모양이다. 일월선사는 그러한 현소의 심중을 헤아려 도망갈 구멍을 준다.

“아니라면 굳이 아니라는 그대의 말을 믿겠다.”

“그대의 아량에 감사한다.”

“그러한 감사는 이미 한두 번이 아니었다는 것을 기억할 것이다. 그러니 다시는 이런 일로 만나지 않기를 바랄 뿐이다.”

“정말 도량이 깊으신 분이다. 고맙다.”

“그렇다면 좋다. 당장 오늘밤이라도 퇴로를 열어줄 테니까 성을 빠져 나가 개죽음을 면하라. 내일이면 온 성이 불바다로 변해 버릴 것이다.”

“추격하지 않는다는 보장도 할 수 있는가?”

“그건 내 권한이 아니라 장담은 못하겠지만 제독에게 권해 보겠다.”

일월선사는 현소에게 조선인 부역자들이 입는 평복을 입혀 진지를 떠나보냈다.

두 선사는 이렇게 남몰래 만나 남모르게 헤어졌다.

현소는 언젠가 한 번은 다시 맞닥뜨릴 것이라는 막연한 기대를 갖고 있던 일월선사를 이런 곳에서 이런 식으로 다시 만날 줄은 몰랐지만, 하여튼 눈물이 나도록 고마웠다.

이렇게 간신히 목숨을 구한 현소는 소서행장에게 돌아가 후퇴를 종용하였다.

“아직도 늦지 않았습니다. 적은 강을 터놓고 있습니다.”

"그렇다고 비겁하게 싸우다가 도망갈 수는 없지 않은가?"

작전상 후퇴와 싸우다가 후퇴하는 것은 다르다. 소서행장의 마지막 남은 자존심이다.

"이건 비겁한 도망이 아닙니다. 전장에서 일진일퇴란 언제나 있을 수 있는 일입니다. 병가지상사란 말이 있질 않습니까?"

현소는 지금 때를 놓치면 모든 병사들이 떼죽음을 면치 못할 것을 이른다.

"이미 사상자가 1만여 명이 넘습니다. 게다가 빼앗긴 말이 2천 9백 85필이나 되며 병기를 빼앗긴 건수만 해도 4백 52건이나 됩니다."

그러니 내일 있을 전투에는 더 많은 사상자가 날 것은 뻔한 이치다.

"이제 남은 것은 열흘 치의 군량 밖에 없습니다. 그것도 사상자의 몫이 필요없게 되었기 때문입니다."

제장들의 연이은 보고에 소서행장의 고집도 꺾이고 만다.

이 때를 놓칠새라 현소가 말했다.

"이미 소승이 퇴로를 얻어놓았습니다."

현소와 이런 밀약을 해놓고 돌아온 일월선사는 이 일을 어떻게 처리하는 것이 현명한 결과를 얻을 수 있을지 곰곰이 생각하였다. 명나라에서 친히 현상금을 내건 인물을 그냥 살려서 전적으로 돌려보냈다면 당장에라도 불호령이 떨어질 터이고, 더군다나 두 왕자의 목숨을 구하기 위하여 그랬다면 모가지가 두 개라도 모자랄 일이 아닌가?

그러나 서산대사는 이 일을 간단히 마무리 지었다.

"성 안에 남아 있는 왜구는 이제 몇 명 되지 않습니다. 저들을 괴멸시키고자 내일 또다시 전투를 벌이는 것은 빈대 잡자고 초가삼간 다 태우는 짓에 불과합니다. 쥐도 도망 갈 구멍을 열어놓고 쫓는 법이라 했습니다. 이제 그 퇴로를 열어 스스로 도망 가게 함이 가

할 줄로 생각합니다."

이여송은 이 청을 받아들여 적장에게 격문을 보냈다.

'내가 병력으로써 능히 일거에 섬멸할 수 있으나 사람의 생명을 모조리 없앤다는 것은, 차마 하기 어려워 너희들에게 살 길을 터 주려고 하니 너는 빨리 여러 장령들을 데리고 나의 원문을 찾아와서 나의 약속을 듣도록 하라.'

소서행장은 이에 답하였다.

'지금 우리들은 물러나려 하니 퇴로를 막지 않도록 해 달라.'

격문을 가지고 왔던 자들이 돌아가자, 소서행장은 마지막으로 제장들의 의견을 수렴하는 과정을 거쳤다. 소서행장은 모든 일을 제장들과 합의하여 일을 처리하는 합리적인 면을 가지고 있는 최전방 지휘관이었다.

군감 소야목봉전조라는 자가 앞으로 나와 의견을 피력한다.

"우리 군사는 많이 피폐하여 쓸 수가 없으며 피아의 병력 차가 너무 심하니 죽기만 하여도 무익한 노릇이라 앞서 송포진신이 말한 대로 강을 건너서 본군과 합친 뒤에 선후책을 마련하기 바랍니다."

모든 장수들도 이 의견에 동조하였다.

"누가 나가 보고 오거라."

소서행장은 급히 부장을 내보내 대동강을 살펴보라 하였으나 강을 지키는 군사가 없다는 보고였다. 이들은 각기 열흘분 식량을 나눠 갖고 길을 떠났다. 대동강변에 있는 배를 태워 불을 밝히고 빙판길을 건너 남하하는 작전을 폈다.

이렇게 퇴진하는 왜구들을 보고 전후 내막을 모르는 명군은 왜 뒤를 추적하지 않느냐고 불만을 터뜨렸다. 일부 성급한 병졸들은 군령을 어기고 소서행장과 승 현소의 목에 걸린 현상금을 노리다가 되레

죽임을 당해 시체로 돌아오기도 했다.

이들 주검을 본 명나라 군사들 중에는 제독이 현상금을 아끼려고 일부러 퇴로를 열어 적을 도주시키고 있다는 불만을 토로하는 자들도 있었다.

그러나 조선군은 달랐다. 달아나는 적군이라 하여 그냥 둘 수는 없는 일…. 참장 이녕 등은 달아나는 이들을 추적하여 3백 59명을 베고 포로로 둘을 생포하여 왔다.

이때에 왜구들이 애타게 기다리고 있던 원군인 봉산군과 황주를 맡고 있던 적장 대우길통은 구원 요청을 외면한 채 평양성의 포성을 듣고는 남쪽으로 도망치고 말았다. 그러니 소서행장 일행이 봉산성에 다다랐지만 맞아줄 그림자조차 없었던 것이다. 설마하니 믿고 당도한 텅 빈 봉산성에서 하룻밤을 지내야 했던 소서행장은 다음날은 용천성에, 그 다음날은 백천성, 개성을 거쳐 한양으로 퇴각을 하였다. 부하 장졸들을 다 잃어버리고 군기마저 빼앗겨 버린 빈 손이었다.

그는 이때처럼 참담한 적은 없었다고 회상한다.

그러나 그는 이 날을 잊을 수 없었다고 했다. 만약 퇴각을 하지 않고 고집을 앞세워 전원 순사를 하였더라면 왜병보다 더 많은 조선 백성이 먼저 탄알받이로 죽었을 것이다.

이날 순변사 이일은 조방장 김응서와 함께 함구문으로 들어갔다가 날이 저물자 성 밖으로 나와 진을 치고 있었는데, 적이 퇴각하고 있다는 사실을 알고도 밤이 늦었다는 이유로 추적하지 않았다.

사람들은 이 문제를 두고 제독이 어떤 판단을 내릴 것인가를 주시하고 있었다. 참장 이녕은 명을 어기고 적을 추적하였고, 순변사 이일은 적이 퇴각해 달아나는 것을 알고도 추적하지 않았다. 어찌 보면 서로 상반된 모순인 것 같지만 제독은 명쾌한 처리를 하였다.

"적이 퇴각하는 것을 알고도 모른 척 놔두다니… 그런 자가 어찌
　장수감이 되리오."
하고 접반사 이빈으로 하여금 새 순변사를 삼도록 조정에 요청을 하
였다.

　설사 적군의 지휘관이 퇴로를 열어주었다 하더라도 적군은 적군이
니만큼 적을 쫓아 베어야 한다는 것이었다. 이는 어찌 보면 상당히
이율배반적인 이야기 같지만, 명나라 군사가 아닌 조선군의 장수로서
는 마땅히 자기 나라를 침범한 적군을 한 사람이라도 더 치고 싶은
의욕과 적개심을 가져야만 장수다운 장수가 된다는 이론이었다. 이론
의 여지가 없는 이론인지라 조정에서도 은밀히 이를 받아들여 좌의정
윤두서를 보내어 이빈으로 하여금 순변사 자리에 앉히고 병사 3천 명
을 주어 제독의 지휘 하에 있도록 조처하였다.

　이여송은 평양성 수복이 이렇듯 쉽게 끝난 것은 서산대사의 혜안
덕분이라고 생각하고는 그를 불러 위로를 하였다.

　"대사님 덕분에 평양성 수복을 이토록 쉽게 할 수 있었습니다."

　"무슨 과찬의 말씀을요. 이는 다 제독님의 탁월한 전투 지휘 덕분
　이지요."

　마침 행재소에서 보낸 대신들과 승지들이 큰 잔치를 베풀어 승리를
축하하는 연회를 베풀었다. 두 사람은 서로의 그릇됨을 알아보고 서
로에게 존경심을 표하고 있다. 큰 그릇들은 큰 그릇대로 노는 법인
가? 이여송은 말술을 그대로 들이켰고 서산대사 역시 두주불사였다.

　"이 자리에 유정과 일월이 없어서는 안 되지…"

　서산대사는 사람을 시켜 사명당 유정과 일월선사를 불러 이여송에
게 인사를 시켰다.

　"제자들이 옳습니다. 승군의 지휘는 이들이 맡아서 하고 있습니다."

이여송은 두 사람에게도 술잔을 권하였다.

"좋은 제자들을 두어 흡족하시겠습니다. 가능하다면 나에게도 그 머리를 하나 빌려주십시오."

"그러십니까? 그러잖아도 이 일월을 제독님의 안내를 맡게 하려고 불렀습니다. 조선 팔도를 손바닥 보듯 지리에 밝아 낯선 길 다니실 때 꼭 필요하실 겝니다."

"대사님께서 천거하시는 분이라면 여부가 있겠습니까?"

일월선사는 갑자기 왜 이런 식으로 자기를 이여송에게 넘겨주는지 알 수가 없었다. 반드시 스승의 행동에는 숨은 무슨 뜻이 있으련만 현재로서는 그 깊이를 알 수 없다.

그러나 답은 곧 나왔다.

"조선 팔도에서 요승 현소의 화상을 아는 사람은 이 일월이 밖에 없습니다."

이에는 이, 눈에는 눈… 중에게 맞설 사람은 중밖에 없다? 일월선사는 퍼뜩 이런 생각이 떠올라 혼자 피식 웃는다.

"일본군의 전 지휘권은 소서행장과 가등청정 같은 자들이 갖고 있지만, 저들을 움직이는 자는 현소 옳습니다. 현소는 이미 십년 전부터 조선 팔도를 정탐해 간 적이 있지요. 그런데 이 일월에겐 꼼짝 못하지요. 이미 십 년 전부터 현소라는 자를 관찰하고 있었거든요. 상생상극이라 할까요."

호랑이를 잡으려면 먼저 호랑이굴에 들어가야 한다. 이여송을 통해서, 그의 머리를 쥐고 흔들어야 현소를 잡을 수 있다는 이야기일 것이다. 현소의 머리만 잡으면 전쟁은 이긴 거나 마찬가지다. 이제사 서산대사께서 왜 갑자기 이 자리에 자신들을 불렀는지 확실히 알 것 같은 두 사람이다. 역시 처세에 능한 스승 밑에 그 제자들이었다.

　이여송은 말술을 마시고도 끄떡하지 않는 노승에게 다시 술잔을 권하며 놀라워한다.
‘조선에 이런 신선들이 있는 줄 몰랐다.’
이여송은 술이 거나하게 되어 시를 한 수 적어 주었다.


無意圖功利 專心學道禪 今聞王事急 摠攝下山嶺

공명과 이익에 뜻을 두지 않고
도를 닦는데 전심하던 큰 스님이
오늘 나라가 위태하단 소식 듣고
총섭이 되어 산을 내려오셨네.


　이에 여러 장군들이 서로 서산대사를 칭송하는 글을 지어 올리고 예물을 바쳤다. 과연 대명의 장수들답게 문무를 겸비한 재량을 돋보이는 자리였다.

# 15. 잔당에게 붙잡히다

평양성이 수복되었다는 소식을 듣고 집으로 돌아오던 이수익 일가는 봉학에서 이틀을 머물었다.

눈이 퍼붓기 시작하여 걸음을 옮길 수도 없었지만, 봉학 고모네 집에 들어가니 일시에 피로가 풀려 몸을 움직일 수가 없다. 군불을 넣은 방바닥에 등이 착 달라붙는 것이 세상만사가 귀찮다.

"내 집이 이렇게 좋은 것을…"

"그러게 말이야. 그 고생을 했으니 집이 좋은 줄 깨닫지."

얼어 부르튼 발을 녹이고 구들장을 따고 묻어두었던 독에서 쌀을 꺼내 이밥을 실컷 해 먹고 나니 정승이 부럽지 않았다.

인선은 개울가로 나와 빨래를 한다. 밀린 빨래도 빨래였지만, 어른들이 주욱하니 누워 있는 사이에 끼어 있을 수도 없고 잠시라도 황보와 단 둘이서만 있고 싶은 심정이라 빨래 핑계를 대고 밖으로 나와버린 것이다. 얼음이 두껍게 얼어 있었지만 황보가 빨래 구멍을 뚫어

주었다. 이래서 남자가 필요한 것이란 생각을 해본다. 여자에겐 절대적으로 남자의 힘이 필요하다.

"손 시리겠다."

황보는 이러다간 손이 얼겠다며 자기가 빨래를 해주겠다고 나선다. 한 손으로 빨래를 어떻게 하겠다고 하는 건지? 빨래는 두 손으로 박박 문질러야 한다. 인선은 순간 황보의 불구를 생각하고는 기가 막히다는 느낌을 갖는다.

정말로 저 남자하고 결혼을 해야 하는가? 이제 집에 돌아가면 찬물이라도 떠놓고 혼례를 치를 작정이다. 그런데 왜 하필이면 팔이 없는 외팔이하고? 산에 있을 때 느끼지 못했던 강한 불안감이 온몸을 휩쓸고 지나간다. 사람의 마음이 왜 이렇게 간사한가? 산에 있을 때는 외팔이건 뭐건 상관없다고 생각했었는데, 이제 막상 내려와 보니 새삼 마음이 동요되는 것을 깨닫는다.

이런 인선의 마음을 아는 지 모르는 지 황보는 '손이 시려도 나는 한 손 밖에 안 시리니까' 하면서 빨래감을 치대고 있다.

"들어가 있어요. 남들이 보면 뭐라고 하겠어요?"

"남들이 뭐라건? 우리만 좋으면 됐지, 뭐…"

황보는 솥을 떼다가 걸어놓고 불을 지핀다. 아무래도 이가 들끓어 속옷 빨래를 하자면 삶아야겠다는 인선의 말에 얼른 가서 솥을 떼오는 황보다.

"나 이런 거 산적할 때 많이 해 봤어요."

그는 아무렇지도 않게 산적 노릇했을 때를 들먹거린다. 오히려 아버지는 이러한 황보의 전력을 높이 샀다.

"사내란 고생을 해 봐야 해. 젊어 고생은 사서라도 하는 것이다."

아버지는 배소에서의 뼈져렸던 고생을 이야기하며 인생의 절반을 거기서 새로이 배웠다고 말씀하셨다.

"양반이란 허울 좋은 거… 혼자 있으면 굶어 죽기 딱 알맞은 게 양반이야. 그러니 모름지기 고생을 해본 사람이어야 한다구."

산적 노릇을 할 만큼 고생했다면 다른 건 더 물어볼 것이 없다는 아버지의 황보에 대한 지론이었다. 난세에, 그것도 난리 판국에 살면서 남자라면 자연의 이치와 세상의 어려움 정도는 알아야 한다는 말이었다.

지금 황보가 하고 있는 짓도 그런 어려움을 겪고 난 다음의 행동일 것이다. 양반입네 하고 턱주가리 수염 나기만 기다리는 도련님이라면 누가 이렇게 일손을 거들 것이며, 아녀자의 어려움에 동참할 것인가?

그렇게 생각하면 일견 대견스럽고 자랑스럽기까지 한 황보다.

인선은 문득 지난 여름 이 개울을 거슬러 올라갈 때를 떠올린다. 그리고 그 부랑자들과 고기를 잡아 구워 먹던 일을 상기해 본다.

한여름에 올라갔다가 한겨울에 내려오는 일이니까, 벌써 반년이나 전 일이다. 그 반년 사이인데 등에 업혀 올라갔던 기천이 걸어서 내려올 정도로 컸고 글공부도 많이 했다. 생각하면 하염없는 세월이다.

얼음 밑으로 고기들이 왔다갔다 하는 모습이 보인다.

"지난 여름엔 저 고기 잡아 구워 먹고 올라갔었는데…"

"그래? 내가 고기 잡아줄까?"

황보가 고기를 잡아주겠단다. 그땐 이판사판으로 있는 힘 없는 힘 다 내어 남자들 앞에서 고기를 잡았었다. 그땐 살아남기 위해서 억지로 힘을 과시해 보였지만, 이번에는 경우가 다르다. 남자가 그 스스로 고기를 잡아주겠단다.

"얼음 밑에 있는 고기를 어떻게 잡아?"

인선은 무슨 재주로 고기를 잡을 것인가 궁금하다. 황보는 커다란 돌멩이를 어깨 위까지 들어올렸다가 얼음 위로 솟아 있는 돌을 내려친다. 두 손으로 치켜올렸다면 더 큰 돌을 들어올렸다가 내려칠 수 있을 것이지만, 그렇지가 못한 남자다. 그런데도 돌 밑에서 하얀 고기가 뱃대기를 드러내놓고 떠오르는 것이 보였다.

"돌망치라는 거야."

큰 돌을 들어 물 밖으로 나온 돌머리를 내려치면 돌 밑에 있던 고기가 놀라서 나온다. 고막이 터져서 나온다고 한다.

"이게 뭐야?"

"피리… 이건 쏘가리라는 거야. 얼마나 맛있다구."

인선은 이렇게 해서 떠오른 물고기를 잡아 불에 구워주는 황보를 바라보며, 이 남자는 앞으로 자신을 굶기지는 않을 것이라는 생각을 해본다.

"어디서 이런 건 배웠는데?"

"산적하면 이런 건 기본이야."

홍보는 산적 노릇을 하면서 인간이 알아야 할 것들은 그때 다 배웠다고 한 적이 있었다. 양반 노릇만 하고 있었다면 굶어 죽기 딱 맞는 환경에서도 산적은 살아남는다. 자연은 인간이 먹을 것을 다 가지고 있다가 내어준다.

다만 인간이 무식해서 그걸 모르고 굶어 죽는다. 어설픈 양반만이 그걸 모르고 산다. 그래서 그는 이제 양반이 싫은 사람이다.

"산적한게 무슨 자랑이라구…"

"난세에는 그렇게 될 수밖에 없어."

"또 그런 짓 할려구?"

"이젠 안 한다."

"왜?"

“우리 기천이랑 인선이 있잖아?”

“정말 우리 기천이 좋아하는 거야?”

“물론이지. 이제부터 우리는 잘 살 거야.”

“어떻게? 뭐해 가지고?”

황보는 이제 장사를 할 거라 말했다. 상민도 아닌 양반이 어떻게 장사를 할 거냐면 스스로 자존심을 한 치만 낮추면 된다고 했다. 돈 많은 장사치가 돈 없는 양반보다는 낫다는 것이 그의 주장이었다.

“이번에 명나라가 왜구들을 쳐 없애고 나면 곧 무역길이 크게 트일 거야.”

그는 일찍부터 역관이 되기 위해 공부를 해왔다. 때문에 명나라 말도 익혔다. 명나라와는 원단에 보내는 정조사, 황제 부부의 탄일에 보내는 성절사와 천추사, 동지에 보내는 동지사 등 1년에 네 차례씩 사행을 보낸다.

이밖에 사은사, 주청사, 진하사, 진위사, 변무사 등을 수시로 보냈다. 사행 일행은 40명으로 황보도 아버지 덕분에 두어 번 국경을 넘다 온 일이 있었다. 비록 짐꾼으로 다녀온 북경이었지만, 평생 잊지 못할 꿈을 심어준 곳이 바로 그곳이다.

사절단 일행이 오가며 예물을 주고 받는 것을 공무역이라 한다. 예물과 그 답례물이다. 이러한 물건들은 모두 궁중이나 정승들 손으로 흘러들어간다. 그러나 사절단 일행이 사사로이 구해 오는 물건들이 시중으로 흘러들어 암시장을 형성한다. 이게 소위 사무역이다.

황보는 전쟁이 끝나고 나면 반드시 그 시장이 커질 것이라는 기대감을 가지고 있다. 그 시장만 개척한다면 큰 부자가 될 수 있다는 꿈이다. 그는 인선에게 여러 번 그 포부를 이야기한 적이 있었다.

이미 이런 몸을 가지고서는 벼슬길에 나아갈 수도 양반 노릇을 할 수도 없다는 게 그의 판단이다. 게다가 한 번 귀양살이를 하고 난 집 안이니 앞으로 아무리 좋은 세월이 온다 해도 그 여파가 남지 않으리 란 보장이 없다는 것이었다.

뿐만 아니라 한시도 쉬지 않고 일어나는 당파싸움도 지긋지긋하다 는 것이다. 그러니까 앞으로는 절대로 벼슬길 근처에도 안 간다는 것 이 그의 각오이고 갈 수 없다는 것이 현실이었다.

인선이도 그의 그러한 입장에 전적으로 동의를 한 적이 있었다.

그러나 무역 같은 건 아니었다. 단순히 평양 거리에 포목점이나 하 나 내어 비단가게를 하는 정도로 생각했었다. 무역을 한다면? 국경을 넘어 왔다갔다 하는 일을 일삼겠다는 것 아닌가. 그건 아직 한 번도 생각지 못했던 일이었다.

"무역길이 트인다구요?"

"두고 봐, 이 황보재은덕이 큰일을 이루어 낼테니까."

무역을 해서 돈을 벌겠다는 이야기였다.

인선은 재물이 아무리 많으면 무엇하리? 서로 떨어져 살기는 싫은 평범한 아녀자에 불과했다. 그렇다고 남정네가 무슨 큰일을 하겠다는 데, 그걸 막고 나설 위인도 못 되었다. 또한 아직 시작도 안한 일을 두고 벌써부터 이러쿵저러쿵 하는 일은 아녀자가 할 일이 못 된다는 생각이다.

아녀자의 미덕은 순종이다. 다소곳이 엎드려 있는 듯 없는 듯 내조 만 하면 되는 것이다. 인선은 그렇게 배워왔다. 그러니 남자가 하는 일에 사사건건 간섭할 필요는 없다. 그러나 단지 국경을 넘어 남의 나라를 드나든다니까, 그게 불안스러울 거라는 느낌이다.

"오마니…"

이들이 이러고 있는 사이 기천이 달려온다.

고모집에서 급하게 새로 지어 입힌 치마저고리의 옷고름이 바람에 나부낄 지경이다. 고모님이 시집 올 때 혼수감으로 싸온 낡은 이부자리를 뜯어 만든 옷이었지만, 그래도 베적삼 안에 토끼 가죽을 벗겨 넣어 등판대기를 덧대 입은 그 누비옷에 비하면 한결 티가 난다.

"야아! 기천이 새 옷 입으니 선녀 같다."

"그래? 나 새 옷 입으니까 좋아. 엄마도 새 옷 입으니까 좋지?"

"응, 그래…"

오자마자 모두들 장롱 속에서 아무 옷이나 꺼내 입었다. 다행히도 집안의 물건들은 도둑맞은 것이 없어 장롱 속의 옷들이 그대로 남아 있었다. 그러나 인선은 고모님의 몸집이 워낙이 커서 헐렁한 옷을 그대로 입을 수밖에 없어 허수아비 같은 꼴이다. 그래도 옷을 몽땅 갈아입고 나니 살 것 같은 기분이다.

이로부터 해방이 되었기 때문이다.

"내 옷도 빠는 거야? 그 토끼털…"

"응, 그 토끼털에는 서캐가 끼어서 삶기까지 했단다."

"서캐가 뭔데?"

"이 말이다. 이…"

"이? 아이 가려워. 이란 말만 해도 가려워지네."

인선은 이렇게 천진난만한 기천을 하늘 높이 끌어안고 빙글빙글 돈다. 이제는 고생 끝 행복 시작이라고 생각하는 모양이다.

"우리 그 전에 피난 갈 때 여기서 물고기 잡아 구어 먹었지. 그치 엄마…"

기천은 잊지도 않고 지난 여름을 이야기한다.

"그래, 여기는 아니었지만 그랬었지. 우리도 아까 고기 잡아 구어 먹었는데?"

"고기를 어떻게 잡았어?"

"황보 아저씨가 돌망치로…"

하다가 황보를 건너보는 인선이다.

이제는 아저씨에서 아빠로 그 호칭을 바꿔야 할텐데, 아직 그게 잘 되질 않는다. 아이에게 억지로 그렇게 시킬 순 없지 않은가? 그러면 서도 황보의 눈치가 보이는 인선이다.

"돌망치? 돌망치가 뭔데?"

기천이 눈을 반짝이며 묻는다. 기천의 궁금증을 풀어주려는 듯 황보가 큰 돌을 하나 들고 개울가로 간다. 한 손으로 들기엔 너무 큰돌이다. 그런데도 그 큰돌을 가슴께까지 끌어안고 개울가로 가는 모습이 애처롭기까지 하다.

이윽고 내려친 돌이 고기를 잡았는지 둘이서 즐겁게 웃고 떠드는 저들을 보며 인선은 집으로 들어왔다.

"기천이는 어쩌고 혼자서 들어와?"

"황보 아저씨가…"

"너 언제까지 황보 아저씨, 황보 아저씨 할래? 혼례 올리고서도 그렇게 부를래?"

황보는 결혼을 하는 것까지는 허락했지만 혼례식은 부모님을 모시고 하고 싶다고 하였다. 일월선사의 서찰로 미루어 봐서 부모님들도 이 혼사를 반대하지 않는다는 건 알겠지만, 그래도 부모님 보는 앞에서 예를 치르는 것이 합당치 않겠냐는 의견이었다.

"고모님은 참, 그러면 뭐라 불러요? 아직 혼사도 치르지 않았는데…"

"그러면 혼사도 치르지 않은 처녀가 총각하고 그렇게 자냐?"

고모도 지지 않는다. 노골적이다. 인선은 더 노골적이다.

"내가 뭐 처년가? 다 큰 애기엄마를 두고 자꾸 처녀 처녀한대?"

"저 에미나이가 거저 못하는 말이 없어."

잠자코 바느질을 하던 어머니가 결국 한마디 거든다. 장난삼아 고모하고 한 마디 했던 것이 화근이 되어 불씨를 당긴다.

"엄만, 참! 내 일이라면 뭐던지 못마땅해서 저래…"

"에미나이가 애를 낳아도 제할 말이 있다더니 저게 이제 그 짝 났네? 입이 열 개라도 아무 말 못할 것이…"

이쯤되면 인선이도 참을 수 없다.

"내가 뭐 그러고 싶어서 그랬나? 나도 따지고 보면 억울한 사람이라고…"

지금까지 수없이 했던 말들이 또 큰 불길을 만들고 있었다.

"거저 에미나이가 남의 속 타는 줄 모르고…"

"엄마가 왜 속이 타? 속이 타도 내가 더 타지."

"네가 무슨 속이 타나?"

"그러면 엄만 무슨 속이 타는데?"

"속이 타지 안 타냐? 병신 사위 보는 게 속이 안 타?"

"언제는 그만하면 괜찮다더니 이제 와서 또 무슨 소리야?"

이번에는 고모가 거든다.

"네 엄마 말씀은 니가 아깝다는 거지. 별다른 뜻이야 있겠니? 네가 스스로 꼬리쳐서 그런 작자한테 안 갔으면 더 좋은 델 구할 수 있지 않았을까하는 그런 욕심…"

누군들 부모 욕심이 따로 있지 않겠느냔 것이다.

"그래, 결국 내가 황보한테 꼬릴 쳐서 할 수 없이 그리 보낸다 이 말이네요? 그래요, 난 그렇게 못된 애예요. 아무 남자한테나 꼬리치구, 애당초 날 그렇게 몰아넣은 게 누군데요?"

인선은 퍽퍽 울며 대들었다. 그 누구랄 것도 없는 항변이다.

"그만들 해라. 귀가 송구스러워 못 듣겠구나."

결국 누워서 좀 쉬려던 아버지까지 일어나 앉는 사태가 벌어지고 말았다. 생각하면 억울하고 답답한 사람이 어디 아버지뿐이겠는가, 어머니뿐이겠는가? 옆에서 듣는 고모는 어떻고, 장본인 인선이는 또 어떻겠는가?

그런데도 이 문제는 끊일 줄 모르고 이어진다. 여기 있는 사람들은 한결같이 다 피해를 입은 사람들이다. 피해를 입은 사람들 끼리 서로 입씨름을 하고 있으면 뭘할 것인가? 정작으로 일을 저지른 장본인은 일이 이렇게 된 사실조차도 까마득히 모르고 있는데…

"이제 제발들 서로의 가슴에 못 박는 소릴랑 그만하라고 하지 않았느냐? 그러다가 황서방이라도 들으면 그런 무안이 어디 있겠니?"

그래도 아버지가 낫다. 불길을 끄고는 정작으로 당신 가슴은 허전한 지 물대접을 끌어당겨 찬물을 벌컥벌컥 들이킨다.

집안에서 이런 일이 일어나고 있는 동안 기천이와 황보는 추위도 잊고 고기잡이에 정신이 팔렸다.

"저기 저기… 아저씨…"

허연 고기가 뱃대기를 뒤집고 누워 있는 것을 보고 빨리 건지라고 성화다. 고기는 이미 물살 깊은 곳으로 떠내려가고 있다.

"오마니 같았으면 저거 놓치지 않았을 텐데…"

"엄마가?"

기천이 자랑스럽게 말하자 황보는 의아해서 묻는다.

"우리 오마니는 남정네들도 이긴다? 지난 여름 피난길에 여기서 남정네 둘을 단숨에 내리꽂았다?"

기천은 어랏차차! 싸움을 하는 흉내까지 내보였다.

“엄마가 싸움도 하니?”

“몰랐어? 우리 오마니 고수라는 거…”

기천의 자랑에 황보는 못내 긴가 민가한 표정이다. 그 연약한 몸으로 싸움을 하다니? 그것도 어쩌다가 싸움을 한게 아니라 고수라니… 믿어지지 않았다. 그러나 기천이가 한 말이 거짓이라고 믿을 수 없는 황보였다.

“알다가도 모를 일이야.”

황보는 고기잡는 일을 그만두고 잡은 물고기를 개울에 던져버린다.

“잡은 고기를 왜 버려, 아저씨?”

“응, 이제 집에 돌아왔으니까, 이런 건 없어도 밥을 먹을 수 있지 않니? 그러니까, 고기를 다시 살려주는 거란다.”

“그렇구나. 그런데 죽은 고기가 다시 살아날까?”

“아주 죽은 게 아니라 잠시 기절을 한 거니까, 금새 살아날 것이다. 어서 집으로 돌아가자.”

“그래, 아저씨…”

황보는 갑자기 이 귀여운 아가씨한테서 아버지라는 말을 한 번 들어보고 싶었다. 이왕 결혼을 하고 살자면, 언젠가는 이 애가 그걸 인정해 줘야 한다.

“기천아, 아저씨 보고 아버지라고 한 번 불러볼래? 이제 엄마와 나는 결혼을 할 거거던?”

“결혼? 그 이야긴 들어서 알고 있어.”

“그렇다면 아버지라고 불러볼 수도 있지 않겠어? 이제부턴 기천이랑 엄마랑 아저씨랑 함께 살게 될 건데.”

“알아. 아저씨가 우리 오마니 남편이 된다는 거 말야.”

“그렇다면 아저씨가 기천이 아빠가 되는 것도 알고 있겠네?”

"그래도 기천이 아빠는 따로 있는 걸?"

황보는 가슴이 뜨끔하다. 아무리 맹랑한 아이라 할지라도 이토록 자기를 싫어할 줄은 몰랐던 것이다. 싫어한다기보다는 아빠로는 인정을 못하겠다는 말투가 아닌가?

"우리 아빠는 멀리 가 계셔…"

이미 들어서 이 아이의 아빠가 누군지 어떻게 된 사연인지는 알고 있는 황보였지만, 직접 아이의 입을 통해서 그 말을 들을 줄은 몰랐던 일이었다.

"멀리 가 계시는 아버지도 있고 또 함께 사는 아빠도 있을 수 있는 거야. 그러니 널 낳아준 아버질 생부모라 하고 길러준 아빠를 양부모라고 부른단다."

황보는 이왕 말이 나온 김에 차근차근 설명을 해준다. 언젠가는 해야 할 이야기였다.

"그러면 아저씨가 날 길러줄 양부모란 말이지? 좋아, 그렇다면 아빠라고 불러줄 수도 있어."

기천은 무슨 일이건 시원시원하다.

"아빠, 양아버지…"

이는 이미 어머니로부터 들은 말이기도 하다. 그리고 연습까지 한 기천이다. 인선은 기천이 아무리 어린 나이지만 알건 다 알아야 한다는 생각으로 그간의 모든 일들에 대해 설명할 수 있을 만큼은 다 말해 주었던 것이다. 기천이 역시 알아들을 수 있는 만큼은 어느 정도 알고 있었다.

"그래, 아이구 우리 기천이… 고마워."

황보는 기천의 손을 잡고 집으로 향했다. 고사리 손이 얼어서 차갑다.

"손이 얼었네? 그 봐, 그 물고기 만지지 말라고 그랬잖아."

"언 손은 녹으면 괜찮아."

"그래? 그러면 빨리 집에 가서 녹이자."

두 사람이 개울가를 벗어나 제방둑을 기어오르는데, 저쪽 산모롱이로부터 하얀 눈보라가 이는 것이 보였다. 바람이 부나? 그게 아니었다. 하얀 눈보라는 금새 커다란 돌풍으로 변하며 이쪽으로 돌진해 오고 있었다.

점점 가까이 오는 것을 보니 한 무리의 병마라는 것이 확실해진다. 저게 어느 나라 군병들인가? 명군? 아니면 관군? 그것도 아니면 의병? 설마하니 그게 왜구라고는 상상도 못했던 황보였다. 이미 왜구들은 평양성을 빼앗기고 남하했다고 들었다.

"가자, 어서 집으로 들어가자."

황보는 그게 어느 나라 군졸이건 간에 어서 집안으로 몸을 피신해야겠다고 생각하였다.

그러나 집안으로 들어갔다고 일이 끝난 게 아니었다. 바람처럼 달려온 군마들은 아직 불타지 않은 봉학 마을에 이르러 집집마다를 뒤져 양식을 약탈하는 것이었다.

"빨리빨리 뒤져서 양식을 찾아 내라 해."

왜구들이었다.

"우리들은 급한 임무를 수행하고 있는 중이다. 그러니 먹을 것을 내놓지 않으면 다 죽여 버릴 수도 있다."

당연한 일이겠지만 마을에서 제일 크고 부자집으로 보이는 고모님네가 그 수난의 대상이 아닐 수 없었다.

"밥을 지어드릴 테니 제발 목숨만은 해치지 말아주십시오."

황보가 왜장에게 사정을 한다.

"좋아. 니놈은 이미 팔이 잘린 것을 보니까, 우리 일본군들이 얼마나 무서운지를 잘 알겠구나? 한 사람이라도 달아나던지 우리를 속이려든다면, 그땐 네놈 모가지가 달아날 줄 알아라."

왜구들은 황보의 팔이 저들에 의해 잘려 나간 줄로 생각하는 모양이었다. 이렇게 황보의 목을 담보로 포박은 풀렸지만 꼼짝없이 다 죽게 생겼다. 어디서 이런 패잔병들이 나타났단 말인가? 어찌보면 패잔병이 아닌지도 모르겠다.

저들의 말대로 임무를 수행하고 있다면, 저들의 말을 곧이곧대로 믿는다면, 또다른 일본군의 척후나 정탐대가 아닌지 모르겠다. 다시 전투가 시작되는가? 알 수 없는 노릇이다.

도대체가 어떻게 이런 일이 일어날 수가 있었단 말인가? 굳이 호사다마라는 말뜻을 생각할 필요도 없이 이미 재앙은 눈앞에 닥쳤다. 이제부터가 큰일이다. 이들의 하는 짓을 봐서는 순순히 밥만 먹고 떠날 작자들이 아니다. 그러면 어떻게 해야 하는가?

인선은 밥솥에 불을 지피고 앉아 가만히 가슴 속의 은장도를 만져본다. 이대로 죽을 것인가? 한 놈이라도 죽이고 죽을 것인가? 아니면 운명에 맡길 것인가? 그것이 문제로 떠올랐다. 온 가족이 보는 앞에서 능욕을 당한다는 것은 있을 수 없는 일이다.

아니야, 그런 수치를 이미 한두 번 당한 몸이냐? 임금에게 당하나 왜구에게 당하나 무슨 차이가 있을 것인가?

살아남는 것이 문제다. 악착같이 살아남아서 기천을 돌봐야 한다. 무슨 수를 써서라도 저 아이만큼은 무사히 키워야 한다. 이제 인선에겐 여자로서가 아니라 엄마로서의 자신이 있을 뿐이라는 생각에 미친다. 기천이 자라서 클 때까지는 어떤 수모를 겪든지 살아남아야 한다. 따지고 보면 황보와의 혼인도 그래서 결심했던 일이 아닌가?

"기천일 위해서라면…"

그러나 그러한 그녀의 결심도 그리 오래 가진 못했다.

어머니가 먼저 혀를 깨물고, 이어 고모님 역시 혀를 깨물었다. 밥 짓는 그 사이를 참지 못하여 저들은 두 여자를 사정없이 급간하려 들었던 모양이다.

다행인지 불행인지 인선이는 그들 중 대장인 듯한 인물이 찍어 아껴두었던 모양으로 밥짓는 일을 계속하고 있었는데, 소동이 일어나버렸다.

"에잇, 재수없어."

저들은 피투성이가 된 두 여자를 어찌할까 상론하는 눈치였는데, 대장인 듯한 사람은 그냥 두고 떠나자고 하는 것 같다. 그러면 나중에 후환이 생긴다고 하는 패가 있어 그러면 그 대신에 인선을 데리고 가면 된다고 의견을 내세웠다.

"딸애를 볼모로 잡아가면 함부로 고변은 못할 게다."

이렇게 말하는 대장은 인선을 지그시 내려다보고 있었는데, 어디선지 본 듯한 인상이다. 나이도 좀 있어 보였고 군졸같이 생기지는 않았다.

"그만 됐다. 생쌀이 아니면 밥을 퍼라, 어서."

아직 익지도 않은 설익은 밥을 빨리 퍼라는 재촉이다. 이에 인선은 커다란 함지박에 밥을 퍼 담았다. 그리고 대장 밥상은 따로 차렸다.

"아니, 이 자는…"

밥을 먹기 위해 투구를 벗은 대장을 보니 언젠가 일월선사와 만난 적이 있는 그 얼굴이었다. 삭발 민머리의 정수리 옆에 커다란 반점이 하나, 바로 그 자였다.

"겐소…"

인선은 입 속으로 그 이름을 되뇌었다. 그러나 그 소리가 밖으로까지 새어나왔는지 밥그릇을 들고 젓가락질을 하려던 그가 입을 열었다.

"나를 알아보겠느냐? 우리가 어디서 본 적이 있었던가?"

하면서 '참으로 질긴 인연이로다.'라는 말을 되풀이하였다. 아마 그도 벌써부터 인선을 알아보고 모르는 척하고 있었음이 분명하였다.

현소는 천보산으로 일월선사를 찾아온 일이 있었다.

두 사람은 겉으로는 아무런 불편 없는 사이 같았지만 속으로는 불구대천이라는 것을 인선은 안다.

"천보산에서 뵌 것 같습니다."

인선은 또렷한 음성으로 대답했다.

"기억력도 좋구나."

"그 일을 알면서도 어찌 모른다 하겠습니까?"

그 일이란? 두 선사 끼리의 한 판 내기를 말함이다. 두 사람은 바둑판이 쪼개지도록 바둑 내기를 하였고, 그것도 모자라면 폭포물 사이를 뛰어넘기까지 하였다. 그러다가도 힘이 넘쳐 씨름까지 하던 두 사람이었다. 한 말로 힘을 주체할 수 없는 사람들이다.

"내 평양성에서 일월을 만났느니… 그 자가 또 내 생명을 구해 줬어. 그러니 이젠 내가 네 생명을 구해 줘야 할 차례인 것 같구나."

"무슨 말뜻인지는 모르겠으나 저희들을 집으로 돌려보내 주세요."

인선이 사정을 한다.

그러나 현소는 '저 애가 그 애로구나…' 하면서 기천을 넌지시 바라다 본다.

"그놈 참 귀하게도 태어났다. 귀한 상이야."

밥을 먹고 나자, 현소는 일행을 재촉하여 길 떠날 차비를 한다.

"나는 가토오군을 만나고 오는 길이오. 가토오군이 이쪽 퇴로를 잡고 있으니 당신네들은 지금 즉시 평양성으로 피신을 하시오.”

현소는 이수익에게 나즉이 이렇게 일렀다. 가등청정의 부대가 한 번 지나가고 나면 나는 새도 한 마리 남지 않는다는 말을 덧붙인다.

“그러니 지체말고 떠나시오. 이 애들은 내가 안전한 곳으로 데려 가겠소”

일이 이렇게 되니 어떻게 발버둥을 쳐볼 수도 없는 처지였다. 어느 게 좋은 일인지를 아무도 알 수 없었기 때문이다. 현소의 말대로 이 것도 인연이라면 인연인데, 이 방법이 좋은 인연이 될지 악연으로 끝 날지 모르겠기 때문이다. 한 가지 분명한 사실은 가등청정의 군대가 남하를 하면서 함경도 평안도를 싹 쓸어내려간다면 이곳은 결코 안전 지대가 아니라는 사실이다.

“일월선사에게 전하시오. 다시 만날 때까지 안녕히 계시라고…”

이건 또 무슨 수작인가?

“이랏! 가자.”

오래 생각할 여유도 없이 말에 채찍을 가하는 현소였다. 현소는 기 천을 다른 부장의 말에 앉히고 인선은 자기 뒤에 앉혔다.

현소의 임무는 아직 주력군이 패퇴한 줄도 모르고 산 속으로 토벌 을 나간 특수부대를 철수시키는 일과 소서행장군이 평양성을 빼앗기 고 남하했으니 가등청정군은 더 이상 북상을 멈추고 한양으로 집결하 라는 임무가 겸해져 있었다. 이들은 이제 한양에 재집결해서 다시 전 세를 가다듬을 요량이었다.

그는 이제 그 임무를 수행하고 한양으로 돌아가는 길이었다. 소서 행장은 연락장교를 보내어 이러한 연락을 한다 하더라도 가등청정이 그 말을 순순히 따를 것 같지 않아 현소를 직접 보냈던 것인데, 가등 청정 역시 북방에서 겨울을 보낼 걱정을 하고 있던 참이라 선뜻 이에 응하였다.

"모두들 전쟁에 지친 것이야."

현소는 이렇게 일이 계획대로 잘 풀린 것을 전쟁에 지친 탓이라고 여겼다.

지쳤을 때는 쉬어야 한다. 그런데 쉬는 데에도 여러 가지 방법이 있다. 이제 그는 일월과 함께 있던 여자를 취했으니 이로써 충분히 쉴감을 얻었다고 생각하는 모양이었다. 그렇지만 부하 장졸들처럼 아무 곳에서나 허튼 짓을 할 수는 없는 입장이다. 지휘관으로서의 체면이란 게 있지 않은가?

현소는 일부러 말고삐를 늦춰잡고 묻는다.

"아이를 살리고 싶은가?"

"아이를 살리고 싶지 않은 에미가 어디 있겠소?"

이 당돌한 대답에 현소는 더욱 흥미를 느낀다.

"아이는 누구 아이인가?"

"내 아이오."

"그 아비가 누군지를 묻는 말이다."

이 작자가 뭘 알고 하는 말인지, 모르고 하는 말인지 알 수가 없다.

"그 아비는 알아서 무얼 하겠다는 게요?"

"설마하니 일월 그 작자는 아니겠지?"

"스님이 어떻게 아이를 가지나? 일본에서는 스님들이 남 모르는 아이를 가지는가?"

현소는 이 여자가 보통 여자가 아니라는 것을 짐작했다. 그럴수록 이 재미가 더해 다시 묻는다. 말고삐를 죄었다 늦추었다 할 때마다 여자의 유방이 와 닿는 촉감이 자극을 주었지만, 여자의 대답이 더

걸작이다.

"일본에서는 그런 일이 있다."

"조선에는 없소."

인선은 이 작자가 아직 아이의 출생에 대해서는 모른다는 것을 확신했다. 일월선사와의 관계를 의심하는 걸 보면 깊은 사연은 모르고 있는 게 분명했다.

"도대체 날 데리고 어디를 가려는 거요?"

이번에는 인선이 먼저 묻는다.

"일본…"

이건 또 무슨 뚱딴지같은 소리인가? 일본으로 데려가다니, 말도 안 되는 소리다. 인선은 현소가 장난을 하는 거라고 생각하였다.

그러나 그 다음 말은 그게 아니었다.

"우리 일본은 여자값이 비싸다. 더군다나 저렇게 이쁜 애기값은 더 비싸다."

애기값이 더 비싸다고? '이 중놈이 정말 사람 잡을 소리를 하고 있네.' 어쩌면 농담을 해도 이렇게 징그러운 농담을 한단 말인가?

그렇다면 농담이 아닐지도 모르지. 인선은 이대로 말에서 뛰어내리고 싶은 심정이 되었다.

이들은 인적이 드문 산길을 가다 다시 북쪽을 향해 가는 길로 접어들었다. 해가 기우는 쪽을 따라 가고 있는 것으로 보아 북쪽을 향해 가는 것이 틀림없었다.

현소는 팔도 지리에 능통한 자다. 이미 수년간 조선땅을 샅샅이 뒤지며 지도를 그렸고, 그 지역의 특성도 조사한 바 있다. 그는 지금 이 상황에서 육로를 통하여 한양에 간다는 것은 도무지 불가능한 일임을 알고 있을 것이다.

이미 소서행장군은 한양으로 철수하였고 그 뒤를 좇아 명군이 사방에 깔려 있다. 그 뒤를 따라 간다는 것은 위험천만한 행동이다.

그는 이제 안주를 향해 말머리를 돌렸다. 안주는 청천강이 흐르고 배가 있다. 육로를 통하는 것보다는 뱃길을 택하는 것이 훨씬 안전하다. 물길이라면 아무리 거센 파도라도 이겨내는 것이 왜군들이다.

"대사님, 이 길은…"

"법흥사로 가는 길이지. 거기 승군의 근거지가 있다는 것을 알고 있네."

그런데 왜 호랑이 아가리로 들어가려 하는지 모르겠다는 이 젊은이는 소서행장의 사위 종의지다. 기천이 그의 말을 타고 있다. 어찌하여 이 두 사람이 본대에서 떨어져 이렇게 개별 행동을 하고 있는가?

군대의 지휘 체계로 따져본다면 수많은 군사들을 이끌고 다녀야 할 상당한 계급의 위치에 있을 텐데, 불과 몇 명 안 되는 병졸들만 거느리고 다닌다는 것은 무슨 이유가 있을 것이다. 게다가 현소의 목에는 명나라 은화 1만 냥이라는 엄청난 현상금이 걸려 있지 않은가? 그런 자가 이렇게 활개를 치고 다니다니…

그러나 현소는 믿는 바가 있다. 전쟁을 일으키기 전 스스로 일본국 사신임을 자칭하고 조선땅을 제 집을 드나들 듯 임기응변에 능하고 조선말도 안다. 게다가 지금은 두 왕자를 볼모로 잡아놓고 있다. 그러니 그 누구도 그를 함부로 대할 수는 없다.

일월선사까지도 잡았던 그를 놓아주면서 오히려 두 왕자를 잘 봐달라고 부탁까지 하였다. 그는 이제 믿는 구석이 한군데 더 생겨 겁이 아주 없어져 버렸다.

"그렇지만, 그 너머에는 청천강이 있네."

강이 있다는 말에 종의지는 이제야 비로소 갑자기 행로를 바꾼 현소의 의중을 알 수 있었다. 역시 빠른 사람이라는 생각이다. 웬만해 가지고는 현소의 머리를 따라갈 수가 없다.

"미처 생각지 못했던 일이었습니다."

"궁즉통이라 하였던가? 어찌 적군 속을 뚫고 남하를 하겠는가?"

"과연 대사님이십니다. 그런데 이 자들은 어디까지 데려갈 작정입니까?"

이쯤에서 버리자는 종의지의 말이다.

"그러기엔 아까운 인물들이야. 내 관상을 보았는데, 그 아이의 상이 보통이 아닌 게야. 마리아에게 줄 선물로 보내면 어떨까? 그러면 아주 좋아할 것 같은데."

"마리아에게요?"

종의지의 아내 마리아는 얼마 전에 아이를 낳다가 사산을 했다. 비보를 받고 며칠 동안 우울해 있던 종의지였다. 평양성이 공격을 받던 바로 그날 아침이었다. 비보를 받은 소서행장과 종의지는 아침도 먹지 못했다. 소서행장은 딸의 건강이, 종의지는 잃어버린 아이 생각에 제 정신이 아니었다.

"그러잖아도 상심이 클 아내를 위해서라면 가장 값진 선물이 될 것 같은데?"

"아이는 그렇다 치고 저 여자는요?"

"이 여자도 갖고 싶은가?"

"……"

종의지는 잠시 머뭇거린다. 현소가 자기 말 잔등에다가 여자를 태울 때부터야 그게 욕심이 있어서 태웠을 것이 아닌가? 그런 여자를 갖고 싶다면, 갖고 싶다고 줄 것인가? 말이 될 소리가 아니다.

"왜? 생각이 없나?"

"그 여잔 대사님이나 가지세요."

"그러잖아도 내가 가지지 않았나? 흐하하핫…"

종의지는 현소가 호쾌히 웃는 모습을 보고, '달라고 그랬다간 큰일날 뻔 했네?' 하고 침을 꼴깍 삼킨다. 이깟 어린앨 데려다 뭣해? 종의지는 무심코 말갈기 위에 앉은 기천의 머리 정수리를 보고서는 앞서 한 말을 되짚어 삼킨다.

"가마가 둘이라니!"

쌍가마? 가마가 둘인 사람은 두 사람 몫의 생명을 부여받고 태어났다는 속설이 있다. 사람은 본래 가마가 하나다. 가마는 과일의 꼭지와 같아서 과일 하나에 꼭지가 하나밖에 없는 것과 마찬가지로 사람의 가마도 하나가 보통이다.

"가마가 둘인 사람은 두 사람 몫의 인생을 타고 났다고 그래요."

언젠가 아내 마리아가 했던 말이다. 아내 역시 가마가 둘이다. 그래서 복을 타고 났다고 자랑스럽게 말했다. 그러면서 얼핏 지나가는 말투로 이런 말도 했다.

"쌍가마 둘이 모이면 천복을 얻는 거라나요?"

그럴까? 이 쌍가마 아가씨를 만난 게 천복을 얻을 징조인가?

"뭘 보고 있나? 그 아이 상이 보통이 아니지? 특히나 위에서 내려다보니 더욱 그렇지 않은가?"

현소가 언제 이 쌍가마를 보기라도 했단 말인가? 그냥 하는 말이겠지. 종의지는 현소가 그냥 짚어보고 하는 소리인지 정말로 관상을 보고 하는 소리인지 시험을 해 보고 싶었다.

"뭘 두고 하시는 말씀인지?"

"그 아이 정수리를 보게나. 남북점이 둘이 하나가 되어 박혀 있질 않나?"

"남북점이라니요? 무슨 말씀인지 알아듣도록 말씀해 보세요."

"이 지구를 받치고 있는 것은 남극점이다. 그리고 넘어지지 않게 위를 고정시켜 주는 것이 있다면 그게 북극점이란 이야기…"

그래서 한 인간의 머리 위에 이 두 극점을 이고 있는 사람은 드물게 태어나기 마련이다. 이들이 보통 인물보다 비범한 건 이미 하늘이 이들을 그렇게 점지했기 때문이라는 것이다. 참으로 기이한 해석이다.

"남북 극점을 한몸에 받고 태어난 인물이니 반드시 귀하게 될 걸세. 어디 두고보게나. 내 말이 틀리는 지."

두 사람은 끄떡끄떡 말에 흔들리며 뜬구름 잡는 이야기를 나누고 있었다.

종의지는 긴가민가하는 생각이 들었지만, 어쨌건 이 전리품을 아내에게 선물로 바친다는 것도 괜찮겠다는 생각이 들었다.

그러잖아도 상심하고 있을 아내에게 이 아이가 혹시라도 위안이 될 수 있다면? 그리고 현소의 말대로 신비한 쌍가마의 힘이 나타난다면…

전쟁에서의 전리품은 다양하다. 금은보화로부터 인물에 이르기까지 뭐든지 빼앗은 물건은 군령에 의해 처분된다. 장졸들이 전장터에서 아녀자들을 급간하는 것은 저들을 영원히 가질 수 없는 입장이기 때문에 그 자리에서 수욕을 채울 따름이다.

현소나 종의지 정도라면 군령을 내리는 위치에 있는 인물들이라 가지고 싶은 전리품이 있으면 무엇이거나 가질 수는 특권이 주어져 있다. 그러니 아꼈다 먹어도 된다. 현소가 말 뒷잔등에 앉아 풍만한 가슴을 송두리째 내맡기고 출렁거리는 육감이 전해 오는 인선을 그대로 싣고 가는 까닭도 여기 있었다. 언제라도 말에서 내려 하고 싶은 대로 할 수 있는 먹이감이다.

종의지는 익히 알고는 있는 터였지만, 현소가 한 번 어떤 사물을 보면 함부로 보는 눈이 아니라는 걸 새삼 깨닫고 있는 터였다. 아니면 타고난 독심술이 있던지…

"대사님께서 이 아이를 아내에게 줄 선물감으로 고르셨다면, 그렇게 하겠습니다."

"잘 생각했네. 천추에 길이 빛날 인물이 될 걸세."

이렇게 한가롭게 길을 가던 이들의 선두에서 신호가 왔다. 몸을 숨기라는 척후병의 신호다. 이들은 수풀 속으로 들어가 은신하였다.

은신술도 감쪽같아 내리자마자 말에게는 재갈을 물렸다. 혹시라도 말과 말 끼리 뜻이 맞아 서로 콧소리를 내는 일이 없게 하기 위함이다. 그리고 인선이와 아이의 입도 틀어막았다.

한떼거리의 군마가 이들이 숨어 있는 풀섶을 저만큼 비껴 달려가는 모습이 보였다. 붉은 깃발이 말잔등에서 펄럭거리는 것으로 보아 무슨 급한 전갈을 가지고 떠나는 군령 같았다. 인선은 고함을 지르며 저들을 향해 달려 나갈까 하는 충동도 느꼈지만, 종의지에 의해 입이 막혀 있는 기천을 보며 소용없는 생각이라는 걸 깨닫는다. 아이를 두고는 아무 일도 할 수 없다.

"도망 갈 생각일랑 아예 말아라. 이제부터 내가 너희들을 행복하게 보살펴 줄테다."

현소는 귓가가 간지럽도록 바짝 입을 갖다대고 말한다.

"넌 이 겐소의 것이다. 그리고 저 아이는 쓰시마로 보내 잘 키울 것이다."

인선은 귀를 의심하였지만, 그 말은 점점 구체성을 띤 사실이 되어 가고 있었다. 청천강 포구에서 배를 구한 이들은 서해 바다에 배를 띄웠다. 그리고는 술을 마시기 시작하였다. 무사 귀환을 축하하는 자축연 같은 것이었다. 여기서 인선은 현소의 품에 안기지 않을 수 없었다. 그 조건으로 기천에게는 털끝 하나도 손대지 않게 해 달라는 부탁이었다.

"내 분명히 말하지만, 아이만큼은 대마도주의 딸이 되도록 하겠소."

현소의 장담이었고, 종의지의 확답이었다.

"걱정 말아요. 내 딸처럼 잘 키울 테니…"

일이 이렇게 된 데에는 그만한 까닭이 있었다.

현소는 배 안에서 인선의 몸을 탐하였고, 인선은 칼을 빼어 죽겠다고 으르렁 댔다. 그러다가 그 칼을 빼앗겼는데, 현소는 금방 칼의 출처를 알아냈다. 칼에 새겨진 용문양을 보고 그 주인을 짚어낸 것이다.

일이 그렇게 되자, 아이의 출생 비밀이라던지 일월과의 관계 같은 것을 추론해 내기에 이르렀다. 인선이 더 이상 거짓말을 시킬 수가 없게 되었다.

# 16. 세 자루의 칼

한성에 도착한 이들은 소서행장 군영에 머물게 되었다.

강화도에서 마포나루를 지나 노들에 당도하니 곧 용산이었다. 중도에 행주산성이 있었지만 고깃배로 위장을 한 이들에겐 아무도 눈길을 주지 않았다. 게다가 아이를 대동한 아녀자까지 타고 있었으니 의심의 여지가 없었다.

현소가 이들 모녀를 굳이 끌고 내려온 데에는 이러한 위장 전술용으로도 필요했기 때문이다. 이들은 중요한 지점을 지날 때마다 뱃머리에 앉아 있으라는 명령을 받아 그대로 했다.

"여기가 한성이다."

현소는 미리 당도해 있던 두 왕자들과 기천을 대면시켰다. 그리고 두 왕자가 소지하고 있던 칼과 인선이 가지고 있던 칼을 모두 한 자리에 모아 비교해 보였다. 세 자루의 칼이 똑같은 크기와 모양을 하고 있다. 문양도 같았다. 칼등을 위로 하고 칼끝을 앞으로 내뻗었을

때, 왼쪽 칼날에 용무늬의 문양이 새겨져 있었고 금은으로 세공된 칼
자루에는 봉황이 그려져 있다.

봉황이나 용은 가지고 싶다고 아무나 가지는 물건이 아니다. 설사
그게 그림이라 할지라도 구중궁궐 사람들이 아니면 지닐 수 없는 문
양이다.

무엇보다도 이 세 자루의 칼은 한 사람이 만든 게 분명했다. 또한
한 사람이 주인으로 돼 있는 칼임이 모든 사실로 입증되었다. 칼등에
선조대왕이라는 이름이 눈에 보일 듯 말 듯 가느다란 돋을새김으로
새겨져 있는 것이 보인다.

"아니 이럴 수가…"

놀란 것은 현소 뿐만 아니라, 두 왕자들도 두 눈이 둥그렇다. 이
칼은 선조 임금이 직접 내리시는 어도로 집안의 식솔들이 아니면 아
무에게도 주지 않는 칼이기 때문이다. 공을 세운 장수들이나 충정이
갸륵한 신하들에게 내리는 하사품으로서의 어도가 있기는 하지만, 그
건 이런 모양의 칼이 아니다. 이 금은 세공의 봉황도는 가솔들에게만
그 징표로 내리는 특별한 칼이란 것을 두 왕자는 잘 알고 있었다.

"이 아이가 왕자님의 동생입니다."

현소의 말이다.

"비록 이복형제이기는 하나 형제임에는 분명하지요. 이 분이 아이
의 어머니가 되시는 분이시죠. 굳이 따지자면 왕자님들에게도 새
어머님 되시는 분이십니다."

현소의 말은 분명했다. 그런데 지금 이 자리에서 왜 이런 말을 굳
이 하는가? 머잖아 왕자들은 돌아갈 것이고, 돌아가서 그 말을 전하
라는 뜻일 게다. 왕자들이 돌아간다 치더라도 또다른 왕의 혈통이 여
기 붙잡혀 있다는 것을 상기시켜 드리고 싶은 현소의 속셈은 이중삼

중으로 포진을 치고 있었다.

"운이 좋았으면 정식으로 공주님의 반열에 올랐을 분이십니다. 그
리고 이 분께서도 이 난리 통이 아니었더라면 구중 궁궐 안에 사실
수 있는 분이셨구요."

순화군이 인선에게 묻는다.

"어디서 오시는 길이신가요?"

"평양에서 왔습니다."

"오오, 그러셨군요? 평양에서…"

이번에는 기천에게 묻는다.

"아기는 몇 살이나 되었는가?"

"여섯 살입니다."

"여섯 살이라. 오오, 여섯 살…"

순화군은 조용히 아버님이 평양 순행을 가던 때를 떠올려 본다. 육
년 전이라, 그런 것 같기도 하다. 그 무렵 왕은 가끔 사냥을 떠났었다.

"소승, 이번에는 두 분 왕자님을 무사 귀환시켜 달라는 청을 받고
왔습니다만. 저들이 저렇게 물밀 듯 밀고 내려온다면, 그 청도 들
어주기가 어렵지 않겠습니까?"

일본군은 물밀 듯이 쳐내려오는 명군을 벽제관 전투에서 통쾌하게
물리쳐 기세가 등등한 참이었다. 이여송 군대는 이 어이없는 참패에
서 평양성으로 다시 후퇴하고 말았다. 그러니 현소는 두 왕자들을 불
러다 놓고 이토록 한가하게 노닥거릴 여유를 즐기고 있었다.

"무슨 말씀이신지 아시겠습니까? 두 분 왕자님들…"

"……?"

"그러니 우리 더러 어떻게 하라는 말씀이십니까? 여기 이렇게 꼼짝
도 못하게 묶어두고서 말입니다. 우리를 놔 줘야 가서 이야기를 전

할 것이 아닙니까?"

이번에는 임해군이 대들 듯 두 눈알을 부라리며 묻는다.

"머잖아 두 분은 자유를 찾으실 겝니다."

현소는 일본군의 앞날을 이미 점치고 있었다. 지금은 벽제관 전투에서 이겨 욱일승천하는 것 같지만, 바다에서 연일 패전을 하고 있는 상황이다. 이순신이 해상권을 완전 장악하는 날이면 보급로가 끊긴다. 보급로가 끊어진 전쟁은 상상할 수가 없다.

더군다나 일본군은 조총을 주무기로 싸운다. 조총은 끊임 없는 탄환을 필요로 한다. 이 화약은 조선땅에서 만들어 낼 수 있는 것이 아니다. 때문에 해상 보급로가 끊어진다는 것은 전쟁 수행을 할 수 없다는 이야기와도 같다.

현소는 전투의 속성은 모르지만, 전쟁의 기본 판도는 정확히 읽고 있었다. 게다가 명나라의 대군이 조선을 돕겠다고 나선 이상 일본으로서는 더 이상 중과부적이라는 사실을 이미 그는 꿰뚫고 있었다.

조선 침공에 나선 장수들 치고 이 난관을 모르는 사람은 없다. 누구나 다 알면서도 말하지 못하는 분위기가 무서워서였다. 서로 패전에 대한 책임을 지려 하지 않기 때문이다.

소서행장은 이 상황을 진퇴양난이라 하였다. 가등청정은 죽어도 여기서 죽어야 할 빠져 나가지 못할 늪이라고 고통스러워했다. 그리고 흑전장정은 돌아가느니 위로 쳐 올라가는 편이 났다는 호전적인 상태를 피력해 보였다. 세 지휘관을 고루 찾아 다니며 저들과 대화를 나눌 기회를 가질 수 있는 현소로서는 모두가 이 상황을 절망적으로 보고 있음을 간파하였다.

아무도 살아서 돌아갈 수 없는, 살아 돌아가서는 안 되는, 여기서 뼈를 묻어야 할 곳으로 보고 있는 데는 그만한 이유가 있었다.

풍신수길은 결코 실패를 용납하지 않는 사람이기 때문이다. 이유 여하를 막론하고 분명히 그 책임을 물을 것이다. 그 책임이란 뻔하다. 목숨이 아니면 영지다. 이제 겨우 봉록으로 받은 영지를 빼앗긴다는 것은 이들 장수들에게 있어서는 죽음이나 다름없다.

승리를 안고 돌아간다 치더라도 일본 내에서는 더 이상 얻을 영지도 줄 땅도 없다. 이미 일본 내의 천하통일에 따른 공적의 등급에 따라 포상이 끝났기 때문이다. 전쟁에 참여하지 않고 일본 내에 앉아 있었다고 해서 저들의 영지를 빼앗아 다시 배분할 수도 없는 노릇이 아닌가?

다만 전쟁에 진 것에 대한 문책으로, 진자에 대한 재산 몰수만 남아 있는 현실이다. 이렇듯 복잡한 현실 문제를 안고 싸움에 임하고 있는 제장들의 생각은 어떻겠는가? 모두들 제 집안 식구들을 볼모로 잡혀놓고 전쟁에 임하고 있는 아슬아슬한 심정이다.

그렇더라도 일단은 살아서 돌아가야 한다. 살아서 돌아가자면 살길이 열릴 때까지 그 무언가 볼모가 될 만한 것을 잡고 있어야 한다. 그렇게 따진다면 왕자보다 더한 볼모가 어디 있을 것인가? 그래서 잡아놓고 있는 두 왕자들이다. 마지막 거래를 틀 수 있는 값비싼 미끼가 될 것이다.

그러나 이제는 더 이상 미끼가 필요 없었다. 현소는 일단 귀국을 할 작정으로 마음을 정리해 놓고 있었다. 떠나고 나서의 전황에까지 신경 쓸 필요가 없다는 것이 솔직한 심경이라. 그는 이미 화친을 청해 온 심유경과 이 문제를 여러 번 상론한 바 있다. 그리고 일월선사와의 약속도 간과해서는 안될 문제다. 평양성을 무사히 탈출할 수 있도록 퇴로를 열어주면 두 왕자를 돌려보내 줄 것이라고 약속하였다.

무사히 한양성까지 왔으니 그 약속을 지켜야 할 차례다. 모든 주력부대들이 한양성으로 집결했으니 함께 모여 남하하면 된다. 해상권만 빼앗기지 않는다면 일단 내려가는 문제는 별 어려움이 없을 것이다. 그렇다면 인질 같은 건 필요 없다.

현소가 두 왕자들을 기꺼이 돌려보내겠다고 말한 데는 이러한 배경이 깔려 있었던 것이다. 겉으로는 인도적 차원의 문제를 내세웠지만, 여기에는 어마어마한 거래가 있다. 군마를 먹일 목초며 식량을 부담하기로 이미 약조가 되어 있는 사항들이었다.

"두 분 왕자님께서는 많이 불편하시더라도 조금만 더 참으시면 돌아들 가시게 될 겁니다."

"그야 돌아갈 때 돌아가더라도 먹는 음식이나 좀 제대로 먹도록 해 주시오."

"음식이 입에 맞지 않으신 게로군요? 서로 음식 문화가 다르니 그럴 겁니다."

포로 주제에 말이 많다는 생각이었지만, 현소는 무슨 속셈에서였는지 친절에 또 친절이다.

"그런 뜻이 아니라 배가 고파서 못 살겠단 말이오."

"저런 저런… 그래서야 쓰나요? 일국의 왕자님들께서 배가 고프다면야 말이 안 되지요. 말이 안 되고 말구요."

현소는 즉시로 부하 장졸을 시켜서 왕자들 일행에게 특별식을 내리도록 지시하였다.

"오늘은 여기서 함께 지내도록 하시지요."

그리고 인선이 모녀를 두 왕자와 함께 지내도록 하였다.

도대체 현소의 속셈이 무엇이길래 이들을 이렇게 한 숙소에 머물게 하는 것일까?

현소는 이들을 한자리에 모아놓고는 휭 하니 사라져 버렸다.

인선은 도대체 이게 잘 된 일인지 안 된 일인지 알 수가 없었다. 이미 정체가 드러난 이상 무엇 하나 숨길 것도 없다.

'저간의 사정이나 한 번 들어봅시다.' 하고 궁금해 하는 왕자들을 위해 지난 일들을 하나하나 이야기해 나갔다. 어떤 대목에 가서는 수긍을 하고 또 어떤 대목엔 다시 묻는 왕자들이었다.

"아버님께서는…"

어떻게 하시더냐가 저들 두 왕자가 가장 궁금해 여기는 사항이었다. 아마도 아버님의 마음이 어느 정도 머물고 있는 지 그게 궁금한 모양이었다. 아직도 사랑을 받고 있는 여인인지, 어느 한순간 스쳐 지나간 여인인지를 나름대로 판단하고 싶어하는 눈치다.

인선은 어떻게 대답하는 것이 자신에게 유리한 지 불리한 지도 몰랐다.

"전하께서는 아무것도 모르고 계실 겁니다. 사냥 나오신 그날 이후론 만나뵙지 못했습니다."

"그런데 어떻게 그 장도를 입수하게 되었소?"

"전하께서 만약 무슨 일이 있거든 이 장도의 주인을 찾으라고만 말씀하셨습니다. 그땐 그분이 누군지도 몰랐었습니다."

"그랬겠지요. 그랬을 겝니다. 그분의 아들 딸들이 몇 명이십니까? 헤아릴 수가 없다는 걸 아십니까?"

그러나 어쨌건 같은 피를 나눈 오누이가 아니냐며 기천일 다독거려 준다.

"너도 참 팔자 하나는 기박하게 타고 났다. 이 난세에 영웅호걸의 피를 타고 나다니…"

순화군은 일월선사에 대한 이야기를 해보라고 했다.

"내 강원도에 근왕병을 모집하러 갔을 때 그분을 만난 적이 있어요. 날 많이 도와주었지요.”

인선은 그 당시 상황을 자세히 이야기해 주었다.

“그 길로 묘향산 서산대사님을 만나 뵈러 떠나셨지요. 그때 우리 집엘 들리셨습니다. 그 직후 두 대사님께서는 승군을 모으기 시작했습니다. 그리고 의주로 가 친히 임금님을 뵙고 명나라군과 함께 평양성 탈환의 주역을 맡았다고 들었습니다.”

“오오! 그런 일이 있었구나. 그런 일이…”

나이로 보면 위일까 아래일까, 서로 비슷해 보이는 또래의 왕자들과, 어쩌면 새어머니라고 불리웠을지도 모르는 인선이 격의없이 이런저런 이야기를 나누는 동안 저녁식사가 나왔다.

전에 없이 찬이 많았다.

“진수성찬이 아니냐?”

“그러게 말입니다. 이게 다 우리 공주님 덕분이 아닌가?”

임해군은 듣던 대로 성질이 좀 꼬여 있는 것 같았다. 말씨도 거칠고 말꼬투리를 잡는 것이 지금도 인선을 비꼬는 투다. ‘이게 다 우리 공주’라는 말도 따지고 보면 인선을 은연중에 비웃는 말투 아닌가?

여기까지 한 배를 타고 왔으면 이미 일은 벌어졌을 거라는 상상을 한 것임에 틀림없다. 그러니 이렇게 맛있는 반찬이 나오지 않았겠느냐는 빈정거림이다. 이게 우리 보고 차린 밥상이냐 여자들 보고 차린 밥상이지 하는 빈정거림이 틀림없었다.

인선은 누가 뭐래도 좋았다. 흘러가는 대로 순리대로 내맡기리라. 이제 그런 일에 신경 쓰지 않기로 작정한 인선이다. 생각하면 할수록 어이없는 일은 어머니와 고모님 사건같은 모습이다. 그깟 정조가 그게 뭐라고 혀를 깨무는가? 그게 목숨보다 귀할게 뭐가 있다는 말인가? 나 같은 여자도 사는데… 거기 함께 있었으면 분명히 그렇게 쏘아붙였을 것이다.

그러나 한 마디 말할 여유도 없이 황망히 떠나온 인선이였다. 그게 목에 가시처럼 걸려 밥도 넘어가지 않는다. 배에서는 물 한 모금도 마시지 못했다. 먹으면 토하고 토해서 거의 사흘을 굶었다. 이러다간 안 되겠다며 백령도에 배를 대었는데, 섬에 내려서자 땅 멀미까지 하는 인선이였다.

계속해서 구역질을 해 대는 인선의 맥을 짚어본 현소는 임신이라 했다. 그러면서 그 남자가 누구냐고 물었다. 설마하니 이 난리 판국에 왕을 다시 만난 건 아닐테고, 그 사이에 혼인을 한 것이 아니라면 도대체 그 남자가 누구냐고 다그쳐 물었다. 그 물음 속에는 혹시 일월선사가 아니냐 하는 암시와 의문이 강하게 배어 있었다.

인선은 떠나올 때 본 외팔이가 남편이 될 사람이라고 솔직히 대답해 주었다. 산에서 그를 만나 이제 곧 결혼할 사이였는데, 이렇게 끌려왔으니 그가 불쌍하다고 말했다. 현소는 처음 인선의 말들이 전부 동정심을 사기 위한 거짓으로 생각하는 것 같았지만, 차츰 진실이란 것을 믿었고, 모든 말에 거짓이 없는 활달한 여자임을 파악했다.

바로 눈앞의 진수성찬이 그 덕분 때문이라고 해도 상관없는 일이다. 헛말인지는 몰라도 현소는 이제부터는 그런 고생은 없을 것이라고 힘주어 말했다.

'누가 왜놈의 말을 믿는데?'

인선은 속으로 이렇게 야멸찬 다짐을 하였지만, 한편으로는 꿈쩍도 않는 큰 바위 같은 힘에 저항하기보다는 바위에 붙어 사는 한 그루 나무가 되는 편이 낫다는 생각도 해보는 그녀다.

이왕 이렇게 끌려갈 바에는 좀 더 안전하게 지내고 싶은 욕심이다. 자기야 어떻게 되던 간에 기천이 만큼은 아무 일없이 커야 되기 때문이었다.

그런데 여기 와서 두 왕자들을 보니까, 그리고 저들을 자유롭게 해 준다는 소리를 듣고 나니까, 또다시 마음이 바뀐다. 저들과 함께 자유를 줄지도 모른다는 희망이 생겼기 때문이다.

어쩌면 지금까지의 말들은 여자의 환심을 사기 위한 감언이설인지도 모른다. 이미 목적을 달성하지 않았는가. 남자들은 한 번 여자를 정복하고 나면 쉽게 흥미를 잃어버린다. 뿐인가? 현소는 그 스스로 맥을 짚어보고 자기 입으로 임신한 여자라고 했다.

허구 많은 여자들 놔두고 뭣하러 임신한 여자를 곁에 둘 것인가? 수욕을 채우기 위해서라면 그런 일은 없을 것이다. 무슨 재미로 다른 남자의 씨앗으로 배가 불러오는 여자를? 그렇다면 이쯤에서 놓아줄 수도 있지 않을까? 인선은 한 가닥 희망을 놓치지 않으려고 온갖 공상을 다 해본다.

그러나 한 가지 걱정스러운 일은 기천이다. 만약에 종의지라는 사람이 정말 기천일 자기 딸을 삼기 위해 데려간다면 어떻게 할 것인가? 어미로서 따라가야 할 것인가, 아니면 홀로 평양으로 다시 돌아갈 것인가?

"문제다. 함께 가느냐. 떨어지느냐가 문제였다."

인선은 밥을 먹는 다른 사람들이 숟가락을 멈추고 쳐다볼 정도로 입밖으로 소리를 내어 중얼거린다. 만약이라는 가상적 질문에 불과한 상황 설정이었지만 대책이 서지 않는 인선이었다. 지금 당장 누군가 있어 '딸을 두고 혼자 돌아가라'면 어떻게 할 것인가?

"무어라도 좀 먹어둬야지 아무것도 안 먹으면 어떻게 해요? 언제 또 이런 밥상 받아볼 지 몰라요."

기껏 생각하는 척하고 인선의 밥을 넘겨다보는 선화군에게 인선은 밥그릇 채로 들어안겼다. 얼마나 배가 고팠으면 남의 밥그릇을 넘볼 것인가?

"다는 필요 없어요."

선화군이 사양하자, 임해군이 남은 밥그릇을 나꿔챈다.

"아직 배고픈 꼴은 못 보신 모양이군. 하긴 여자니까."

여자란 어디 가나 먹을 게 쏟아져 나오는 줄로 생각하는 모양이다. 그의 말하는 모양새는 그렇게 살아왔다는 자기 비하나 다름 없는 이야기일 것이다. 자기 스스로 그렇게 해왔으니까 남들도 다 그런 줄로 여기는 것이 아닐까. 여자를 노골적으로 경멸하는 성품을 지니고 있음이 분명했다.

'성질머리가 저러니까 세자책봉에서도 밀려났겠지. 아니면 그 앙갚음으로 더욱 더 포악스럽게 놀던가.'

"오마니, 나 배 아파…"

오빠들이, 굳이 오빠라고 불러야 할 이유도 부를 수도 없는 위치였지만, 하여튼 저들이 밥그릇을 놓고 싸우는 꼬락서니들을 본 기천이 배가 아프다며 밥그릇을 놓고 제 어미품으로 기어든다.

"그래? 이리 온 엄마가 배 만져 줄게."

기천이 배 아프다고 할 때마다 인선은 아이의 배를 문질러 주곤 했다. '내 손이 약손이다. 내 손이 약손이다.' 늘 그렇게 말하며 배를 쓸어주었고, 그러면 감쪽같이 아픈 배가 낫는 경우도 있었다.

그러나 지금은 그런 때가 아니다.

기천이 배가 아파서 밥숟가락을 놓고 어미품에 안긴게 아니었다. 밥그릇 싸움질하는 왕자들에게 제 밥마저 넘겨주기 위해서 핑계를 대고 있다는 것을 인선은 금방 알아차렸다. 쓸어내리려는 손을 가만히 붙잡아 두었기 때문이다.

기천은 배가 어지간히 따뜻해지고 아픔이 가라앉으면 엄마의 손을 잡아 그 자리에 얹어놓고는 '이제 안 아파.' 하는 버릇이 있었던 것이다. 아이다운 애정을 확인하는 방법이라고나 할까? 그런 응석부림으로 배 아프다는 핑계를 대는 기천이였다.

이번에는 선화군이 기천이 먹던 밥그릇을 가져다 허급지급 퍼먹는다. 얼마나 굶주렸으면 저렇게까지 되었을까?

"우리가 하는 꼴이 우습지요?"

"……"

"사흘을 굶었어요."

밥을 어지간히 먹었는지 찬물을 벌컥벌컥 마시며 쏟아내는 순화군의 말이다.

"배고픔을 당할 항우장사 없다더니, 우리가 정말 그 짝입니다."

배고픔… 주린 배를 채우기 위하여 어린 아이 밥그릇까지 낚아챈 조금 전의 행동을 어떻게 봐 넘겨야 할까? 배가 불러오자 드디어 부끄러움이 느껴지는 모양이었다.

그러나 임해군은 전혀 달랐다.

"죽여버릴 테야. 내 꼭 저놈들을 잡아 죽여버리고 말테야."

이렇듯 복수의 칼날을 갈고 있는 저들은 도대체 누구인가? 이들을 잡아 넘긴 국경인을 두고 하는 말인 것 같다.

"그들은 이미 베임을 당하였다고 들었습니다."

"저들이 베임을 당했다고?"

"의병장 정문부라는 사람이 함경도 일대의 잃어버린 땅을 되찾고 있다는 소문을 들었습니다."

"정문부라, 정문부… 아우는 들어본 이름인가?"

"이름은 들어본 것 같습니다."

"난이 일어나기 전에는 북도 병마평사로 있었다고 들었습니다."

인선은 그 동안 여기저기서 들은 이야기들을 두 왕자들에게 들려주었다. 그러고 보니 대단한 새 소식을 안고 온 사람 같다.

한편 임해군은 자꾸만 이 여자가 의심스러워졌다. 아녀자가 어떻게 이런 일들을 다 알고 있단 말인가? 혹시나 간자가 아닌가?

그렇다고 포로로 잡혀 있는 자들에게서 뭘 알아낼게 있다고 간자를 붙인단 말인가? 그것도 말이 안 되는 이야기였다. 그런데도 자꾸만 의심이 되는 인선이다.

가문의 징표로서만 가질 수 있는 왕가의 장도를 지닌 데서부터, 다른 한편으로는 현소를 대동하고 등장한 일까지 모든 일이 하나의 조작극처럼 보이는 것이다.

"그런 자가 있었단 말이지? 오호, 정문부가 내 원한을 갚았다고?"

이러한 형이 안타까웠는 지 아우가 먼저 자리를 일어나며 바깥에 나가 바람이라도 좀 쐬자고 청한다.

"형님, 나가서 바람이나 좀 쐽시다."

"바람은 쐬서 뭣 하나? 나는 한시라도 빨리 이곳에서 벗어나고 싶구나."

이들이 이렇게 밥그릇 싸움을 하고 신세타령을 하고 있을 때, 현소는 소서행장과 함께 심유경을 만나고 있었다. 소서행장은 벽제관 전투에서 이긴 승자의 입장에서 강화 조건을 최대한 유리하게 조절하려고 여유를 부리고, 심유경은 약간 위축된 자세로 서 있었다.

"명나라에서 강화사를 보내고 군사들을 먼저 요동으로 철수하시오. 그래야만 강화회담이 이루어질 수 있을 것이요."

심유경은 현소의 말에 아무런 대답도 할 수 없는 입장이었다. 본인 자신이 강화를 위해서 보내어진 인물임에도 불구하고 공식적인 명칭이 유격장 심유경으로 돼 있음으로 따로 강화사를 정식으로 보내라는 일본군측 억지를 이해할 수가 없었던 것이다. 이해는 한다 치더라도 그게 억지와 다를 바 없음을 잘 알고 있었다. 그러면서도 그러한 내색을 할 수 없는 본인의 위치가 처참하다.

평양성 전투를 승리로 이끈 대군이 어찌하여 벽제관 전투에서 그토록 어이없는 참패를 당했단 말인가? 그는 지금 패자이기 때문에 겪어야 할 모든 수모와 억울함을 당하고 있는 처지가 아닌가.

"그렇게 한다면 두 왕자님들을 돌려보낼 수 있겠소?"

심유경의 요구 조건이다. 나라를 구할 생각보다는 왕자가 더 급한 모양이다.

"물론입니다."

"포로들도요?"

"물론이지요."

"그렇다면 철수 시기는 언제로 하겠습니까?"

"4월 초파일쯤으로 잡지요."

일본군 측에서는 이에 앞서 철군 시기를 정해 놓고 있었다. 어느 때라도 자유롭게 철수를 할 수 있는 허락을 받아놓은 것이다. 우희다 가수 이하 17명의 장수들이 연명으로 풍신수길에게 보낸 보고서에는,

· 앞서 능곡직성, 원견일직의 두 사람을 보내시고, 금년 봄에 직접 바다를 건너 오신다고 하였으나 이 결정을 연기하시도록 아뢰옵니다.

· 한성의 군량은 죽을 먹는 실정으로서 금년 4월 11일경까지의 소요량을 가지고 있습니다.

· 부산에 있는 군량은 육로와 수로 모두 수송이 곤란한 실정으로서 10일간 이내로 자유롭게 수송할 수가 없습니다.

· 전라도와 경상도의 공략은 여러 장령들과 의논한 다음에 실시할
  것입니다.
· 위에서 말한 바 양도의 공략 후에는 군량의 보급이 잘 되는 지점
  에 견고하게 성을 쌓고 지킬 것이오니, 금년에 도해하시는 일은
  연기하시기 바랍니다.
· 한성에서 여러 도로 연락하는 성세는 우희다가수의 군사가 한성
  에 집결하는 관계로 3개 성이 무방비 상태로 되어 있아온 바, 모
  리길성의 군사를 3분하여 도진의홍의 군사와 함께 2개 성을, 이
  동우병의 군사와 같이 1개 성을 각각 공동으로 지키게 할 것입니
  다.
· 장증아부원친과 봉수하가정의 담당 구역의 중간에 있는 조령은
  봉수하의 지성을 두었사오나 병력이 부족한 관계로 가등청정과
  과도직무의 병력 천여 명을 보내어 지키게 할 방침입니다.
· 현재로서는 전 병력이 한성에 집결 중이오매 명나라의 군사가 기
  만 명으로써 내습한다 할지라도 능히 격멸할 것이므로 안심하시
  기 바랍니다.

  이렇게 돼 있었다. 천야장길이 이 품신서에 대한 답을 가지고 왔는
데, 만약 후퇴를 하더라도 한꺼번에 부산까지 내려가지 말고 중간 거
점을 잡아 버틸 대로 버티다가 차츰차츰 후퇴하라는 명령이 하달되어
있었던 것이다.

  그런데도 이들은 조금이라도 더 유리한 조건을 쟁취하려고 이를 숨
기고 태연하게 심유경을 붙들고 흥정하고 있었던 것이다. 이렇게 해
서 이들이 얻어낸 결말로서는 명나라에서 보내온 칙사를 부산까지 함
께 대동하고 내려간다는 조건을 첨부시키는 일이었다. 안전하게 퇴로
를 열어 달아나겠다는 수작이다.

명나라 칙사와 두 왕자, 그리고 포로들… 감히 후퇴해서 남하하는 저들을 뒤쫓지 못하게 온갖 인질과 방패막이를 갖고 한성을 되돌려 주겠다는 조건이다.

현소는 이제 이러한 제반 상황을 본국에 있는 풍신수길에게 알리기 위해 일시 귀국할 작정이다. 그러면서 이 귀국길에 미리 자신이 얻은 전리품을 챙겨다 놓겠다는 속셈도 가지고 있었던 것이다.

강화회담을 마치고 소서행장의 군막으로 돌아온 현소는 그 동안 가등청정군에 있었던 여러 가지 일들을 보고하였다. 그리고는 이렇게 덧붙인다.

"왕자들을 미리 풀어주면 안 됩니다."

"그건 또 무슨 말인가? 조문에도 그렇게 쓰지 않았는가?"

소서행장이 물었다.

"물론 그렇게 작성했지요. 그러나 언제 어디서 돌려보낸다는 날짜와 장소는 쓰지 않았습니다."

"옳거니…"

"그런 저들을 풀어준다 하더라도 한강을 무사히 건넌 다음 우리 군사의 절반 이상이 충청도까지 철수한 다음으로 정하는 것이 좋을 것입니다."

"그러면 거기가 어디쯤인가?"

"죽산이나 충주 어디쯤이 될 것입니다."

소서행장은 현소의 치밀한 후퇴작전에 동의를 하면서도 이건 상대편을 기만하는 나쁜 전술이라고 생각한다. 약속은 약속인 것이다. 그래서 강화조약이 아닌가?

어느 한편에서 일방적으로 그 조약을 깨뜨려 버린다면 상대편에서도 그럴 소지가 충분히 있다. 그렇다면 조약이 무슨 소용이 있을 것인가. 서로가 서로를 기만하는 일이나 다름없지 않은가.

"이 조약은 명나라와의 화친입니다. 조선군들은 입장이 다를 수도 있습니다. 어느 나라 군대가 달아나는 적을 보고 치려들지 않겠습니까? 그깟 종이문서 하나 보고…"

조선군은 반드시 퇴각하는 후미를 칠 것이고, 그렇게 된다면 군사들은 빠져나갈 수 있을지 모르지만, 군수 물자는 후송할 수 없다는 지론이다.

"용산 군량 창고에 군량미 2만 석이 있습니다. 이를 운반해 가자면 포로들의 힘이 필요합니다. 게다가 심유경과 왕자들을 볼모로 삼고 있으면 조선이나 명나라 양국이 감히 어떻게 뒤를 쫓겠습니까?"

"과연 대사님다운 생각이오."

다른 제장들도 동의를 하였다. 아직 철수 날짜는 충분히 남았으니 좀 더 치밀한 계획을 세워 보다 안전한 퇴각 방법을 생각해 보자고 결의한다.

"소장의 생각으로는 행주산성에 포진해 있는 권율이란 자가 염려됩니다."

"그깟 조그만 산성이 뭐가 염려란 말이요?"

"권율은 독산산성에서 아군을 크게 깨부순 잡니다. 그가 이제 한양성을 코 앞에 두고 있는 행주산성으로 몰려와 일전을 준비 중이라는 보고가 있습니다."

행주산성은 한강을 끼고 있기 때문에 아군이 강을 건느면 마주 강을 건너 올 수도 있어 아군의 퇴로를 막기에도 가장 좋은 위치에 있고, 한양성을 공격하기에도 가장 좋은 위치라는 설명이었다.

"그렇다면 퇴각하기 전에 행주산성을 치고 내려갑시다."

"바로 그 점입니다. 권율의 군대를 그냥 두고 남하한다는 것은 호랑이에게 등을 보이며 걷는 격이라는 말씀입니다."

"듣고보니 그렇긴 합니다. 그렇지만 그깟 군사로 뭘 어찌하겠습니까? 그리고 정규 훈련을 받은 관군도 아닌 오합지졸들 아닙니까?"

"벽제관에서 승리를 했다고 너무 얕보다 큰 코 다치는 수가 있습니다. 독산전투에서의 치욕을 상기하셔야 할 겁니다."

권율은 전라도 순찰사로 이치전투와 독산성 전투에서 왜구를 통쾌하게 무찌르는 용장으로 이름이 났다. 특히 수원 독산성 전투 때에는 먹을 양식과 물이 없었는데도 성 안에 물이 많이 있는 것처럼 보이게 하기 위하여 말을 높은 산언덕에 세워놓고 쌀로 말 목욕을 시키기도 하였다.

멀리서 보면 마치 물을 퍼서 말을 목욕시키는 것처럼 보이게 하여 성 안의 사정이 풍족한 것처럼 기만 작전을 쓴 것이다. 이렇게 해서 적의 사기를 떨어뜨려 놓고 전투에 임할 정도로 머리가 영민한 지장이라면 아무리 군사가 적다 하더라도 반드시 무슨 묘책을 가지고 있을 것이 아니겠는가라는 것이다.

"권율은 전라도에서부터 여기까지 올라오면서 승승장구한 장수입니다. 그러한 자가 행주산성에 진을 친 데는 반드시 무슨 이유가 있을 것입니다."

"이유는 무슨 이유? 벽제관 전투에 합세하기 위해서 강을 건너 오다보니 이여송은 도망 쳤고 엉겁결에 눌러앉은 곳이겠지요. 까짓 권율쯤은 식은 죽 먹기일 겁니다."

의견이 분분하다. 권율의 부대를 우습게 보는 자가 있는가 하면 과대평가를 하는 장수들도 있다.

"신중에 신중을 기합시다. 일단 권율을 모르는 체 놔두고 가느냐, 아니면 쳐부수고 가느냐부터 결정을 합시다."

이렇게 해서 의견이 모아진 결정은, 아직은 퇴각할 날도 멀었으니 백제관 승리의 여세를 몰아 권율을 쳐부수고 가자는 쪽으로 의견이 대세론이었다.

"쇠뿔은 단김에 빼라는 조선 속담이 있습니다."

현소는 행주성 전투를 오래 끌지 말고 단 시간 내에 승부를 걸 수 있는 전투 편성을 하는 편이 유리하다는 진언을 남기고 자리를 떴다.

"소승은 관백을 만나뵈러 본국으로 가야겠기에 이만 물러나겠습니다."

이렇게 해서 편성된 행주산성 전투 병력 배치는 다음 같다.

총대장 우희다가수.

장령 소한천수포. 소한천융경. 길천광가. 흑전장정. 소서행장. 석전삼성 등 병력 총 3만 명.

이는 권율의 1만여 명에 비한다면 무려 세 배나 되는 숫자였다.

군막으로 돌아온 현소는 인선을 불렀다.

"나는 이제 일본으로 건너갈 일이 생겼다. 너와 네 딸을 데리고 가려 한다. 이미 말했지만, 너는 여기 있으면 죽는다."

따라 갈테면 가고 그렇지 않으면 여기 남으라고 한다.

"그렇지만 애기는 내가 데려 갈 것이다."

애기를 데리고 간다면 혼자 남을 수는 없는 일, 이미 수없이 되풀이해 본 마음 속의 다짐이다. 나 혼자 살겠다고 기천을 적지에 홀로 보낼 수는 없었다.

현소는 곧 한성에서 큰 싸움이 있을 거라며 여기 있는 모든 포로들은 일본으로 끌려갈 거라는 이야기를 한다.

"그 이전에 반 이상은 굶어 죽을 거다. 지금도 많은 사람들이 굶어 죽어가고 있다."

일본이 잘못 계산한 것 중에 하나가 조선에 가면 먹을 것이 많을 거란 생각이다. 조선땅이란 곳은 한 해 농사 지어 한 해 먹으면 그뿐, 비축해 둔 군량미 같은 건 없다. 그러니 아무리 뒤져봤자 백성들에게서 먹을 게 나올 리가 만무하다.

게다가 명나라 군사까지 와 붙었으니 어디 가서 먹을 걸 구하느냐, 이게 이번 전쟁의 관건이었다. 사람은 그런대로 입에 풀칠이라도 한다지만, 군마의 먹이는 전혀 준비돼 있지 않는 나라다. 명나라 군대가 철수를 해서 북으로 말머리를 돌린 것도 사실은 따지고 보면 이때문이요, 일본군이 모든 위험을 무릅 쓰고 남하하는 이유 또한 보급 문제의 해결을 보려함이 아닌가.

"우선 먹을 게 없는 곳에서 어떻게 살아남기를 바라겠느냐? 내가 지금 대관 백합폐하를 만나러 가는 것도 사실은 이 문제를 해결하려 함이다."

인선은 현소의 이러한 전문적 이야기와는 아무 상관이 없다. 다만 살아남을 수 있는 방법이 중요했고 기천과 함께 있을 수 있는 길이 최우선이었다.

"가겠느냐?"

"가겠습니다."

"내가 왜 자꾸 묻는고 하니…"

본인의 의사가 분명하지 않으면 사슬에 엮여서 가야 하고 자발적으로 간다면 묶이지 않고 갈 수 있는 자유가 있단다. 왜냐 하면 이러저러한 사정으로 데리고 가는 사람들이 헤아릴 수도 없이 많기 때문이라는 이야기였다.

"한 번만이라도 탈출을 시도하다가 걸려들면 그땐 죽거나 목에 사슬을 맨다. 이건 내가 하는 일이 아니라 호송관이 하는 일임으로 나도 알 수가 없을 때가 있을 것이다."

"그러면 함께 가지 않나요?"

"함께 가지만 따로 가는 걸음이 될 것이다."

현소는 차근차근 알아듣도록 이야기를 하고는 방을 나갔다. 겁을 잔뜩 먹은 기천은 '이제 우리 어디로 가?' 하고 울먹인다. 금세 사태를 파악한 모양이다.

"걱정 마라. 우리 기천이 좋은 집에 보내준다고 그러잖니?"

"좋은 집에? 나 시집 보내는 거야?"

"아니… 시집은 벌써 무슨 시집?"

어른들이 하도 시집 시집하니까 남의 집에 간다면 그게 곧 시집 가는 일인 줄로 알고 있는 기천이다.

인선은 인생이 이럴 수도 있구나 하는 절망감과 두려움이 온몸을 엄습하는 것을 느끼며 기천을 부둥켜 안았다. 이때 순화군의 종자가 들어와 이른다.

"왕자님께서 이걸 갖다드리라고 했습니다."

장도다. 세 칼을 비교해 보기 위하여 내놓았던, 한 시도 몸에서 떼어놓지 않았던 그 칼이다. 이 칼 하나로 이렇듯 모진 수난의 세월을 겪을 줄은 미처 몰랐던 인선이다.

용과 봉황은 본시 없는 가상의 짐승이다. 이 가상의 짐승이 탈을 쓰고 덤비는 꿈을 여러 번 꾼 적이 있다. 가상의 동물이기 때문에 더욱 무서운 힘을 발휘하는, 아무도 당할 수 없는 괴력의 상징, 그 상징이 새겨져 있는 칼을 다시 받아들고 인선은 허탈하게 웃었다.

"이걸 왜 돌려주지?"

이젠 이런 징표가 아무런 소용 없는 땅으로 끌려간다.

"왕자님들은 감시가 심해 한 걸음도 제 맘대로 움직일 수가 없어요. 그러니 마님께서 오셔서 만났으면 합니다."

종자의 말이다. 마님이라? 후훗… 나를 마님이라고? 이렇게 갑작스레 신분 변화가 일어난다는 사실이 믿어지지 않았다. 사람의 값이 하루 아침에 이렇게 달라지다니. 그러니까 사람은 놀만한 자리에서 놀아야 제값을 인정 받는다니까. 인선은 혼자 중얼거린다.

"우리도 지금 떠나야 한다네."

"떠나다니. 어디로요?"

"일본으로 붙들려 간다네. 나중에 혹시라도 일월선사를 만나거던 이 소식을 전해 달라고 해주게나."

"일월선사라 하셨습니까?"

"순화군은 알 걸세."

"그리 전해 올리겠습니다. 달리 더 하실 말씀은 없으신지요?"

"끌려가는 몸이 무슨 할 말이 더 있겠는가? 이렇게 만난 것도 인연이라면 인연일 터, 무사 귀환을 빈다고 전해 주게나."

종자가 물러나자 인선은 이상한 힘이 솟는 것을 느꼈다. 부리면 부릴 수 있는 게 사람이란 존재다. 아직 한 번도 이렇게 아랫 것들을 다스려 본 일이 없거늘 해보니 되는 것을… 신분에 따라 이렇게 달라질 수 있다는 게 야릇하다.

어떤 때는 개울에서 물고기를 잡아먹고 또 어떤 때는 자기 방어를 위하여 사내들을 냅다 꽂기도 하였다. 그런가 하면 꼼짝없이 당하기만 할 때도 있었고 자청해서 사랑을 확인하기도 했다. 이게 다 뭐란 말인가? 그때그때 환경과 형편에 따라 사람은 변할 수 있다는 가능성을 뜻하는 것이다.

인선은 스스로를 변화에 적응이 빠른 여자라는 것을 인식하기 시작한다. 그렇다면 앞으로 어떻게 해야 할 것인가? 답이 나온다.

"여자란 그림자와 같은 것이야…"

고모님의 말이었다. 여자란 남자의 그림자와 같은 존재다. 남자가 지체 높은 양반이면 여자도 따라서 높아지고 남자가 낮은 자면 여자 또한 거기 맞게 알아서 기어야 한다. 이게 인생살이고 여자의 처세술이라 했다.

그러나 여자는 얼마든지 가능성이 있고 기회가 널려 있어 신분 상승 같은 건 수시로 있을 수 있다고 하였다. 물론 이 이야기를 할 때는 인선을 위로하려 했던 말이다.

그렇다면, 지금은 어떤 때인가? 현소를 따라 나서는 길이니까 현소만큼의 여자가 되는 건가? 현소만큼의 신분이 되는 건가? 아니면 그저 끌려가는 포로의 한 사람일 뿐인가?

누가 뭐래도 한 가지 분명한 사실은 있다. 어디를 어떻게 가든 이제부터는 절대로 주어진 환경을 원망하거나 저주하지 않을 것이라는 다짐이었다. 현실에 적응해 살리라. 현실을 받아들이는 일만이 살아남는 길임을 인선은 지금까지 체험으로 체득하였다.

"이 모든 것들이 너를 위해서야…"

인선은 기천을 다시 한 번 품속 깊이 끌어안고 하늘을 바라본다.

## 17. 이즈하라의 봄, 여름 가을 겨울

대마도 이즈하라.

꿈같은 세월이 흐르고 있다. 이즈하라는 따듯하고 늘 푸른 바다가 출렁거린다. 언제나 풍부한 해산물이 있고 큰 들판은 없지만, 채마밭의 채소를 사철 먹을 수 있었다.

"쥬리아, 대마도에 온 지 벌써 몇 년이지?"

"오년이 되었어요."

"그래? 그렇구나. 그러면 벌써 네 나이 열 살이구나."

"그래요, 오마니…"

"쥬리아는 조선에서 다섯 살, 일본에서 다섯 살을 먹었네?"

에스더는 아직도 '오마니'라는 말을 잊지 않고 있는 딸이 대견스러워 머리를 쓰다듬어 주고는 부엌으로 들어간다. 부엌은 그리 넓지 않았지만 윤이 나도록 반들반들 잘 닦여져 있는 마루바닥으로 돼 있고, 따로 찬장이 있어 그릇들이나 집기는 거기 넣어둔다.

에스더는 주전자에 물을 끓여 찻잔에 차를 데운다. 마리아와 에스더는 아침과 점심 사이 한가한 틈을 타 차를 나누어 마시는 게 습관처럼 되어 있다.

"오늘이 쥬리아 생일이라고 하지 않았어?"

그런데 왜 여지껏 생일상 준비를 하지 않았느냔 마리아였다.

"조선에서는 아직 성인이 되지 않은 여식 아이 생일 같은 건 차리지 않아요."

에스더는 속으로는 기뻤지만 사양을 한 번 해본다.

"여기는 일본이잖아?"

이렇게 말하는 마리아는 종의지의 아내요, 소서행장의 딸이며 대마도주 종의조의 며느리다. 그리고 곁에 앉아 말 상대가 돼 주고 있는 에스더는 인선이다. 그러니 쥬리아라고 불리운 애는 당연히 기천이다.

기천은 천주교에 입문하여 그 세례명으로 '오다 쥬리아'라는 새 이름으로 개명하였고, 인선이 역시 에스더라는 이름을 새로 얻었다. 이 이름들은 마리아의 어머니이며, 소서행장의 아내인 쥬스타로부터 얻은 세례명인데, 쥬스타는 모류종 신부로부터 지어 받은 이름이다.

모류종 신부는 스페인 사람으로서 일본에 건너와 포교활동을 하고 있는 경도천주교 관구장이었다. 마리아의 어머니 쥬스타는 딸이 보낸 편지를 보고 이들의 세례명을 지어 보냈다.


어머니. 지난번 말씀드렸던 조선인 아이 기천이 말입니다. 그 아이가 이제 천주님의 뜻을 새겨듣고 교인이 되기로 작정을 하였습니다. 그 애의 어머니 인선이라는 여자도 마찬가지구요. 그러니 관구장님께 잘 말씀드려 가지고 여기서도 영세를 받을 수 있는 지 물어

보고 받을 수 있다면, 그렇게 해주세요. 교리와 기도문은 제가 여기서 아는 대로 가르치면 되겠기에 부탁을 드리는 것입니다. 이들의 영혼을 위해서 꼭 필요한 일이거든요. 이제 기천인 제 딸이나 마찬가지거든요.

이 편지의 답은 기꺼이 그렇게 하기를 바란다는 모류종 신부의 글까지 함께 들어 있어 마리아는 물론 인선이나 기천이도 감동을 받았다.

마리아. 그렇게까지 선교에 힘쓰고 있다니 대견스럽습니다. 천주님이 기꺼워 하실 겁니다. 마리아는 이제 신앙심이 깊었고 쓰시마에서는 유일한 전도자이기에 영세를 줄 자격이 충분히 있다고 생각합니다. 그러니 아무런 염려 마시고 교리에 따라 저들에게 영세를 주십시요. 그리고 세례명은 기천은 오다 쥬리아, 인선은 에스더라 부르기로 해 주세요. 저들의 신앙심이 날로 자라, 그 이름을 크게 날리기를 간절히 바랍니다.

이렇게 해서 두 사람은 세례명으로 불리워지게 되었다. 다만 아직 천주교를 믿지 않는 종의조는 이전 이름 그대로 기천이 아니면, 인선이라 불렀지만, 이름을 불러야 할 일이 별로 없는 처지였다. 어쩌다가 부를 일이 있으면 그냥 '조선 것들!'이라 하대하여 불렀다.
그런데도 기천을 부를 때는 '천아!'하고 부를 때가 있었다. 며느리 마리아가 그 애를 양녀로 삼았기 때문이기도 하였지만, 아들 종의지가 보낸 편지에 '그 딸애는 잘 있느냐'는 내용이 들어 있어, 어쩌면 그 딸애라는 말을 종의지가 낳은 아이로 착각하고 있는 지도 모를 일이었다.

그도 그럴 수 있는 것이 현소가 이들을 데려다 주면서 종의지가 보낸 특별 선물이라고 말했기 때문에 그런 착각을 할 수도 있는 일이었다.

배를 타고 쓰시마 해협을 건너오면서 현소는 기천의 영민함에 반해 따로따로 떼어서 데리고 가려 했던 인선을 기천의 곁에 그냥 놔두기로 한 것이다.

뱃길은 멀고도 지루해 시간 보낼 일을 서로들 찾고 있는 중이었다.

"얘 아가야. 저게 뭔 줄 아니?"

현소는 심심풀이로 기천이와 어울려 놀고 있었다.

"별이요…"

"별이라? 그러면 저 별이 무슨 별인지도 아느냐?"

그러면서 현소는 손가락으로 먼 데 한 방향을 가리켰다. 보아하니 북극성을 가리키는 듯했다.

"저 별은 나의 별이죠."

"나의 별이라?"

현소는 거침없이 나오는 기천이 대견스러운 모양이었다.

"나의 별이라? 그러면 그 옆에 별은 누구 거니?"

"그야 엄마별이죠."

"엄마별?"

"엄마별이 있어야 아가별을 지켜줄 거 아녜요? 그러니까 아가별 옆에는 엄마별이 있는 거죠. 아저씨는 엄마 없어요?"

여기서 현소는 말문이 막혔다.

"저 별을 아저씨께 드릴게요. 그러니까 그 옆의 별을 엄마별로 하세요."

이 아이를 누가 어린애라고 하겠는가? 사람의 마음 속을 훤히 꿰뚫어 보고 있다. 알고 하는 말이건, 모르고 하는 말이건, 기천은 여지껏 어머니를 잊고 살아온 현소의 마음을 움직이고 있었다.

현소는 자기가 태어난 곳이 어딘지 누구에게서 태어났는지도 모른다. 때문에 마음 한구석에는 언제나 얼굴도 모르는 어머니의 모습이 안개처럼 피어오르고 있었다. 그 안개를 걷어낼 때마다 세상에 대한 원망과 증오에 몸을 떨었다.

이 어둠을 걷어내기 위해 얼마나 많은 고통을 겪었는지 모른다. 지금 이 아이에게서 제 어머니를 때어놓는다면 평생을 안개 속에 갇혀 살 것이 뻔하다.

현소는 법덕사 스님답잖게 조선인 피납자들을 포르투칼 상인들에게 팔아 넘기는 일을 서슴없이 자행하는 중간 역할을 했다. 포르투칼 상인들은 소총과 옷감 등을 가지고 일본인들을 유혹하였다. 까짓 아무 상관도 없는 조선인들을 잡아다 팔아 넘기는데 무슨 상관이랴. 보급선 밑바닥에는 언제나 조선인 피납자들로 가득했는데 오며가며 잡일을 시켜먹은 다음 마지막에는 팔아치우는 인신매매를 서슴없이 저질렀던 것이다.

현소가 인선을 붙잡아 온 것도 실은 이 정도면 비싼 값을 받을 수 있으리란 속셈에서였는데, 기천이 그 음흉한 마음을 돌려놓은 것이었다.

'네가 네 어미를 살렸다… 아니 네가 나를 구해 냈어.'

현소는 나즉이 탄식을 하며 다시 한 번 증오심과 복수심을 잠재우려 애썼다. 어린애를 보면서 신심을 되찾은 것이다.

"인간의 마음 속에는 항상 두 마리 뱀이 살고 있어요. 한 마리는 선을 향하고 나머지 한 마리는 악을 향하고 있지…"

현소는 선과 악에 대한 이야기를 들려주었다.

"아저씨는 선이야 악이야?"

  현소는 기천의 당돌한 질문에 할 말을 잊고 말았다. 어린 것이 어떻게 이런 질문을 할 수 있을 것인가?
  "네가 보기엔 어떤 것 같니?"
  "으응… 아저씨는 선인 것 같아."
  "모든 사물은 보는 눈에 따라 달라 보이는 법이지. 지금 네 눈에 아저씨가 선해 보이는 건 네 마음이 선하기 때문이야."
  "나는 선이 좋아."
  "선이 뭔데?"
  "으응! 선이 뭐냐 하면, 그건 조금도 어렵지 않아. 선이 뭐냐 하면 부끄럽지 않은 행동을 하는 거야."
  "누가 그렇게 가르쳤는데?"
  "할아버지도 그렇게 말씀 하셨고 일월선사님도…"
  "역시 훌륭한 선생들이시다."
  이렇게 하여 현소는 종의조에게 기천이 모녀를 넘겨주면서 조선의 왕녀들이니 잘 보살펴 드려야 한다고 당부까지 하고 간 것이다. 그러나 차마 인선을 포르투칼 상인들에게 팔아 넘기려고 데려왔다는 말은 하지 못했다. 너무나 떳떳하지 못한 일이었기 때문이다.
  "전쟁이 끝나면 너를 본토로 데려가려 여기까지 왔지만, 너희 모녀가 떨어지는 것을 원치 않는 것 같아 여기에 두고가니 나중에라도 날 보거던 모른 체는 말아라."
  "고맙습니다. 은혜 잊지 않겠습니다."
  "은혜랄 것까지야 뭐 있겠느냐? 따지고 보면 내가 너희 모녀에게 몹쓸 짓을 한 건데…"
  "고맙습니다."
  "내 나중에 일월선사를 만나면 꼭 안부 전해 주마."

현소는 일본 본토에 갔다가 돌아오는 길에도 들렸고, 조선에 갔다 오는 길에도 들렸다. 그때마다 꼬박꼬박 이들 모녀를 찾았는데 더 이상 인선의 몸을 요구하지는 않았다. 인선이 이미 천주교를 받아들여 개명을 하고 교리에 따라 살기를 원하는 모습을 보고 놀라워 할 뿐이었다.

"어쩌면 그렇게 바뀔 수가 있지? 그대는 불자가 아니었는가?"

"천주님은 우리 모녀를 구원해 주셨어요."

"무엇으로 말인가?"

"사랑으로 고통과 죄악으로부터 해방을 가져다준 거죠."

이들은 날마다 묵상과 기도로 지난날의 아픔을 씻고 있었다.

지난날의 아픔… 인선은 대마도에 온 직후 아이를 낳았는데, 사산을 하였다. 무슨 영문인지 칠삭둥이를 낳아 사흘만에 죽고 말았다. 실의에 빠져 있는 에스더 모녀에게 마리아는 큰 힘과 의지가 되어 주었다. 마리아는 천주교의 교리를 가르쳐 이들에게 신심을 심어주는데 열정을 쏟았다.

천주교를 가톨릭이라고 한다. 가톨릭이라는 말은 '보편'이라는 뜻을 담고 있다. 이 땅에서 저 땅 끝까지 온 세상에 퍼져 있는 까닭에, 또 모든 사람이 알아야 할 지식을 큰 것이나 작은 것이나 다 포함된 교리를 가르치는 까닭에, 그리고 지상에 살고 있는 모든 인간, 왕, 백성, 학자, 헐벗은 걸인들까지 참다운 신앙으로 이끄는 까닭에 그 이름을 가톨릭이라 한다.

마리아는 이런 교리가 적혀 있는 책을 주어 읽어보게 하였지만, 에스더가 된 인선이는 아무리 읽어도 그 뜻이 무엇인지 알 수가 없었다. 그래서 교리서를 읽는 데 재미를 느끼지 못했다. 차라리 마리아에게 직접 듣는 편이 더 좋았다.

"인간은 누구나 자기 죄값을 가지고 있어요."

"죄값이라니요?"

"인간은 하느님이 자기 형상대로 지으셨는데 창조주의 뜻을 저버리고 선악과를 따 먹는 죄를 지었지요. 그 벌로 죽도록 일해야 먹도록 되었어요. 그리고 에덴동산의 선악과를 따 먹게 만든 이브의 후예 여자들에게는 해산의 고통을 주었고요."

이게 원죄론이다. 그리고 인간이 에덴동산을 쫓겨난 이후로 수없이 많은 죄를 지었다. 그 죄를 후천적인 죄라 한다. 인간은 누구나 태어날 때부터 원죄를 가지고 태어난다. 왜냐 하면 죄지은 선조의 피를 이어받아 탄생하기 때문이다. 거기에 후천적인 죄까지 합쳐 자기를 만들어준 하느님 앞에 큰 죄인이 되어 있다는 것이다.

"하느님이 처음 인간을 만들 때에는 자기의 형상을 본떠서 깨끗한 영혼과 육체의 피를 불어넣었는데, 그걸 더럽혔거든."

그래서 인간은 누구나 창조주 하느님 앞에서 죄인이고, 반드시 그 죄값을 치러야 한다. 죄의 값은 사망이다. 영원한 주검에 던져지는 형벌이다.

그러나 하느님은 인간의 고통을 외면할 수 없어 한 가지 방법을 만들었다. 구원의 약속이다. 영원한 주검과 고통으로부터 해방시켜주겠다는 약속이다. 그 약속은 간단하다. 하느님이 한 약속의 징표를 믿기만 하면 된다.

"그 약속의 징표로 예수님이 이 세상에 와 인간이 짊어질 수밖에 없는 그 죽음을 대신하여 죽은 거야."

이걸 대속이라 한다. 나 대신 죽어준 그를 감사하게 생각하기만 하면 된다.

"그분이 누군데요?"

“그분이 바로 예수님이시란다. 예수님을 낳은 분이 마리아시고…”

천주교에서는 이 두 분을 찬양하고 대속한 이들에 대한 감사의 생활을 하면 된다. 감사의 생활이란 어떤 것인가? 이웃을 사랑하는 일이다. 서로 서로 사랑하며 사는 일이다.

“간단한 이치지? 서로 돕고 사랑하면 되는 거야.”

마리아는 궁금해 하는 에스더와 오다 쥬리아에게 계속해서 천주교의 교리를 이야기 한다. 그러면 에스더는 눈물을 글썽거리며 묻는다.

“그렇다면 후천적인 죄로 한 여자가 다른 남자와 관계를 가졌다면, 그건 어떤 죄가 되나요, 마리아?”

벌써 몇 번을 물었던 질문이다.

“그런 죄를 간음이라고 해요.”

간음에는 두 가지 종류가 있다. 간음과 사음이다. 간음은 배우자가 있는 이성과의 육체적 관계를 말한다. 사음은 배우자가 없는 자 끼리의 육체적 관계를 말한다.

“마음에도 없는 자와 억지로 관계를 가졌다면, 그건 어떤 죄가 되나요?”

이쯤되면 에스더는 소리를 내어 울음을 터뜨린다. 마리아는 그녀가 겪고 있는 고통이 어떤 것인지를 생각하고 어깨를 감싸안는다.

둘의 나이는 비슷하지만, 마리아는 이미 신앙적으로 성숙해 있었고, 에스더는 번민과 고통에 떨고 있는 초신자였다.

이러한 모습을 보고 있는 오다 쥬리아는 무얼 생각하는지 열심히 기도를 한다.

“기도를 하세요. 이 모든 고통을 이겨 나가기 위하여 기도 제목을 주셨지요.”

마리아는 괴롭거나 힘들 때 기도를 하라고 가르친다.

하늘에 계신 우리 아버지 이름을 거룩하게 하옵시며 뜻이 하늘에서 이루어진 것같이 땅에서도 이루어지이다. 오늘날 우리에게 일용할 양식을 주옵시고, 우리가 우리에게 죄 지은 자를 사하여 주신 것처럼 우리 죄를 사하여 주시옵고, 우리를 시험에 들지 말게 하옵시며 다만, 악에서 구하옵소서. 대개 나라와 권세와 영광이 아버지께 영원히 있사옵니다. 아멘.


"이게 주님이 가르쳐 주신 기도예요."

기도는 반드시 이루어진다. 그러니 주님이 가르쳐 주신 대로 기도를 해야 한다고 마리아는 말한다. 에스더는 몇 번이고 이 기도문을 외우고 또 외운다. 다시 태어난 게 감격스러워 눈물까지 흘린다.

쥬리아는 어른들 둘이서 하는 이야기를 등 뒤로 남겨 놓고 해변을 향한다. 이즈하라의 해변은 활처럼 굽은 해안선을 따라 양 옆으로 산의 발치가 바닷물 속으로 들어와 발을 씻는 듯한 형국이다.

그 한쪽 끝자락에 두 모녀가 가끔씩 나와 앉는 큰 바위가 있었다. 삼나무가 빽빽히 들어찬 뒷산을 타고 내려오는 다람쥐나 수달이 노는 건너편 해안 절벽과는 달리 이쪽은 펑퍼짐한 등성이가 형성되어 앞이 확 트일 뿐더러 집에서 바라보아도 한눈에 보이는 위치라 위험함도 없었다.

쥬리아는 가끔씩 혼자 이 바닷가를 거닐곤 했다.

그러나 오늘처럼 미묘한 분위기는 처음이었다. 어딘가에서 소소한 바람이 부는 것 같기도 하였고 아닌 것 같기도 한 날이다.

"쥬리아…"

"예."

누가 부르는 것 같아 대답을 해놓고 보니 아무도 없다. 그런데 아무도 없는 것 같지가 않았다. 주변에 누군가 가까이 있는 것 같은 느낌이 들었다.

"쥬리아…"

"예!"

그러나 주변에는 아무도 없다. 그런데도 가까이 누군가 있는 것 같은 꽉 찬 분위기다.

한참만에 다시 부르는 소리가 들렸다.

"쥬리아…"

"예. 제가 여기 있습니다. 누구신가요?"

"나는 너의 여호와 하느님이다."

"예? 여호와 하느님이 어쩐 일로 절 찾으십니까?"

쥬리아는 두 무릎을 단정히 꿇고 소리가 나는 쪽을 바라본다. 바다 위로 한 가닥 햇살 다발이 묶어져 내려오고 그 빛줄기가 이마 위를 뜨겁게 비추고 있다.

"쥬리아야. 너는 진정 내 딸이로다. 이제 너로 하여금 이 세상에 내 증거로 삼으려니 너는 두려워 말라."

"예? 그게 무슨 말씀입니까?"

"너는 이제 본토로 건너가게 될 것이다. 가서 이 세상에 나를 증거하게 될 것이니 담대히 나서라. 내가 너의 힘이 될 것이니라."

쥬리아는 이마에 뜨거운 기운을 느끼고 잠시 정신을 잃은 듯한 상태에서 깨어났다. 정신을 가다듬었으나 조금 전의 일을 다 기억할 수가 없었다.

그러나 '이 세상에 내 증거로 삼으려' 한다는 그 말만은 또렷이 머리 속에 각인이 되어 사라지지 않았다.

이때 저쪽에서 걸어오는 마리아와 에스더가 손짓을 해 보인다.

이 신비한 체험을 한 이후 쥬리아는 남모르는 변화를 겪었다. 그동안 하잘 것 없게 보였던 제 또래의 친구들이 한없이 다정하게 보였고 원수처럼 보였던 종의조의 가신 미에다까지도 밉게 보이지 않는 평화스러움을 가졌다.

미에다는 사사건건 쥬리아를 못 살게 구는 또래 아이로서 심지어는 '저 아이만 죽어 없어진다.'면 하는 극단적인 생각까지 한 일이 있었다. 그런데 이 모든 증오심이 일시에 안개 걷히듯 사라져 버리는 것이 아닌가.

"미움이 사랑으로 바뀌었어요."

"미움이 사랑으로?"

"예. 오마니. 미에다까지도 이제 용서할 수 있을 것 같아요."

미에다는 쥬리아를 골탕 먹이기 위해 태어난 아이처럼 언제 어디서나 극성스럽게 주위를 맴돌았다.

"조센징, 조센징…"

"너 그게 무슨 소리니? 한 번만 더 쥬리아를 놀리면 가만 두지 않겠다. 알겠지."

마리아에게 이렇게 혼이 나고 종아리까지 얻어 맞았지만 말을 듣지 않는 미에다였다.

한 번은 마리아와 에스더가 말을 타고 섬 구경을 나가는데 쥬리아도 따라가고 싶어 견딜 수가 없어 미에다에게 말고삐를 잡히고 따라나섰다. 그런데 미에다가 일부러 그 고삐를 놓는 바람에 말이 혼자 달아나 하마터면 쥬리아가 말에서 떨어질 뻔한 일이 일어났다.

이 일로 하여 미에다는 세끼 밥을 굶어야 하는 가혹한 처벌을 받았다. 그런데도 쥬리아만 보면 무슨 연유인지 놀리고 골탕 먹이기를 그치지 않았다.

언젠가는 미에다가 근처 숲속에서 여우 새끼를 잡아왔다. 밤새 어미 여우가 집 주위를 맴돌며 울어대는 통에 온 동네 사람들이 잠을 이룰 수가 없었다.

쥬리아는 '왜 불쌍한 짐승 새끼를 잡아와 온 동네를 시끄럽게 하냐' 며 미에다를 나무랐다. '불상하지도 않니? 살려줘.' 이에 미에다는 안고 있던 여우 새끼를 쥬리아에게 던져 버리고 숲속으로 도망을 가버렸는데, 이때 여우새끼가 손등을 할퀸 자국이 지금도 남아 있다.

"조센징 가시나…"

미에다는 도망 가면서도 쥬리아를 놀렸다.

이런 미에다에 대한 마음까지도 사라져 버리다니 알 수 없는 마음의 움직임이다. 이 돌연한 변화는 마음 속에서만 일어나는 게 아니라 행동으로도 나타났다. 평소 무섭게만 보이던 종의조까지도 친할아버지처럼 느껴지기 시작하였고, 마을 사람 그 누구에게도 친절히 대하게 되었다. 온 이웃이 내 가족처럼 포근하게 보였다.

"그게 바로 영적 변화라는 것이야."

마리아는 이 영적 변화를 일으켜야 참다운 '기리시탄'이 된다고 하였다. 기독교를 믿는 사람들을 기리시탄 | 크리스찬 | 이라 불렀는데, 이는 그리스도를 믿는 교인이라는 뜻이다. 그리스도는 예수 그리스도를 일컫는 말이다.

예수 그리스도는 하느님의 아들로 이 세상에 왔다. 하느님은 이 세상을 창조하고 인간을 만들었는데, 그 인간들이 창조주의 뜻을 저버리고 죄를 지었다. 그 죄값은 사망이다. 그러나 예수 그리스도는 인간들에게 다시 한 번 속죄할 기회를 주기 위하여 이 세상에 왔다. 그리고 죄인을 대신하여 십자가에 못 박혀 죽었다. 이를 믿고 따르면 죄값을 받지 않고 영원한 생명을 얻는다.

이것이 예수 그리스도가 베푼 사랑이다. 이 사랑은 무조건적인 사랑으로, 이 사랑을 받은 기리시탄은 또다른 사람에게 이를 베풀어야 한다. 이것이 영적 변화다.

옛 나를 버리고 새 사람으로 거듭나는 이 변화를 가지지 않고는 기리시탄이 될 수 없다. 기리시탄은 남을 위해 살아야 한다. 이러한 사랑을 모르고 살아온 사람에게 이 사랑을 전파하는 것이 기리시탄의 삶이요, 생의 목표다. 지금까지 수없이 들어온 말이다. 그 말이 이제 직접적인 변화로 다가온 것이다.

"그게 어느 날 갑자기 이렇게 찾아오나요?"

"물론 그럴 수도 있고 죽을 때까지 그 변화를 못 느끼고 죽는 사람도 있지."

"그러면 어떻게 되나요? 그런 변화를 못 느낀 사람은요?"

이번에는 에스더가 묻는다.

"나는 왜 그런 변화가 없는 것일까요?"

"그런 변화란 서서히 자기도 모르게 일어나기도 하지요. 생각을 바꾸어야만 합니다. 이전의 나를 버리고 그리스도를 본받는 삶을 살게 해 달라고 기도를 해야 합니다."

마리아는 어른과 아이의 차이를 설명한다. 아이들은 때묻지 않은 영혼을 그대로 가지고 있지만, 어른들은 그 동안 너무 많은 삶의 때를 묻혀 생각이 복잡하기 때문에 변화를 가져오는 시간이 오래 걸린다고 설명한다.

"그렇지만 한 번 주님을 마음 속으로 영접한 사람은 그 변화가 있건 없건 주님의 사람이 되는 겁니다."

"그러나 나중에 받을 상급의 차이는 있겠지요?"

"하늘나라에서는 부자도 가난한 사람도 없다고 하였습니다. 그러니 상급의 차이란 아무것도 아니겠지요."

마리아는 이미 기리시탄이 되기로 작정을 하고 영세를 받아 세례명까지 얻었으니 변화가 있건 없건 아무 염려 말라고 에스더를 달래고 위로한다.

"걱정 마세요. 이미 우리는 주님을 영접하기로 하고 영세를 받았습니다. 다만 기회가 되면 신부님을 만나 다시 한 번 정식으로 영세를 받았으면 좋겠지요."

"신부님께서는 뭐라고 그러셨어요?"

"너무 거리가 멀어 직접 영세를 줄 수 없는 곳이라면 신부님을 대신해서 다른 사람이 줄 수도 있다고 써서 보냈습니다."

마리아는 다시 한 번 모류종 신부의 편지 이야기를 하였다.

"쥬리아, 참으로 복도 많구나. 벌써 영적 구원을 얻다니 다행이야. 그런데 일월선사님이나 네 할아버지가 알면 뭐라실까?"

에스더는 그게 마음에 걸리는 모양이다.

"부처님과 그리스도님은 어떤 차이가 있나요?"

마리아는 언젠가 모류종 신부에게 자기도 꼭 같은 질문을 한 적이 있어 입가에 미소를 흘리며 이렇게 말문을 연다.

"왜 아직 그 질문이 안 나오나 했어요."

"그건 또 무슨 말이죠?"

"나도 그와 똑같은 질문을 모류종 신부님한테 드린 적이 있었거든요. 우리 집안도 어렸을 때는 불교를 믿었지요. 불교와 기리시탄 혼란스러웠지요. 그런데 의외로 간단했어요."

마리아는 어릴 때 절에 다니던 회상을 떠올렸다. 절간에서 맡던 촛불과 향촉 타는 냄새, 그리고 은은한 종소리와 목탁소리, 스님들이 외는 독경소리, 그리고 무슨 뜻인지도 모르고 외우던 염불…

"모류종 신부님은 이렇게 말했어요. 부처님께로 가려면 자기 자신을 다 버리고 빈 손 빈 마음이 되어야 하구요, 그리스도님께로 가려면 그분을 마음 속으로 믿기만 하면 된다구요."

하나는 수행을 통하여 갈 수 있는 길이요, 또다른 하나는 믿음으로 가는 길이다.

"어느 게 쉽겠어요? 믿기만 하면 돼요. 그리스도가 내 죄값을 대신해서 죽었다는 걸 믿기만 하면 돼요. 마음으로 믿는 것 하고 온 몸과 마음으로 가진 것을 다 버리고 빈 손이 되는 것 하고 어느 게 쉽겠어요."

불교는 자기 스스로가 자기 구원을 얻어야 하고, 기독교는 그리스도가 무조건적으로 베푼 구원을 받기만 하면 된다는 이야기였다.

"부처님은 스스로 깨달아 얻은 자죠. 우리도 그 깨달음의 이치나 방법 그대로 깨달아 얻어야 하는 겁니다. 그가 주는 게 아니죠. 내가 얻어내야 하는 겁니다."

"그러면 그리스도는 신인가요?"

"참! 그 질문을 잘 하셨어요. 그리스도는 하느님의 아들이면서 곧 하느님이기도 하십니다. 성부와 성자와 성신, 이는 삼위일체로써 하나이면서도 각자죠."

마리아는 어쩌면 이들이 자기가 물었던 질문과 똑같은 의문점을 제기하는가 싶어 뜨거운 감회를 느낀다.

"하늘에 해가 있지요? 해는 커다란 하나의 불덩어리이지만 거긴 열이 있고 빛이 있지요. 그러면 이중 어느 것을 해라고 해야 할까요? 빛이 해인가요, 열이 해인가요. 아니면 그 불덩어리가 해인가요? 이 모두가 해죠. 사람에겐 몸과 마음이 있지요? 그러면 몸이 나인가요, 마음이 나인가요? 둘이 합해야 나라는 인간이 되지요. 이처

럼 서로 뗄래야 뗄 수 없는 세 부분이 합쳐 하나가 된 것이 하느님
입니다. 이를 성부와 성자와 성신이라고 하죠. 이 모두를 삼위일체
라고 합니다.”

이 셋은 하나이면서 각기 맡은 일이 다르다. 성부는 창조 사업을
했고, 성자는 창조된 인간이 범죄를 저질렀을 때 이 세상에 와서 구
원 사업을 했고, 성신은 성자에 의해 구원된 인간을 더욱 거룩하게
하는 성화 사업을 한다.

“그래서 우리가 기도를 하면서 성호를 긋는 것입니다. 성호를 그을
때 성부 성자 성신의 이름으로 기도를 하는 까닭을 알겠지요?”

마리아는 이마와 양 가슴에 손을 모아 갖다대는 성호의 숨겨진 이
유를 설명해 주었다.

“이게 삼위일체의 신앙 고백이랍니다. 옛날 로마라는 나라에서 기
리시탄 박해가 있었는데, 거기서 기리시탄 끼리 서로 통하는 암호
로 이 성호를 사용하기도 했답니다.”

마리아는 이제 자기가 아는 모든 지식을 다 이야기한 듯 두 사람을
바라본다. 두 사람의 얼굴에 희망과 새로운 각오가 번져나가는 변화
의 움직임을 본다.

쥬리아는 무언가 모를 새로운 각오와 힘이 깊숙이 용솟음치는 것을
느꼈다.

“자, 우리 기도해요.”

마리아는 무릎을 꿇고 간절히 기도하면 모든 게 다 이루어진다고
말한다. 기도는 하느님에게 인간의 뜻을 전달하는 유일한 방법이다.

인간은 기도로서만 하느님과 대화를 할 수 있다. 하느님과 대화할
수 있다는 점이 그리스도의 특성이다. 이는 멀리 있는 자식과 그 아
비가 편지를 써서 주고받음으로 서로의 의사를 전할 수 있는 것과 같

은 이치다.

기도를 끝마치며 반드시 '아멘'이라는 말을 사용한다. 아멘이라는 말뜻은 '좋습니다.' '동의한다.' '나는 분명히 말한다.' 이런 의미로 앞서 기도한 내용이 틀림없음을 다시 한 번 확인하고 그것이 이루어지기를 기원한다는 뜻이 담겨 있다.

이렇게 하여 매일매일 기도하는 생활을 하면 뜻하는 모든 게 이루어진다. 기도하기 좋은 시간은 아침이다. 하루를 시작하기 전 그 새날을 기도로 설계하고 시작한다면 좋은 하루가 될 것이다.

"기도할 땐 무엇을 위해 기도해야 하나요?"

"고린도서에 '그러므로 여러분은 먹는 것이나 마시는 것이나 무슨 일을 하던지, 모든 일을 다 하느님의 영광을 위하여 하십시오.'라고 말씀하셨지요."

하느님의 영광을 위하여 기도하라.

"그렇다면 하느님의 영광이란 무엇일까요?"

하느님은 스스로 있는 자, 즉 '자존자'다. 누구로 말미암아 된 것이 아니라 시간과 공간을 초월해 있는, 그럼으로 누군가에게서 만들어짐을 받은 피조물과 구별되는 존재다. 그리고 그 속성으로 공의한 윤리 심판관이다.

하느님은 이 세상 만물을 짓고 자연의 질서까지 부여했다. 그리고 인간이 가야 할 그 목적에 도달하기 위하여 윤리 도덕률을 행하도록 예시하였다.

"하느님이 인간을 심판하는 까닭이 여기 있지요."

그 도덕률이 십계명이다. 이를 지키는 것이 하느님의 뜻을 저버리지 않는 길이다.

마리아의 이야기는 그침이 없다. 자신이 생각해도 어쩌면 이토록 말을 잘 하는 지 의심스러울 정도다. 아직 그 누구에게도 이토록 열심히 전교를 한 적이 없던 일이었다.

"이 모든 것들을 받아들이고 말씀대로 사는 것을 '주님 영접'이라 합니다. 주님을 내 마음 속에 받아들여 주님의 뜻대로 산다는 뜻이지요."

"그래요. 이제부터 주님을 영접하는 생활을 하겠습니다."

두 모녀는 한결같이 이렇게 서약을 하였다.

"오, 하느님 고맙습니다. 저에게 전도의 능력을 주시다니요."

한 번 기리시탄이 된 사람은 이 놀라운 복음을 전해야 할 책임이 있다. 그래서 땅끝까지 복음을 전파해야 할 사명을 지니게 된다.

"알겠어요. 꼭 그런 삶이 될 수 있도록 노력하겠습니다."

쥬리아는 이 놀라운 사실 앞에 완전히 도취되어 얼굴이 화끈화끈 달아오르는 것을 느낀다. 앞으로 어떻게 살아야 할 지 그 길이 보이는 것 같다.

"한 번 서약을 하면 깨뜨릴 수가 없는 겁니다."

"알겠어요. 전 이미 주님을 위해 살기로 작정을 했어요."

"지금 일본에는 기리시탄이 늘고 있지만, 아직 포교가 안돼 신도 수가 많지 않습니다. 이제 그대들이 앞장을 서야 할 겁니다."

그러면서 좀 더 많은 이야기를 할 수 없음을 안타까이 여기는 마리아였다. 마리아도 아는 것은 여기까지 뿐이었다.

"하루 속히 신부님을 만나 직접 주님 이야기를 자세히 들어야 할 텐데…"

그러면서 마리아는 일본 본토로 건너갈 궁리를 해본다. 친정도 가볼 겸 신부님도 만난다는 계획이다.

"그랬으면 좋겠어요."

에스더는 쥬리아가 새 희망을 갖고 즐거움에 차 있는 모습을 보는 것만으로도 충분했다. 그렇지만, 한편으로는 여러 가지 걱정이 마음을 흔든다. 언제까지 이런 생활이 계속될 것인지, 전쟁이 언제까지 이어질 것인지, 전쟁이 끝나도 여기에 있어야 되는 건지 생각할게 너무나 많았다.

그러던 어느 날이었다.

"배가 들어왔어요. 조선 배가 들어왔어요."

보통 때 같으면 일본과 조선을 오가는 비선이 들어와 물을 싣고 가는 게 고작이었을 텐데, 이번에는 조선 배가 한떼거리 들이닥쳤다는 것이다. 비선이란 급한 연락을 취하러 다니는 비사를 싣고 다니는 일종의 군선으로 보통 배보다 훨씬 빠른 속도로 달릴 수 있는 배다.

에스더는 쥬리아를 데리고 포구로 나갔다.

어디서 빼앗았는지 고기잡이배들이 정박해 있었는데, 일본 군선들이 이들을 감시하고 있었다. 고깃배에 타고 있는 사람들은 주로 아녀자들이었고, 일본 군선에 타고 있는 사람들은 남정네들이었다.

한눈에 보아 이들은 어딘가에서 납치되어 오는 조선 사람들임이 분명했다. 이들의 경험으로 본다면 아녀자들을 따로 실은 것은 배를 타고 오면서 희롱하려는 수작임에 틀림없다. 그러잖아도 뱃멀미에 시달리는 여자들을 뱃전으로 끌어내어 서로 돌아가며 겁간을 했을 것이다. 그 능욕을 참아가며 여기까지 살아온 사람들이다.

"물 좀 주시오. 물 좀…"

배에 타고 있는 사람들은 한결같이 갈증을 호소하고 있다. 바닷바람에 시달려 검게 그을린 얼굴이며 헤진 옷이 영락없는 거지꼴이다. 불과 몇 년 전만 해도 에스더 일행도 이렇게 도착했었다.

"물… 물…"

이토록 애타게 울부짖는데도 이들은 배에서 내릴 수가 없다.

"기다려라. 기다리면 물을 준다."

감시병들이 저들을 향하여 고함을 질러댄다.

에스더는 달려가서 물통을 들고 나와 샘물을 길어다가 저들에게 주었다. 쥬리아도 커다란 물통에 물을 떠다가 이 배 저 배에 나눠 주느라 바쁘다.

"미에다, 너도 와서 좀 거들어 주렴?"

쥬리아가 미에다를 부른다. 그러나 미에다는 싫단다.

"싫어. 난 그 따위 동정심 같은 거 없어."

"이건 동정심이 아니야. 당연히 해야 할 일이야."

"뭐가 당연히 해야 할 일? 네야, 조선 사람이니까 그래야겠지. 다 같은 동포니까."

"나는 저 사람들이 일본 사람이라도 그렇게 하겠어. 넌 사람이 어쩌면 그렇게 냉혈한이니?"

쥬리아가 미에다를 나무라는 것을 보고 에스더가 말린다.

"놔두라. 정승도 제 하기 싫으면 안 한단다."

이 말을 듣던 배 위의 한 남정네가 묻는다.

"당신들 조선 사람이오?"

"네, 그렇습니다."

"여기가 어디요? 우리는 어떻게 되는 거요?"

"여기는 쓰시마 이즈하라항입니다. 우리도 붙잡혀 왔기 때문에 어떻게 될지 모르고 있습니다."

그는 북새통이 된 머리를 뒤로 쓸어넘기며 날카로운 눈으로 사방을 두리번거려 본다. 금세 배에서 뛰어내려 도망 갈 곳이라도 찾는 듯한 표정이다.

"도망 갈 곳은 없습니다. 여기는 섬이고 숨을 만한 곳도 없습니다."

에스더는 한 사람이라도 무고한 희생자가 나오지 않기를 바래 이렇게 말하면서 물그릇을 건네주었다. 그는 에스더를 빤히 바라보다가 물을 벌컥벌컥 마셨다.

"물 참으로 고맙소."

"어디서 오시는 길인가요?"

"나는 전라도에서 왔소. 이름은 심당길이라고 합니다. 물, 정말로 고마웠소."

그러면서 심당길은 자기는 남원에서 옹기를 굽는 사람이라고 묻지도 않은 말을 하며, 이 길로 가면 어디로 가느냐고 묻는다.

"일본 본토로 간다지만, 저도 아직 못 가 봤습니다."

"그러시군요…"

심당길은 오히려 여기 붙잡혀 있는 에스더를 더 걱정하였다.

"아무쪼록 몸조심 하시오."

에스더는 순간 황보를 떠올렸다. 지금쯤 그 사람은 무얼 하고 있을까? 차라리 이렇게 될 줄 알았더라면 그 사람을 몰랐던 게 더 낫지 않았을까? 그런대로 다행인 것은 혼례를 치르지 않은 일이다. 남자에게 있어 한때의 사랑과 혼사를 나누고 난 뒤의 이별이란 분명 다른 것이기 때문이다.

심당길은 보따리에서 자기가 구운 그릇이라며 사발을 하나 내주었는데, 이를 받아본 종의조는 온종일 그 그릇을 들여다보고 있다가 만송원에 갖다 놓았다.

"조선 도공이 준 거란 말이지?"

만송원은 집안 대대로 내려오는 귀한 물건들과 선물 받은 것들을 모아두는 곳이었다. 심당길이 준 그릇은 그냥 사용하기에 아까운 보기 드문 도자기라는 것이다. 그러면서 종의조는 이렇게 말하였다.

"어허, 어쩌면 이렇게 잘 빚었을꼬…"

종의조는 심당길이 주고 간 그릇을 몇 번이나 손바닥 위에 올려놓고 보고 또 보았다.

이런 일이 있고난 뒤 배들이 연일 이즈하라항에 입항하는 광경을 보았다. 이들의 입을 통하여 들은 바로는 전쟁은 거의 끝나가는 것 같다는 이야기였다.

"왜병들은 모두 남도로 후퇴하여 갈 곳이 없는 지경이에요."

바다에서는 이순신 장군이 연일 승전을 하고 있고, 육상에서도 의병들이 일어나 이제 왜병들은 발붙일 곳이 없다는 이야기였다.

"그러면 임금님도 한양으로 돌아오셨나요?"

"한양이 수복된 지는 벌써 오래 되었소."

왜 이렇게 아직도 미련을 버리지 못하고 있는가? 인선은 에스더라는 이름과 인선이라는 이름 사이에서 갈등을 겪고 있는 스스로를 달래지 못하고 있었다. 인선으로써 살 것인지, 에스더가 되어 살 것인지 아직 방황하고 있는 것이다.

그러나 쥬리아는 기천을 버리고 완전히 오다 쥬리아의 생을 살고 있다. 앞에 붙은 '오다'는 한때 일본 통일에 힘을 쏟았던 오다 노부나가의 성씨를 딴 것이라 하였지만, 그 집안의 성씨를 이어받을 이유도 없거니와 쥬리아로 살겠다는 뜻에서 부르고 있는 저들이었다. 소서행장가는 오다 노부나가 가문의 편이었고, 일본에서는 예사로이 성씨를 주기도 하고 얻기도 한다.

"배가 들어왔다. 배가 들어와…"

얼마나 지났을까? 또 한떼거리의 배들이 들어왔는데, 남녀노소 할 것없이 지치고 굶주려 다 죽어가는 모습들이었다. 이 날도 쥬리아와 에스더는 물을 길어다 주었다.

이들 중에 강항이란 사람이 있었는데, 그 생김새가 꼭 외할아버지 이수익을 닮아 쥬리아는 그에게 말을 걸어 보았다.

"어디서 오시는 길입니까?"

"나는 전라도 영광에서 왔소. 아가씨는 어찌 조선말에 그리 능통하오?"

"저도 조선에서 왔습니다."

그러나 이 이상은 어떻게 도울 길도 말도 할 수 없는 두 사람이었다. 강항이라고 자기 이름을 밝힌 선비는 뱃사람들에게도 신임을 받는 모양으로 무질서하게 서로 다투어 물을 마시려는 자들을 꾸중하여 나무라며 차례차례 물을 받아 마시게 하였다.

"아무리 포로로 잡힌 사람들이지만 질서를 지킬 줄 알아야 합니다. 인두겁을 썼다고 다 인간이 아닙니다. 물 한 바가지 서로 먼저 먹겠다고 싸우면 일본인들이 우리 조선 사람들을 뭐라 보겠소? 제발 체면들 좀 지키시오."

이러고 있는 사이에도 죽어 쓰러지는 사람들이 생겨 매장을 하지 않을 수 없다. 이미 지칠대로 지친 데다가 아직도 갈 길이 창창하게 남았다는 절망감이 목숨을 앗아가는 듯했다.

정말 어이없는 참혹함을 목격한 쥬리아는 이런 날 밤이면 잠을 자지 않고 기도를 드렸다.

"하느님! 이들을 보호하소서."

연일 배들이 들어오고 그 배마다 끌려오는 사람들로 가득했다.

"아예 거기다가 급식소를 차려라, 급식소를…"

대마도주 종의조는 잔뜩 못마땅해 가지고 며느리 마리아를 나무란다. 물을 얻어 마시는 사람이 비단 조선 사람들 뿐이 아니거늘 사람들 앞에 나서서 구제 사업을 하는게 못 마땅했다. 그런데도 마리아는 잠시도 쉬지 않고 목마른 자에게 마실 물과 때로는 허기진 배를 채워 주었다.

“아, 이제 전쟁도 끝났다.”

어느 날인가 전쟁이 끝났다는 말을 서슴없이 해 대는 병사들이 물을 얻어 마시고는 곧장 본토로 향하였다. 이들은 배에 잔뜩 돌을 실었는데, 조선에 있는 절간의 탑을 뜯어 실은 배였다.

어떤 배에는 불상이 실려 있기도 하였다.

제4부 순교자의 길

# 18. 수난의 물결

소서행장은 이 날 오후 오랫만에 말을 타고 아소산 산록을 달려보 았다. 산자락에는 과일들이 익어가고 바람이 불어와 머리칼을 쓸어 넘겼다. 땅에서 올라오는 싱그러운 풀냄새를 맡은 말은 콧구멍을 벌 름거리며 풀을 뜯고 싶어 안달을 한다.

"여기가 이제 네가 살 곳이다. 너도 풀을 뜯고 싶니?"

이윽고 언덕배기에 이른 소서행장은 말에서 내려 말고삐를 잔등에 얹고는 잔디밭에 벌렁 드러눕는다. 얼마만에 누려보는 평안함인가.

조선에서의 7년 세월이 구름처럼 너울거리며 흘러간다. '7년 전쟁.' 말이 7년 전쟁이지, 조선에서의 풍찬노숙은 이루 말할 수 없는 고생 의 연속이었다.

그러나 이제부터는 그 모든 일을 잊고 지내기로 마음먹은 소서행장 이다. 조선 정벌 출정을 다녀온 뒤 섭진주라는 관작도 얻었고, 다른 장수들에 비해 많은 봉토도 차지했다.

그가 얻은 봉토는 비후 십사군이었다. 옥산 산록 산본 국지 아소 합지 탁마 구마 포전부 익성 우사 팔대 천초 위북이 바로 그곳이다. 비록 가등청정과 함께 얻은 봉토였지만 땅을 다 둘러보자면 닷새를 걸어야 할 만큼 넓은 면적이다. 게다가 이 일대는 재목과 땔나무가 넉넉하였고 오곡은 물론 물고기며 종이와 솜이 많이 나는 곳이라 사람 살기에는 더 없이 좋은 고장이다.

비후지방은 일본 3도 중에 제일 남쪽에 위치한 섬으로 명호옥이 있는 곳이기도 하다. 풍신수길이 살아 생전에는 작은 서울이나 마찬가지였던 곳이다. 하여 그의 측근들만 이 섬에 살 수 있었다.

부사산 너머 에도성이 있는 도쿄를 동경이라 부르는데 반해 후시미 성이 있는 교토를 서경이라 부르게 된 것은 겉으로는 일본이 천하통일이 된 것 같지만, 아직도 동—서가 양분돼 있다는 뜻이기도 했다. 그러니까 자연적으로 동경과 서경은 서로를 견제하고 눈치를 보며 눈에 보이지 않는 알력도 생기기 마련이었다.

서경에서는 모리휘원을 중심으로 옛날식으로 살자는 사람들, 그러니까 전쟁이 없던 평화시대를 표방해 정치를 펴나갈 것을 원하는 사람들이 모였다. 그래서 이들의 정치적 관점을 문치주의라 부른다. 굳이 편을 나눌 필요는 없었지만, 이들을 일컬어 문치파라 불렀다.

반면에 동경에서는 덕천가강을 중심으로 모인 사람들이 있었는데 이들이 표방하고 나선 정치적 관점은 모든 걸 칼과 힘으로 밀어부쳐야 한다는 무인주의다. 이들을 무단파라 불렀다. 붓과 칼의 대립인 것이다. 겉으로는 드러나지 않은 이 갈등은 점점 심화되어 갔다.

한 쪽은 전쟁없는 평화를 원했고, 또다른 쪽에서는 끊임없는 전쟁을 원했다. 이로 인하여 다 끝난 임진왜란이 다시 정유재란으로 이어진 것이다.

임진왜란을 일으킨 장본인 풍신수길이 죽고 전쟁은 일단락 끝이 났다. 그런데도 정유년에 다시 조선을 재침공한 것은 이 무단파들의 주장에 의한 세력 다툼의 결과였다. 이를 앞장 서 주도한 인물이 덕천가강이었으니, 정유재란에도 실패하고 돌아온 조선 침공의 일선 지휘관들을 그가 좋아할 리가 없었다. 일선 지휘관들이 무능해서 전쟁에 졌다는 이유였으므로 그 싸움에 가담했던 장수들이라면 누가 이 말을 듣기 좋아 하겠는가?

"흥… 그러면 본인이 직접 나가 싸우지 그랬어?"

조선 정벌에 나섰던 장수들은 가만히 앉아 부를 축적한 가등청정을 별로 달가와 하지 않았다. 그렇지만 그의 편을 드는 장수들도 있었다.

"제까짓 것들이 무슨 먹물을 먹었다고…"

글줄께나 읽고 지식께나 있는 문사라고 무사들을 없수이 여긴다는 이야기였다. 이렇듯 문무의 대립이 점점 첨예한 양극화를 띠기 시작하자, 이러한 파당은 군벌들 간에도 드러나기 시작하였다.

소서행장과 가등청정 사이에도 갈등이 나타나고 있었다.

"사까이 촌놈이 뭘 안다고…"

툭 하면 내뱉는 사까이 촌놈이라는 말, 가등청정은 덕천가강이나 모리휘원 앞에서 거침없이 늘상하던 입버릇대로 소서행장을 일컬어 '사까이 촌놈'이라고 불렀다. 덕천가강은 토지 수입 2백 5십만 석, 모리휘원은 1백 5십만 석, 덕천가강은 관동대수로 내부라 불리었고, 모리휘원은 서경대수로 조선 침공 당시 원수라는 지위를 얻었다.

두 사람은 겉으로 보기에는 한 편인 것 같지만 어디로 보나 쌍벽을 이루는 좋은 적수였다. 이러한 두 우두머리들 앞에서 가등청정은 여지없이 소서행장을 비난하는 것이었다.

"저 사까이 촌놈이 아니었다면, 지금쯤 우리는 저 넓은 중국 대륙

에 진출해 있을 것입니다. 저 촌놈이 툭 하면 회담이니 뭐니 하자
고 서둘고 전쟁에는 뜻이 없었으니 어떻게 대륙 진출의 과업을 완
성할 수 있었겠습니까?"

가등청정의 말로는, 조선의 두 왕자를 인질로 잡고 있는 유리한 입
장인데도 소서행장이 불리한 조건의 강화회담에 임했다는 것이다. 그
것은 소서행장이 우유부단하고 사람 죽이기를 두려워했기 때문이라고
비난하였다.

"그게 다 사까이 촌놈이 기리시탄인가 뭔가 하는 서양교를 믿었기
때문이야. 저들은 전쟁에서도 사람을 죽여선 안 된다고 믿고 있거
든?"

제장들은 가등청정의 거침없는 이 말에 간담이 서늘하다. 누구라도
저 이빨을 만나면 무자비하게 당할 수 있겠다는 두려움이 앞섰다.

"명나라 군사들이 사천에 있는 도진의홍의 진을 포위하였는데, 의
홍은 거짓 패한 척하고 성 안으로 들어갔지요. 성문을 그대로 열어
두었는데, 멋모르는 명군이 냅다 쏟아져 들어오는 거야. 이 때다
하고 의홍의 군졸들은 명군을 찍고 받고치기 해서 한 놈도 남기지
않고 모조리 죽였단 말이지."

이렇게 거침없이 도진의홍을 칭찬하기도 하는 가등청정이다. 사천
성 전투 때 가등청정은 거기 있지도 않았으면서 마치 자기가 본 것처
럼 떠들어 댔다.

이러한 인신 공격을 당하고도 소서행장은 잠자코 있었다. 벌써 머
리가 희끗희끗해진 소서행장은 이제 그런 한가한 무용담으로 서로를
헐뜯는 말들에 흥미를 잃은 지 오래였다. 소위 일본에서 '게이쪼오의
난'이라 부르는 조선 침공도 끝났고, 지금 와서 그때의 일들을 아무
리 왈가왈부해 봤자, 아무 소용없는 일이기 때문이었다.

그러나 가등청정이 계속 떠들어대므로 그 말을 막기 위해 한 마디 안 할 수는 없어, 겨우 이렇게 입을 여는 소서행장이다.

"청정은 조선 왕자가 주둔했던 본영을 불사르고 부랴부랴 도망하기에 바빠 우릴 기다려 주지도 않았단 말이야. 그렇기 때문에 화의도 실패하고… 나는 의홍과 함께 명나라 벼슬아치들을 인질로 잡고 뒷처리를 하고 돌아왔는데, 이제 와서 자기 변명을 하느라고 저런 비급한 소리를 하는 걸 봐."

소서행장이 겨우 한 마디 했지만, 덕천가강은 가등청정의 말을 옳은 듯이 듣고 있다는 편이었다.

"소서행장의 말이 옳아요."

모리휘원이 거들었지만, 덕천가강은 이미 그 말을 귓등으로 받아넘기고 있었다. 이미 그를 마음 속으로 적대시하고 있다는 증거였다.

일이 이렇게 되면 한 판 전투가 일어나리라.

이미 표면화된 전세로 보아 덕천가강을 중심으로 가등청정 장강월중수 복도대부 갑비수 아파수 좌도수 천야탄정과 한 편을 이루고 있고, 모리휘원은 비전중납언 축전중납언 석전치부 증전위문정 좌죽 정종 경승 장속대장 도진의홍 등과 파당을 이루고 있다. 겉으로 보기에는 모리휘원 편에 선 장수들이 많은 것 같지만, 언제 어떻게 기울지 모르는 대세다.

굳이 따지자면 소서행장은 모리휘원의 수하였다.

그러나 소서행장은 이런 파벌 갈림에서 한 발짝 물러나고 싶다고 가족들 앞에서 선언했다.

"이제 나는 모든 일을 그만둘 테다."

이제 더 이상 싸움에 가담하고 싶지 않은 그였다. 평생토록 싸움 이외엔 해본 일이 없지만, 천주님의 뜻을 알고나서부터는 이 싸움이 얼마나 부질 없는 짓인지를 깨닫게 되었다고 말하는 그였다.

그는 가등청정의 놀림대로 개포의 상놈으로 태어났지만, 아버지가 풍신수길의 수하로 들어가 죽도록 일하는 바람에 저절로 그의 휘하 장수가 되었지만 글도 모른다. 그러면서 이 정도의 봉록을 가지고 먹고 살 수 있게 된 것을 천주님의 가호로 믿고 있다. 이제 이렇게 살다가 죽고 싶은 심정이다. 그러나 정국은 심상치 않게 돌아가고 있었다.

풍신수길이 살아 생전에 미처 정리하지 못한 여러 가지 일들이 있었다. 그 중에 가장 큰 일이 자식 농사를 잘 짓지 못한 결과였다.

때문에 누이의 아들을 양자로 삼아 데려다 키우면서 자기 자신에게는 자칭 대합이라는 지위를 만들어 그 자리에 앉고, 그 자식에게는 관백이라는 지위를 주어 그렇게 부르도록 강요하였다. 그리고 관백에게는 이세 미장 등의 여러 주를 주어 식읍으로 삼게 하였다.

그러나 임진년 들어 첩에게서 아이를 하나 낳게 되었는데, 이름을 수뢰라 하였다. 소문에 의하면 풍신수길의 집을 무상 출입하는 대야 수리대부라는 자가 있어 그가 몰래 애첩과 정사를 별여 낳은 아이라는 이야기가 있다.

어쨌거나 애첩에게서 낳은 친자가 생기고 보니 양자로 들여놓은 관백이 염려되는 풍신수길은 명하였다. 이에 관백은 토지를 내놓고 머리를 깎고 중이 되면 살려주는 일본법의 불문율을 믿고 고야산에 들어가 머리를 삭발을 하고 중이 되어버렸다.

그런데도 불안과 의심을 떨쳐버릴 수 없었던 풍신수길은 하수인을 시켜 그를 끌어내어 죽여 버리고 말았다. 재산까지 몰수하여 사하대 납언에게 주었다. 이러한 모든 일들을 꾸민 자가 석전치부라는 사람으로 그는 풍신수길이 가장 믿는 심복이었다. 그러나 풍신수길은 죽기 전 덕천가강에게 모든 뒷일을 부탁한다.

"그대가 수뢰의 어미를 데리고 살며 정사를 돌보아 주게나…"

그러면서 못 믿어 가하중납언의 아들 비전수를 불러 당부했다.

"자네는 수뢰의 젖아비가 되어 수뢰와 함께 대판에 살게."

어느 한 사람으로는 믿을 수 없다는 뜻이다. 그런가 하면 또 덕천 가강의 아들인 강호중납언의 딸을 데려다가 수뢰의 아내로 삼게 하였다. 서로 얽히고 설키게 만들어 쉽사리 배반을 하지 못하도록 하였던 것이다.

그뿐만이 아니었다.

대판의 형세가 복견보다 훨씬 나은 고로 덕천가강에게 동부 지방의 장군들을 거느리고 대판에서 살면서 서쪽 장군들의 모반을 막도록 하고, 휘원에게는 서부지방 장군들을 거느리고 복견에 살면서 동쪽 장군의 생변을 막도록 하였다.

이 모든 일들은 어린 수뢰를 안전하게 권좌에 올리기 위해 취해진 수단들이었다.

풍신수길이 죽은 뒤 여러 장군들은 삽혈동맹까지를 맺어가며 고인에 대한 충정을 맹세하였다. 일이 이렇게 되자 석천치부를 비롯한 증전위문정 천야탄정 덕선원현 장속대장두 같은 자들은 봉행이라는 이름을 갖고 모든 국론을 좌우하였다. 봉행은 풍신수길이 살아 생전 그의 아들 수뢰를 위하여 죽기를 맹서하고 국정을 위임 받은 자들이었다.

이들을 오대로라고 불렀다. 모든 국정을 책임진 원로대신과 같은 존재였다. 이들의 책임은 오로지 수뢰가 자라서 그 홀로 대권을 행사할 수 있을 때까지 어린 수뢰를 잘 보살펴 키운다는 것이 주된 임무였다. 풍신수길이 오죽 사람을 못 믿었으면 이들 오대로에게 연합공동 책임을 지웠겠는가?

이들이 서로 모여 임지왜란 실패의 분풀이를 내세워 정유재란을 일으켜 조선 침공이 다시 이루어졌다. 정유재란은 순전히 약탈과 각 분야의 기능인들을 볼모로 잡아오기 위한 수단이었다.

"조선에는 귀한 보물이 많아요. 그것들을 다시 가서 가져 와야 합니다."

임진년 침공에서는 영원히 조선이 자기네들 것이 될 줄 알고 미처 그 보물들을 약탈해 오지 않았다. 그게 못내 아쉬워 다시 한 번 조선을 쳐들어 가자는 게 저들 수뇌부의 계산이었다. 그런데 일부 장수들은 머뭇머뭇 돌아오지 않았다. 전쟁을 목적으로 오해했거나 전쟁 그 자체를 즐기고 있었던 것이다.

이때 복원우마조라는 자가 있어 석전치부에게 고자질을 했다.

"아직 돌아오지 않는 장수들은 사욕을 채우고 있음이 분명합니다."

이로 인하여 아파수 갑비수 좌도수 가등청정 주마두장정 죽중원개 등은 귀양살이를 하였다. 석전치부는 주마두 원개 등의 풍후지방 토지를 모조리 압수하여 우마조에게 상으로 주어 버렸다.

기해년 정월에 덕천가강은 풍신수길의 유언을 받든다는 명분을 내세워 수뢰를 대판으로 보냈다. 어린 수뢰를 대판성으로 쫓아내듯 보내고 자기는 복견성에 그대로 머물러 있겠는다는 것은 표면상으로 풍신수길의 유언을 따르는 것 같았지만 속으로는 제 스스로 권좌에 오르겠다는 수작이나 다름 없었다.

이 틈을 타서 가등청정은 무장병을 이끌고 복견으로 올라갔다. 지난날 그에게 수모를 준 석전치부를 치기 위함이었다. 이미 덕천가강과는 내통하는 바가 있었음으로 군대를 움직여도 아무런 제지를 받지 않았다.

일이 이렇게 되자, 가등청정을 귀양 보낸 석전치부의 사돈되는 장속대장은 석전치부를 설복하여 덕천가강에게 나아가 사과를 하게 하였다.  덕천가강은 석전치부의 아들을 인질로 잡아두는 것으로 이를 마무리 짓고 석전치부를 그의 식읍이 있는 근강주로 내쫓아 버렸다. 복원우마조는 이 일을 저지른 장본인이라 큰 처벌이 있을 것 같았지만 스스로 토지를 내놓고 머리를 깎고 중이 되는 것으로 일단 마무리 지었다.

그러나 일은 거기서 끝나는 것이 아니었다.  이를 강력히 저지할 것이라고 믿었던 모리휘원이 덕천가강의 독단적인 행동을 방임한 듯 그냥 바라 보고 있는 터에 복견성은 고스란히 덕천가강의 독무대가 되고 말았다.

복견성의 주인이 된다는 것은 전 일본의 주인이 된다는 것과 같다. 그런데도 덕천가강은 그 누구의 간섭도 받지 않고 복견성을 독차지 하였다.  이를 저지할 줄 알았던 모리휘원은 침묵이다.

이를 지켜보는 전 일본의 장수들은 술렁거렸다.  잠잠하던 통일정국에 또다시 칼날이 번뜩거리기 시작한 것이다.  언제 어디서 무슨 일이 터질 지 모르는 팽팽한 긴장 상태가 이어졌다.  다시 춘추전국시대로 돌아간 느낌이다.

이런 어수선한 판국에 소서행장은 말을 풀어놓고 한가롭게 잔디밭에 누워 있다.  이제 다시는 정권이나 권력 다툼에 끼이고 싶지 않았기 때문일까?

"이전투구야…"

그는 늘상 하던 입버릇처럼 나라 정치를 하는 사람들의 노는 모습을 일컬어 이전투구, 즉 진흙밭을 뒹굴며 싸우는 개들과 같다고 표현하였다.  이제 다시는 먹이를 두고 다투는 그런 개 같은 싸움에는 가담하지 않으리라.

그는 아득히 펼쳐진 초원 저 너머로 온천에서 뿜어져 오르는 희뿌연 증기를 바라다보고 있다. 아소산 기슭에는 여기 저기 온천이 많다. 화산이 터진 자리라 유황 냄새가 물컹물컹 솟아오르는 곳도 있고 부글부글 끓어오르는 유황천도 있다.

어떤 곳은 물이 수정같이 맑아 수정탕 또 어떤 곳은 피범벅이 된 것처럼 붉어 지옥탕, 그 이름도 가지각색인 온천탕들이 계곡마다 나무숲 사이마다 수증기를 피워 올리고 있다.

그는 이곳을 봉토로 주신 하느님께 다시 한 번 감사를 드린다.

"천주님 정말로 감사합니다. 고니시에게는 정말 분에 넘치는 선물이옵니다. 그리고 또 한 가지, 쥬리아 모녀를 제게 주신 것은 더 없이 감사한 일입니다."

그는 요즘 기도의 제목이 하나 더 늘어났음을 감사하고 있다.

"오다 쥬리아같이 착하고 예쁜 딸을 제게 주시다니요."

이 기도의 제목은 아내 쥬스타도 마찬가지였다.

"쥬리아가 얼마나 사랑스럽고 집안의 기쁨이 되는지 몰라요."

대마도의 사위 종의지가 자기의 아내 마리아와 오다 쥬리아를 돌려달라고 했을 때 거절하기 위해서 쓴 편지의 한 구절이다. 마음에 걸리는 일이 한두 가지가 아니었지만, 쥬스타는 마리아와 쥬리아를 대마도로 돌려보내지 않을 작정으로 편지를 썼다.

딸을 그 먼 곳으로 시집을 보냈을 때는 상황이 어쩔 수 없었다. 정략적으로 결혼을 시켜 조선 침공의 발판을 만들어보자는 속셈이 앞섰던 때였고, 이제 그 조선 침공도 실패로 끝난 다음이다. 게다가 대마도주가 된 종의지는 성질이 난폭하게 변하여 마리아를 학대하기 시작하였고, 신앙 그 자체를 인정하지 않았다.

소서행장가에 있어 신앙은 목숨 그 자체와도 같은 것이다. 그런데 종교를 박탈하려는 사위한테 딸을 돌려보낼 수 있겠는가? 그것도 지위가 형편없이 낮은 일개 섬의 도주에게 눌릴 일이 아무것도 없는 소서행장가로서는 실력으로도 그를 제지할 수 있는 입장이었으니 딸을 돌려보내지 않음은 당연지사였다. 그것도 사랑으로 맺어진 인연도 아닌, 억지 정략결혼이었음에랴.

그래서 딸을 시집으로 보내지 않고 있는 소서행장이었다.

"신부님도 그 일에 동의를 하셨다."

모류종 신부도 비신자의 집에 딸을 출가시킨 일을 그리 탐탁하게 생각지 않았다. 게다가 대마도주의 집안은 대대로 미신을 신봉하고 며느리의 신앙생활을 인정하지 않았을 뿐더러 오히려, 가혹하게 탄압한 증거를 대며 다시 돌아가지 않아도 죄가 될 것 없다고 하였다.

"그 대신에 한 번 천주님 앞에 서원을 하면 그건 두 번 다시 바꿀 수 없는 일입니다."

하며, 한 번 수녀된 자는 다시 속가로 돌아갈 수 없음을 분명히 하였다. 마리아는 시집으로 돌아가기보다는 수녀가 되기를 원했다. 이에 쥬리아도 수녀될 것을 따라 나섰다.

"저도 수녀가 될 수 있게 해 주세요."

"수녀가 되면 이 세상의 재미를 하나도 못 봐요."

모류종 신부는 장난 삼아 말했다. 마리아는 그래도 결혼이라도 해 보고 수녀가 되려고 했지만, 쥬리아는 그런 재미도 모르고 수녀가 되면 후회할 것이란 농담이었다.

이런 농담에도 귀가 빨개지도록 이미 쥬리아는 숙성해 있었다. 어디 한군데라도 건드리면 금방 터져 버릴 것 같은 수밀도 복숭아 그 자체였다.

소서행장도 이러한 쥬리아를 보고 그냥 참기엔 어려운 욕구가 일어났다. 그럴 때는 말을 달려 뜨거운 욕정을 달래는 소서행장이었다. 이 남모르는 고통을 아는 이는 오로지 에스더 뿐이었다.

에스더는 주인의 심정이 어떠한 것인지를 어렴풋이 눈치채고 있었다. 잡아온 포로 하나쯤 얼마든지 마음대로 주무를 수 있는 위치의 인물이건만, 종교적인 신념에 매달려 한결같이 억제를 거듭하고 있는 소서행장을 바라보는 에스더의 심정은 그저 고맙기도 하고 안쓰러워 조마조마해서 견딜 수 없는 노릇이었다.

쥬리아! 소서행장은 몸을 벌떡 일으키며 쥬리아를 불러보다가 이러면 안 되는데… 하며 풀을 한 웅큼 쥐어 뜯는다.

이때 두 마리의 검은 말이 초원을 가로질러 달려오는 것이 보였다.

"그렇게 빨리 달리시면 어떻게 해요?"

마리아와 쥬리아였다.

"그것도 못 따라 오면서 말을 타냐?"

소서행장은 두 딸들을 은근히 나무라는 듯했지만, 사랑스러워 죽겠다는 표정이다.

"또 달릴까?"

"아녜요. 이제 그만하고 선녀탕에 가서 목욕이나 해요."

선녀탕은 쥬리아가 붙인 이름의 새로 찾은 계곡 온천이다. 수백 년은 꽤 먹었을 고목나무에서 자란 새 가지가 탕 속 수면까지 늘어져 있는 호젓한 노천탕에서 두 딸과 함께 온천욕을 즐기는 소서행장은 누가 봐도 아직 늙었다고는 볼 수 없는 몸을 가지고 있었다.

일본에서는 남녀가 함께 온천욕을 한다.

아늑하게 풀어진 온천수가 온 몸의 기운을 노곤하게 분산시킨다. 어디선지 비비벳죵 비비벳죵 새소리가 들려온다. 세 사람은 온천수에 몸을 담근 채 싸 갖고 온 떡을 나눠 먹는다. 망개잎에 싼 떡은 입 안을 살살 녹일 정도로 감미롭다.

"에스더 자매님이 이걸 가져다드리라고 했어요."

마리아는 에스더를 꼭 자매라 불렀다. 붙들려 온 조선 여인네 하나쯤이야 아무렇게나 하녀 취급을 해도 되련만 그렇지가 않다. 천주교에서는 누구나 형제요, 자매다. 다 같은 하느님의 자녀들인 것이다. 그 때문에 한 번 소서행장가에 들어온 하녀들은 나가려들지를 않는다. 자유를 주어 나가서 살라고 해도 이만한 곳이 없다며, 떠나려는 하속들이 없다.

비록 종교적인 관점이 다르다 하더라도 소서행장가에 들어온 사람은 웬만해선 떠나지 않는다. 에스더와 쥬리아도 돌아가고 싶으면 돌아가도 좋다고 말했는데도 스스로 남기를 바랬다.

마리아는 쥬리아를 마치 친동생처럼 아끼고 보살폈다. 하여 이렇게 승마도 함께 하고 목욕도 함께 하는 사이가 되었다. 쥬리아 역시 아무 거리낌없이 친자매처럼 이들 식구를 대하게 되었다.

그렇지만 혼욕같은 경우는 아직까지 어색하게 느껴지는 것을 보면 쥬리아는 천성 조선 여자인 모양이다. 지금도 수줍어 약간 돌아서 있는 모습을 보고 소서행장이 묻는다.

"너 이게 무슨 떡인지 아니?"

이미 그는 조선 사람들의 음식과 풍속을 훤히 알고 있다. 7년 간의 조선 생활에서 반은 조선 사람으로 만든 모양이다. 조선말도 어느 정도는 한다.

"인절미라고 하죠."

"쥬리아는 인절미 만들 줄 모르지?"

"예, 어릴 때 만드는 것은 많이 봐 왔지만, 직접 만들어보지는 못했어요."

“내 조선에 있을 때 이 인절미 많이 먹었다. 전장에 나가면 점심 저녁을 굶기가 예사였는데, 말 위에서 싸우면서도 이 인절미를 꺼내 먹을 때가 있었지.”

그는 그러면서 전쟁같은 건 다시 할 일이 못 된다고 극구 부인한다. 장군이라고 다 편한 것이 아니라고 했다. 오히려 아무런 책임없는 병사들이 더 낫다고 말했다.

“아버지, 등 밀어드릴까요?”

마리아가 제 아버지의 등을 문지른다. 어릴 때부터 늘상 하던 습관이라 아무렇지가 않다. 그렇지만 쥬리아는 벗은 남자의 곁에 있다는 것이 조금은 부끄럽고 불안스러웠다.

“애, 너도 와서 밀어 봐. 재미있지 않니?”

마리아는 아무런 생각없이 자연스럽게 쥬리아도 와서 아버지의 등을 밀어보라고 권한다. 지난번에도 그렇게 권했지만, 쥬리아는 끝내 아버지의 등에 손을 대지 못했다.

“조선 사람들은 남녀칠세부동석이라는 게 있다. 그렇지, 쥬리아?”

“예…”

두 사람은 둘이만 통하는 이야기를 하고 있다. 마리아는 궁금해 견딜 수가 없다. 가끔 두 사람이, 아니 쥬스타와 함께 셋이서 자기네끼리만 통하는 이야기들을 할 때가 있어 궁금증에 부채질을 했었는데, 지금도 그런 이야기를 하고 있는 중이다.

“그게 뭔데, 그게 뭔데… 응?”

마리아는 물장구를 치며 쥬리아를 다그쳤다.

“남녀칠세부동석이라는 게 도대체 뭔데?”

“그건 말이다. 남자와 여자가 점점 자라서 일곱 살이 되면 한 자리에 같이 있지 않는다는 뜻이란다.”

마리아는 아버지 소서행장의 말뜻을 이해할 수가 없었다. 어떻게 남녀가 일곱 살이 되면 한 자리에 있지 못하는가?

"어떻게 그런 일이 있어요?"

"어떻게를 따지지 말고 그 말 속에 숨어 있는 뜻을 잘 생각해 보려무나."

"말 속에 숨어 있는 뜻이라?"

"다 자란 성인 남녀가 시도 때도 없이 한자리에 있어 봐라. 무슨 일이 일어날 것인지를…"

그야 뭐 뻔한 일이다. 성인 남녀가 한자리에 있으면 생길 일은 말하지 않아도 확연하다.

"그게 조선 사람들의 예의범절 중의 하나란다."

"남녀가 한자리에 있지 않는 것이 예의범절이라구요?"

"그야 항상 그러라는 법은 없지. 장소와 때를 가려서 하라는 이야기이지."

쥬리아는 마리아에게 '삼강오륜'을 가르쳐야겠다고 생각한다.

"조선에서는 삼강오륜이란 게 있어요. 유교에서 가장 중요하게 여기는 예의범절이에요."

쥬리아는 유교란 공자로부터 왔으며, 공자는 사람이 살아갈 기본 예의범절을 이 삼강오륜에 실어 설명을 했다던 할아버지의 이야기를 떠올리며, 왜 남녀칠세부동석이란 말이 나오게 되었는 지 그 배경을 설명해 주었다.

"그러니까 남녀가 유별해야 된다는 말은 서로 다른 성별 끼리 한데 있으면 짐승처럼 되기 쉬우니까 체면과 염치를 차리고 서로 떨어져 있으라는 이야기네?"

"경우에 따라서는…"

"그런데 우리는 한 가족이고 식구들인데?"

한 식구들이고 아버지와 딸 사이인데도 그런 일이 있을 수 있느냐 마리아의 반문이다.

쥬리아는 이건 일반론적인 이야기이고 다른 특수한 상황에선 그런 일도 있을 수 있다고 설명해 준다. 이야기를 듣다보니 소서행장의 입장이 난처해졌다. 꼭 자기를 두고 두 딸들이 싸우고 있는 것 같은 생각이 들었기 때문이다.

소서행장은 유교의 근본이 어디서 나왔는 지, 그리고 그 핵심적인 교리가 무엇인지 들어 알고 있다. 궁극적으로 말하자면 부끄럽지 않은 사람으로 살자는 뜻이다.

그런 면에서 따지고 본다면 자기가 믿는 종교나 그 근본 교리는 통한다. 사람이 염치를 알고 행동을 자제하면 부끄러운 짓을 하지 않게 된다. 그러기 위해서는 항상 몸과 마음을 단정히 해야 한다.

소서행장은 이들이 오기 얼마 전에 혼자 생각했던 마음을 들킨 것 같아서 부끄럽다. 이러한 애를 두고 그런 망측한 생각을 했다니… 성경에는 마음 속으로 품은 음심마저도 간음에 속한다고 말했다.

그는 글을 못 읽는 대신에 한 번 들은 성경 구절은 절대로 놓지지 않고 기억해 둔다. 그렇다면 또 하나의 죄를 지었구나. 마음 속으로 품은 미움과 음심처럼 큰 죄가 없다고 생각하는 그는 어서 돌아가 누군가에게 이 사실을 고하고 사죄를 해야 한다고 믿는다.

"애들아, 이제 그만 가자. 네 엄마 기다리겠다."

그는 아내 쥬스타를 그 대상으로 삼고 있다. 때로 신부님이 오시는 날은 그에게 고백성사를 하지만, 그렇지 않은 날에는 부부가 서로 고백성사를 한다.

"부부가 서로 못할 말이 어디 있겠습니까? 서로에게 자신의 잘못을 고백하십시오. 하느님에게 상달될 것입니다."

교역자가 없는 현 실정에서는 그것도 훌륭한 속죄 방법이라는 것이었다.

"마리아…"

온천욕을 마치고 말을 타고 돌아오는 길에 쥬리아가 마리아에게 물었다.

"아무렇지도 않아요?"

"뭐가?"

"아버지의 등을 미는 거…"

조선에서는 절대로 남녀가 함께 목욕하는 일은 없으며, 간혹 무더운 여름날 여자가 남자에게 등물을 껴얹어 주는 경우가 있지만, 그때도 옷은 입고 있었다고 한다.

"그러면 조선에서는 목욕도 옷을 입고 한단 말이야?"

마리아는 등물을 목욕으로 착각한 모양이다.

쥬리아는 애써 두 나라의 차이점에 대해 자세히 설명을 한다. 그래야만 다음부터 온천욕을 가더라도 남녀가 따로 갈 수 있을 것이기 때문이다.

"우리 조선에는 온천같은 건 없어. 그냥 시냇물에서 목욕을 하지. 그렇지만 남자는 저쪽에 여자는 이쪽에 서로 보이지 않는 곳에 자리를 잡고 한단 말이다."

"왜?"

"왜라니? 서로 부끄러운 곳을 가리기 위해서지."

"그럼 넌 아빠와 함께 온천욕 가는 게 부끄럽단 말이니?"

"당연하지. 난 조선의 인습에 젖어 있는데."

그래도 쥬리아는 덜했다. 에스더의 경우라면 이는 절대로 용납할 수 없는 일이었다. 딸과 함께 하는 목욕도 부끄러워하는 어머니 에스더였다.

"엄마, 여기는 일본이야."

일본에 살자면 일본 사람처럼 행동하고 생각도 고쳐야 한다고 말했지만, 온 가족이 함께 벌거벗고 한 탕에 들어가는 온천욕은 질겁을 하는 에스더였다.

이곳으로 옮겨 오고 나서부터는 더 더욱 안절부절 못하는 에스더를 달래고 또 달래보는 쥬리아였지만, 아직까지 소서행장과 함께 한 탕에 들어간 일은 없었다. 그렇지만 언젠가는 그런 날이 올지도 모른다. 쥬리아는 미리 그런 일을 예방하는 차원에서 혼욕의 불가함을 역설해 본다.

"그러니까 쥬리아의 말은 혼욕은 죄악이다. 그러니까 하지 말라는 뜻 아니야?"

"그 말이 아니래두? 부끄러우니까 싫다는 거지."

"왜 부끄러운데?"

서로 다른 문화의 차이를 두고 두 딸들이 싸우는 사이 소서행장은 벌써 말을 달려 집으로 와 버렸다.

"딸들은 어쩌고 혼자서 돌아오셔요?"

쥬스타 역시 쥬리아를 완전히 딸로 생각하고 있었다.

그러나 에스더에게는 달랐다.

"에스더, 주인님 돌아오셨으니까 자리 좀 봐 드려요."

요즘 소서행장은 온천욕을 즐기고 나면 꼭 낮잠을 한숨 자는 버릇이 생겼다. 이 자리를 봐 드리라는 말은 이 여자를 어떻게 해도 좋다는 뜻이 은연중에 담겨져 있는 것이 아닐까?

남자가 이 정도의 지위이고 보면, 그리고 여자가 포로로 잡혀온 노획물이고 보면 아무리 종교적인 양심상의 문제가 남는다고 해도 아직까지 관습의 굴레를 완전히 벗어나지 못한 이들에게 있어선 남자의 권한에 속할 것이다. 그리고 남자의 판단에 맡길 일이다.

쥬스타는 그 어떠한 일에도 남편의 권위에 도전해서는 안 된다는 것을 잘 알고 있는 현명한 일본 여자다.

"아니, 됐어요. 에스더는 가서 다른 볼 일 보고 쥬리아는 날 따라 들어와 보렴."

에스더는 저만큼 뒤따라 들어오는 딸을 보고 돌아섰지만, 언젠가는 또 이런 일이 있을 것이라는 가슴 철렁함을 느끼며 차라리 그 일이 자기한테는 있을 망정 딸에게는 있어선 안 된다는 엉뚱한 생각을 해 본다.

그러한 그녀의 환상을 깨뜨리기라도 하듯 마리아가 묻는다.

"조선 여자들은 정말로 남자 앞에서 옷을 안 벗나요?"

"망측해라. 그런 일이 어떻게 있을 수 있어요?"

"여자가 아무데서나 알몸을 내보인다는 것은 수치라구요."

그보란 듯 쥬리아가 큰 소리로 말한다. 마리아는 여전히 알 수 없다는 표정이다.

"에스더, 솔직히 말해 줘요. 그러면 일본 여자들이 남자들과 함께 혼욕하는 게 나쁜 짓인가요? 수치스러운 일이에요?"

"일본 여자들은 어릴 때부터 그래 왔기 때문에 그걸 못 느끼죠. 그렇지만 조선에서 같았으면 지탄 받아 마땅한 일이죠."

에스더 역시 부부가 유별하다는 이야기며, 남녀가 유별하다는 이야기를 한다.

마리아는 혼란에 빠진다.

"천주님이 보신다면 어떻게 생각할까요?"

"그야 신부님한테 물어봐야지 어떻게 내가 알겠어요?"

이들이 바깥에서 이러한 이야기로 화제를 삼고 있을 때 방 안으로 들어간 소서행장은 아내 쥬스타를 앞에 앉혀놓고 걱정스러운 표정을 지으며 이렇게 말했다.

"여보, 나 어떡하면 좋지?"

"뭐가요?"

그는 솔직히 자기 심정을 털어놓는다.

"딸애를 두고 그런 마음이 생겨요? 그건 마음 속에 사탄이 들어온 증거예요."

그렇지만, 정 그렇게 하고 싶으면 망설일 것 없다는 쥬스타였다.

"누가 말리겠어요?"

젊었을 때는, 신앙이 없었을 때는 여자라는 여자는 모조리 건드리고 다니던 남편이 아니던가? 그때의 원망이 조금 섞여 있는 말투다.

"그렇게 빈정거리지 마. 그래도 난 당신한테 고백성사를 한다고 한 거야."

'고백성사.'

"우리 천주교의 특성은 고백성사에 있습니다. 아무리 나쁜 죄를 짓더라도 고백성사를 통하여 깨끗이 그 죄를 씻을 수 있다는 것입니다. 우리 주님께서는 일곱 번씩 일흔 번이라도 용서해 주라고 했습니다."

신부님은 고백성사의 중요성을 기독교의 가장 중요한 특성이라고 강조하셨다. 그렇기 때문에 아무리 중한 죄를 지었더라도 용서를 빌면 다 용서해 주시고, 그 용서를 비는 만큼 타인의 잘못도 용서해 주라고 가르치셨다.

이 가르침을 생각하면 화를 내고 싶어도 화를 낼 수 없는 쥬스타였다. 이미 그 정도의 신앙심이 자리를 잡고 있는 부부였다.

"쥬리아는 이미 천주님 앞에 서원을 한 몸이에요. 조심 하세요. 그
러한 그 애를 지켜주지 못한다면."

이건 괜한 엄포가 아니었다. 쥬스타는 쥬리아에게서 여러 가지 이
상한 징후를 발견한다고 말했다.

"그 아이는 보통 아이가 아녜요."

"그건 또 무슨 말이오?"

"그 아이는 영적으로 이미 주님과 하나 된 몸이란 말입니다."

서원은 하느님을 위하여 어떤 선행을 하기로 결심하고 그것을 완수
하지 않으면 죄가 됨을 하느님께 자유 의지로써 하는 약속이다. 이는
일반적인 결심이나 의향이 아니라 의무를 지닌 지극히 높은 하느님에
대한 맹세이며, 하느님을 위해 특정한 선행을 하기로 한 강력한 약속
이다.

이에는 사적인 서원과 공적인 서원이 있다. 사적서원은 어느 기간
동안 무엇을 어떻게 하겠다는 약속같은 것들이고, 공적서원은 청빈
정결 순명으로 일생을 하느님께 봉헌하는 것을 말한다.

이 서원에는 일시적인 것과 종신토록 하느님에게 자신을 봉헌하는
종신서원이 있다. 오다 쥬리아의 서원은 종신서원이었다.

"쥬리아의 서원은 자신의 몸을 불사르는 한이 있더라도 이 세상에
두루두루 밝은 빛을 밝히는데 있다고 하였습니다."

"신부님도 그 사실을 알고 있오?"

"신부님 앞에서 한 서원이었습니다."

그러니 행여라도 여자로서의 오다 쥬리아를 마음에 두려거든 차라
리 에스더를 넘볼지언정 쥬리아는 손대지 말라는 쥬스타의 엄명이다.

"쥬리아는 동정녀예요. 마리아님을 본받으려고 애쓰는 중이구요."

소서행장은 아내에게서 이런 말을 들어도 싸다는 생각을 해본다. 얼마나 많은 여자들을 손에 넣고 주물었던가? 그 자신 천주님을 마음 속에 받아들이기 이전에는 여늬 파락호들과 마찬가지로 술과 여자를 밝히는데 남못잖은 시간을 허비했다. 그렇지만, 이젠 아니다. 그게 다 부질 없는 짓이라는 걸 깨달았다.

"아직도 날 그렇게 보오? 이젠 다 지나간 옛이야기들이야."

"그렇지만 남자들은 믿을 게 못 돼요."

쥬스타는 단단히 못을 박는다.

"날 못 믿으면 누굴 믿어? 날 한 번 믿어봐."

소서행장은 어슬프게 쥬스타의 허리를 껴안는다. 이제는 헛된 짓을 하지 않으리라. 더군다나 딸애가 된 쥬리아에게는 절대로 딴 맘 먹지 않으리라.

"늙어가면서 서로 의지하지 않으면 누가 있어 우리 인생을 지탱 시켜 줄 것이겠소?"

"말씀은 잘 하시지요."

"말뿐이 아니야. 이제 이 고니시 유키나가 아소 산록을 개간하여 푸른 초원을 만들거니까, 두고보구료."

"아서요. 이제 그 욕심일랑 버려요. 조용히 묻혀서 살자구요."

"그러면 그럽시다. 사랑하는 아내 소원 하나 못 들어 주겠소?"

두 사람이 이렇게 정담을 나누고 있는 사이 에스더는 쥬리아를 불러 온천욕을 할 때 어떻게 했느냐고 묻고 있었다.

"오늘도 셋이서 발가벗고 함께 목욕을 했니?"

"오마니도 참… 여기선 모두 그렇게 하는데 뭐가 문제예요?"

"뭐가 문제가 아니라 부끄럽지도 않던?"

"부끄럽긴 했지. 그렇지만 마리아도 그렇게 하는데 나 혼자만 옷 입고 해요?”

“마리아는 제 아버지니까 그렇지. 그리고 어릴 때부터 그렇게 늘
길들여져 왔으니까.”

“그렇다면, 나도 마찬가지지. 오도상이 볼 땐 아무렇지도 않을 거
아냐?”

쥬리아는 내 일은 내가 알아서 할 테니까, 너무 걱정 말라고 제 어
머니를 타이른다. 오히려 쥬리아가 어른 같다. 그렇지만 아직까지 일
본 생활 습관에 익숙하지 않은 에스더는, 아니 인선은 어떻게 남자와
함께, 그것도 아버지라고 부르는 사람과 혼욕을 할 수 있는 지 이해
가 가지 않는다.

“일본이라는 나라는 참으로 알다가도 모를 나라야.”

“그만큼 순수한 나라인지도 모르잖아요?”

“뭐가?”

“누구나 발가벗고 함께 목욕을 한다는 것은 그만큼 거리낌이 없다
는 뜻 아니겠어요? 망측한 생각을 하는 사람은 모든 게 망측하게
보이는 법이에요.”

“그러면 넌 내가 망측한 일만 생각하는 사람같단 말이냐?”

에스더는 딸의 이마를 한 대 쥐어박고는 밖으로 나간다. 햇살이 눈
부시다. 이제는 모든 어려움이 끝난 것 같다. 비록 남의 나라에 와
있는 신세이긴 했지만, 소서행장가는 서로가 서로를 위하는 기리시탄
의 사랑으로 뭉쳐있어 이것이 정말 사람 사는 근본이 아닌가 절감할
정도로 안정을 맛보고 있었다.

‘여자는 어디 가나 제 할 나름이다.’

어머니의 말이 떠오른다. 어디 가서 무슨 일을 하고 살던 간에 자
기 할 일만 열심히 하면 된다고 하였다. 자기 신분에 맞게 살라는 이

야기였다.

"너는 편안하게 살 팔자는 못 되는 모양이다. 그러니 어디 가서 어떤 처지에 놓이던지, 남을 먼저 생각하는 어려운 일에 앞장 서거라. 그러면 누구도 미워하지 않을 거다. 미움 받지 않고 사는 게 여자의 복이다."

"암요. 그렇고 말고요."

아버지도 그랬다. 갑자기 왜 두 분 어른들이 떠오른 것일까…

에스더는 이런저런 상념에 사로잡혀 있다가 갑자기 잊고 있었던 생각이 떠올랐다.

"오늘은 특별한 손님이 한 분 올테니까, 그리 알고 준비하세요."

쥬스타가 특별한 손님이라는 '특별' 자를 쓴 것은, 그가 다름아닌 조선에서 온 사람이기 때문에 붙인 말이다. 조선에서 건너와 옹기를 굽는 사람이다. 그 역시 임란을 겪으면서 붙들려 온 몸이지만, '어디 가서던지 열심히 일하는…' 사람이었다.

"저는 제 할 일만 생각합니다. 그게 조선이 되었든 일본이 되었든 크게 문제될 것은 없습니다. 제가 만들고자 하는 그릇만 만들면 그만인 것입니다. 다행히 이렇게 좋은 분을 만나 하고 싶은 대로 일할 수 있는 여건을 만들어 주시는 게 감사하고 고마울 뿐이지요."

그는 분명히 그렇게 말했다.

"조선에서 온 도공들은 그저 죽지 못해 시키는 대로 일할 뿐인데 남원상은 그래도 자기 세계가 있어요. 그냥 그릇을 만드는 게 아니라 혼을 담은 그릇을 만들겠다는 거예요."

에스더는 소서행장이 쥬스타에게 그 도공을 이렇게 칭찬하는 소리를 들은 적이 있었다.

소서행장은 아직도 그의 이름을 모르는 듯 그저 남원에서 데려왔다고 남원상이라 불렀지만, 에스더는 이미 대마도에서 그를 만난 적이 있었다. 그의 이름은 심당길이었다.

"그가 여기 오는 목적은 아소산이 자기 고향의 산천과 비슷한 형세를 지니고 있다는 게야. 그래서 흙을 파 보고 싶다는구만…"

옹기는 그 만드는 흙에 따라 질이 달라진다고 한다. 옹기 만드는 흙도 흙이지만, 그걸 구울 때 바르는 잿물에 따라서도 그 빛깔이 달라진다.

심당길은 그 흙을 구하기 위하여 여기저기 헤매고 다니는 중이라 소서행장이 그를 도와주기로 한 모양이다.

조선에서 끌려온 포로들은 대개 노역에 시달리거나 포르투칼 상인들에게 팔려갔지만, 그래도 자기 기술을 가지고 있는 공인들은 대우를 받아 각 영주들이 경영하는 공방에 일자리를 잡았다. 심당길 같은 자는 특별한 예로 시키는 대로 책임량이나 만들어 내는 게 아니라, 최고의 품질을 위해서는 거기 맞는 흙과 유약이 있어야 한다고 주장하여 기회를 얻어낸 경우다. 그것도 운이 좋아 소서행장 같은 이해심 많은 주인을 만난 덕일 것이다.

에스더는 일개 공인까지도 손님으로 맞아들이는 이 집안의 가풍을 위해서라도 특별한 손님 맞을 준비를 해야 한다고 생각한다. 그것보다는 같은 조선인이라는 점에서도 조선 음식 몇 가지는 차려야겠다고 마음먹었다. 생각하면 즐거운 일이다. 누군가를 위해서 일할 수 있다는 것은 그 자체로서도 축복이 아닐 수 없다.

행복한 나날이다.

그러나 이러한 날이 얼마나 갈 것인가? 차츰차츰 수난의 물결이 밀려오고 있다는 사실을 이들은 몰랐다. 아무도 그날이 언제인지를 알 수 없었다. 그런데도 그날은 하루 하루씩 앞당겨 오고 있었다. 마치 야금야금 갉아먹는 배추벌레가 배추잎을 다 갉아먹고 앙상한 엽맥만 남겨놓듯이 평화로운 나날을 갉아먹고 있었으니 바로 코 앞에서 치솟는 가등청정의 웅본성 높이가 자꾸 올라감에 따라 이 평화는 한 치씩 낮아지고 있다는 사실을 이들은 모르고 있었다. 아니면 알고서도 외면하고 있었는지 모른다.

이때 가등청정은 웅장한 웅본성을 구축하면서 한편으로는 소서행장이 가지고 있는 아소산 일대의 봉토에 눈독을 들였다. 그가 차지하고 있는 서녘은 아리아케해라고 불리우는 유명해가 있었지만, 남의 손에 들린 떡이 더 커 보인다고 동쪽의 아소산 평원이 더 좋아 보이는 것은 어쩔 수 없다.

아소산 일대는 홍적대지로 드넓은 산록에 온천수가 솟고 산을 넘으면 또 드넓고 푸른 동해가 펼쳐진다.

"두고 보자. 이 사까이 촌놈… 언젠가는 네놈 땅을 내가 다 차지하고 말테다."

한 시절이 가면 또다른 한때가 오는 법. 풍신수길의 시대가 가자, 다른 시대가 다가오고 있었고, 그 중심에 가등청정이 웅크리고 있었던 것이다.

소서행장은 이러한 가등청정이 바로 코 앞에 총구를 들이대고 호시탐탐 노리고 있다는 사실조차도 전혀 모르고 있었다. 알았어도 어찌할 수 없었으리라.

그는 이미 세상 욕심을 다 벗어던지고 이제 홀홀히 천주님의 곁으로 다가가기를 원하고 있었으니…

'헛되고 헛되고 헛되니, 모든 것이 헛되도다.'

그는 요즘 이 성경 구절을 자주 되뇌이며, 지난 날을 추상하는 것이 버릇처럼 되어 있어 모든 세월을 잊고 싶어하는 것이 여실하게 드러나보였다.

　이 날 심당길을 식사에 초대했을 때도

"내가 자네를 이리로 데려 오지 않았더라면, 자넨 뭘 하고 있었겠
　나?"

하고 물었다.

"저야, 어디 있건 옹기를 구웠겠지요."

　심당길도 담담하게 대답했다.

　그 역시 인생에 대한 체념이 섞여 있는 말투였다.

"그러면 좋은 그릇을 굽게나."

"아무리 좋은 그릇도 내던지면 깨지기 마련입니다."

　심당길은 거두어 준 덕분에 이렇게라도 일을 하게 되었다고 고마워
하고 소서행장은 자네 같은 일꾼이 있어 집안 살림이 점점 늘어난다
고 칭찬하였다.

　이 무렵 각 영주들은 식읍을 늘리기보다는 가지고 있는 영토 내에
서 어떻게 하면 잘 팔리는 공산품을 만들어 부자가 되느냐에 관심이
쏠려 있었다. 이제부터는 전쟁을 해 가지고 영토를 넓힌다는 것은 있
을 수 없는 안정된 시기라는 공통된 생각을 가지고 있음이 분명했다.

"내가 자네를 특별히 거두어 주기라도 했단 말인가? 아닐세, 잘 사
　는 사람들을 이렇게 붙잡아 온 것부터가 잘못이야. 그 때는 그런
　생각을 못했거든?"

"소인은 코가 제대로 붙어 있는 것만 해도 황공할 따름입니다."

"허어, 또 그 소리… 우리도 그 명령에는 많은 거부감을 가졌었다
　네. 그러나 어쩔 수 없는 일 아니든가?"

　소서행장은 모리휘원과 자기는 '코를 베어오라'는 그런 명령에는
따를 수 없다고, 또 실제로 부하 장졸들에게 그 명령을 시달하지 말

자는 의논까지 했었던 이야기를 되풀이한다. 그게 영 두고두고 맘에
걸리는 소서행장이다.

"그렇지만 어떡해? 어디서 그런 소문을 들었는지 서로 배당금을 타
려고 아우성인데…"

두 사람은 오랜만에 조선 이야기와 함께 조선 음식을 먹어본다며
고추전과 파전을 안주로 술을 마시며 흐뭇해 하였다.

## 19. 꼬레지오

　이 날 아침, 쥬리아는 소서행장과 쥬스타가 평소처럼 차를 마시며
나누는 말 중에서 아주 특별한 이야기를 들었다.

　"나가사끼에 꼬레지오가 있는데, 그곳을 한 번 들려보려고 해요."

　"꼬레지오가 뭐예요?"

　쥬스타가 물었다.

　"기독교 단체에서 운영하는 학교지요. 선교사들이 중심이 되어 포
교 활동을 위한 종교 교육 기관이지. 그런데 거기 조선에서 끌려온
포로들이 수없이 많다는 게야."

　장기는 조선과 제일 가까운 항구로 포로들이 일본 본토에 첫 발을
내딛는 곳이다. 그러니 포로들이 많을 수밖에 없다는 것이다. 그도
그럴 것이 쓸만한 포로들은 다 팔려 나가고 발붙일 곳 없는 떠돌이들
이 이 지역에 남아 우글거려 선교사들이 구제사업을 펼치기로 했다는
것이다. 동시에 이들의 인신매매를 막기 위하여 선교회 모임을 갖기

로 했다는 것이다.

"떠돌이의 수가 3백 명이 넘는 답니다. 이들을 다 수용할 수용소가 있어야 하는데 돈이 없다누마?"

소서행장은 마치 자기라도 나서서 그 돈을 대줄 의향이 있는 것처럼 말한다.

"당신이 도우시게요?"

쥬스타의 말이다.

"본시 빈 손으로 왔으니 빈 손으로 가는 게 도리 아니겠소?"

도울 의사가 있는 모양이다.

"아버지 저도 한 번 따라가 봐요."

마리아의 말이다. 아까부터 이 말이 목구멍에 간질거리던 쥬리아의 눈이 빤짝 빛났다. 마리아가 가면 자신도 자연스럽게 따라갈 수 있을 것이기 때문이다.

"그러잖아도 내 너희들을 데려가려고 했다. 쥬리아나 에스더는 아직 영성채도 한 번 받아보지 못한 상태가 아니더냐?"

쥬스타는 멍했다. 요즘 들어 계속 따돌림을 당하는 느낌이다.

그러나 이때를 놓칠 마리아가 아니었다.

"오까상도 같이 가요, 네?"

"길이 먼 데 당신 갈 수 있겠소?"

"데려만 간다면 길이 먼 게 문제겠어요?"

쥬스타도 함께 가고 싶은 모양이다. 아무리 나이가 들고 늙어가도 사람의 마음은 다 같은 법이다. 식솔들이 어디를 간다는데 혼자 떨어져 남고 싶은 사람이 어디 있을 것인가?

"그러면 그렇게 하시구려."

소서행장은 전 가족이 다 함께 장기로 여행을 가자고 하였다. 오랜

만에, 오랜만이 아니라 처음으로 가족여행을 떠날 일이 생겼다. 전에 없던 일이다. 쥬스타는 이 모든 일이 쥬리아를 위한 배려임을 알고 있었지만, 겉으로 드러내어 말하진 않았다.

쥬스타는 쥬리아 모녀가 오고 나서부터 뭔가 모르게 많이 달라진 남편의 행동거지를 눈여겨 보고는 있지만, 아무 소리 하지 않았다. 시기와 질투는 못난 여자가 할 일이다. 더군다나 저보다 못한 사람에게 시기 질투를 함으로써 그들을 더욱 불행에 빠뜨릴 수 있을 경우라면 더욱 배려가 필요하다고 생각하는 쥬스타였다.

"나가사끼는 어떻게 가요?"

마리아가 묻는다.

"구마모토로 가서 배를 빌려 타고가는 편이 수월하겠지?"

육로로 가자면 비후-비전 지방을 거쳐야 한다. 그리고 뱃길보다는 몇 배를 더 돌아야 한다. 그렇지만 뱃길로 가자면 웅본을 거쳐야 했다. 가등청정 모르게 웅본을 지날 수는 없다.

"그러면 오또상이 보기 싫어하는 기요마사 씨를 봐야 하잖아요?"

"내가 왜 기요마사를 보기 싫어하니? 그 사람이 나를 보기 싫어하는 거지."

소서행장은 차를 후루룩 소리가 나도록 마셨다. 가등청정의 이름을 듣기가 싫은 모양이다.

"그나 저나 마찬가지지 뭐?"

"난 이제 미워하는 사람도 좋아하는 사람도 없다."

소서행장은 담담하게 인생을 달관한 사람같은 말을 한다. 평생 전쟁을 치르는 동안 수많은 주검을 보았고 생사의 갈림길을 헤매었다. 그때마다 인생의 무상함을 깨닳은 그였다.

전쟁은 사람을 악하게도 만들지만 허무하게도 만든다. 악하게 되면

더욱 잔인해지고 허무를 느끼게 되면 무력해지거나 성숙해진다. 소서
행장은 때때로 자기는 어떤 유형에 속할까를 생각해 보았다. 그럴 때
마다 그는 성숙해지는 쪽을 지향했다.

"기요마사가 구마모토성을 새로 쌓을 궁리를 한다니까 구경도 할
겸 그리로 가자꾸나."

"성 구경을요?"

"하늘 높이 성을 쌓고 조선 기와를 얹겠다고 한다는구나."

가등청정은 벌써부터 조선 목수와 석공, 그리고 와공들을 끌어오고
있는 중이었다. 성에 있어서 만큼은 단연 조선성이라고 말한 가등청
정이었다.

조선의 성들은 허술하게 보였지만 천수각만 높은 일본성과는 달랐
다. 성채 자체가 이미 방어와 공격을 하기에 알맞게 설계되어 있고
사람이 그 안에 살기 좋도록 축조되었다. 거기다가 조선 기와는 하늘
과 맞닿아 그 빛을 시시각각으로 변화시키는 것이 조화롭다.

"떠도는 말에 의하면 일본 제일의 성을 쌓겠다고 벼르고 있다는구
나. 그러니 한 번 구경이라도 해 줘야 우쭐하지 않겠니?"

"아직 당신 마음에는 그 사람을 미워하는 털이 박혀 있어요."

쥬스타의 말에 소서행장은 껄껄 웃으며,

"그러니 그 털을 뽑으러 가자는 게 아니오."

한다. 그 뒷말이 몹시 쓸쓸하다.

"꼬레지오에는 어떤 사람들이 있나요?"

화제를 좀 바꿔보기 위해 묻는 쥬리아의 질문이다.

"거기엔 선교사 세스페데스 씨가 와 있다는구나. 그에 의하면 지금
꼬레지오를 통해서 기리시탄이 된 조선 사람 수가 2천 명이나 된
다고 한다."

세스페데스는 포르투칼의 예수회 선교사로서 1577년 일본에 건너
와 포교 활동을 시작하였다. 임진왜란 당시에는 일본군과 함께 서양
선교사로는 처음으로 조선에 입국한 사람이다.

그때 웅천성에 있던 소서행장의 요청으로 일본 관구장 고메즈에 의
해 파견되어 입국 1년 6개월 동안 종군신부로도 활동했다. 전쟁이 끝
나자 일본에 머물면서 포로가 되어 끌려온 조선 사람들에게 세례를
주고 포교 활동을 하고 있는 중이었다.

그런데 그 포로들이 포르투칼 상인들한테 팔려 노예가 된다고 한
다. 노예들은 유럽은 물론 인도 필리핀 같은 동남아시아까지 팔려간
다고 했다.

이에 일본 야소회에서는 불법적인 노예매매를 금지시키기 위한 모
임을 갖고 그 실상을 일본 정부와 관료들에게 보고하고 기독교를 믿
는 정부 고위 관리들의 힘을 빌리려고 소서행장같은 영향력 있는 신
도들에게 연락을 보냈던 것이다.

장기에서의 노예매매 사건을 맨 먼저 폭로한 사람은 세루케이라 선
교사였다. 그는 이 사실을 실제로 목격하고는 경악을 금치 못해 일본
각지에 주재하고 있는 선교사들을 모아 회의를 열었다.

이 날 회의에는 세루케이라의 사회로 야소회 일본 순찰사 바리니야
뇨, 그리고 야소회 일본 관구장 고메즈 등 열두 사람이 참석하였다.

이 모임에서 발표된 주제에 의하면 지난 7년 동안 수천 명의 조선
포로들이 일본으로 잡혀 왔고, 이들은 주로 포르투칼 상인들이 운영
하는 노예선에 팔려 나갔다. 뿐만 아니라, 이들 노예선은 직접 조선
남쪽 해안에까지 가서 포로들을 싣고 돌아오기도 하였다.

이들은 전쟁포로가 아니라 납치해 온 선량한 농어민과 아녀자들도
있다는 것이다.

그러나 선교사들에게 주어진 권한은 아무것도 없었다. 단지 노예매매에 관련된 포르투칼 상인들 중에 교인이 있으면 저들을 교회 밖으로 쫓아내는 파문 정도가 고작이었고, 노예 한 사람 매매에 대하여 10쿠루자아드의 벌금을 징수한다는 처벌 정도였다.

이런 처벌로서는 노예매매를 근절시킬 수가 없었다. 선교사들이 그렇게 할수록 상인들의 흉폭함은 심해지고 상인들과의 대립만 거세졌다.

이에 정부 고위관리 중에 기독교인들은 이 야만적이고 비인도적인 노예매매 행위에 대해 규탄을 하고 나섰지만, 우선 눈앞의 이익만을 추구하는 대부분의 관료들은 상인들 편에 섰다. 저들이 가져다 주는 수입이 더 커보였기 때문에 인도적인 문제 따위는 안중에도 없었던 것이다.

"그런 복잡한 일을 당신이 개입되어 해결할 수 있을까요?"

"우선은 해결이 문제가 아니라, 그 진상부터 알아야 하지 않겠소? 그래서 가보려는 것이오. 이번에는 관구장님께서도 내려오실지 모르오."

관구장이란 경도의 고산우근을 말한다. 고산우근은 학덕을 두루 갖춘 천주교 경도관구장으로, 말하자면 전 일본을 대표하는 천주교 신자다.

"그렇다면 모류종 신부님도 함께 오시겠네요?"

고산우근의 고해 신부가 바로 모류종 신부였으며, 그는 지금 경도 예수회 수도원장으로 있는 분으로 마리아와 쥬스타에게 영세를 준 신부이기도 하다.

"신부님을 뵈었으면 얼마나 좋을까?"

마리아의 말에 쥬스타가 웃으며 놀린다.

"또 술에 취하려고?"

성찬식때 포도주를 마시고 얼굴이 빨갛토록 취했던 마리아의 어릴 적 일을 두고 하는 놀림이다. 마리아는 그때의 일만 생각하면 지금도 귓볼이 후끈 달아오른다. 어린 나이에 그걸 어쩌자고 다 마셔버렸는지 모르겠다.

"그게 술이야? 주님의 보혈이지…"

"보혈이라서 그렇게 많이 마셨니?"

두 모녀의 사랑스런 말다툼을 듣고 있던 소서행장은 덩달아 이렇게 놀린다.

"마리아는 포도밭 옆에만 가도 얼굴이 붉어진다는구나, 그렇지 마리아?"

"아빠는…"

마리아는 응석을 부리다 말고 화제를 돌린다.

"쥬리아! 너 또 성찬 때가 되면 포도주를 덥썩 마시지 말아라. 여자는 입술만 살짝 갖다대고 마는 거야."

그러면서 마리아는 또 이렇게 말했다.

"이번에 신부님을 만나거든 꼭 영성체를 받아야 한다. 준비는 됐겠지?"

그러면서 영성체가 무엇인지를 설명한다.

성체를 영한다는 것은 하느님과의 일치와 사랑을 나누는 가장 중요한 행위이다. 성체를 영한다는 것은 우리에게 생명을 주셨고 구원을 주실 그분과의 일치를 말함인데, 영적인 일치 이전에 물리적인 결합이란 점에 있어서 인간에게 주어진 최대의 영광이요, 기쁨이다.

성체를 영하기 위해서는 우선 영세 입교한 성인이 되어야 한다. 다시 말해서 성체가 무엇인지 모르는 어린이들과 성인이라 해도 정신이상자들은 성체를 영할 수 없다.

성체를 영하기 위해서는 두 가지 준비가 있어야 한다.

첫째는 영혼의 준비다. 하느님과의 일치를 위해서는 장애가 되는 대죄가 없어야 한다.

대죄는 하느님과의 생명의 절단이기 때문이다. 평소 인간이 갖는 습관이나 약점에서 오는 사소한 죄는 성체를 영하는데 아무런 지장이 되지 않는다. 소죄가 있을 때는 자주 성체를 영해서 그 힘으로 소죄까지 피할 수 있는 은혜를 받아야 한다.

둘째는 육신의 준비다. 내 육체 안에 주님이 오시기 때문에 육체상의 준비를 위해서 영성체 한 시간 전부터 음식을 먹지 않고 공복재를 지키는 것이다. 그러나 자연수는 공복재에 해당하지 않으며 기타 약종류는 공복재와는 관계없이 언제라도 복용할 수 있다. 그리고 음식이 아닌 경우 예컨대, 하품을 하다가 모기나 파리가 목구멍으로 들어갔다면 이건 공복재를 깨는 것은 아니다.

"그러나 무엇보다 중요한 건, 주님의 몸이 의미하는 바를 깨닫지 못하고 먹고 마시는 사람은 그렇게 먹고 마심으로써 자기 자신을 단죄하는 것이라고 말했어요."

쥬스타가 고린도 전서 11장의 말씀을 왼다.

성체를 영한다는 것은 주님의 살과 피를 마신다는 것이다. 성체를 영한 다음에는 그 성체가 몸 안에서 잠시 동안 그 형상 그대로 머무르고 있기 때문에 그 동안은 특별히 엄숙한 자세로 감사와 찬미의 기도를 해야 하며 성체 후 즉시 음식을 먹는 것을 피해야 한다.

"그런데 성체를 왜 영해야 되는지 궁금하지 않니? '나는 하늘에서 내려온 살아 있는 빵이다. 이 빵을 먹는 사람은 누구든지 영원히 살 것이다. 내가 줄 빵은 곧 나의 살이다. 세상은 그것으로 생명을 얻게 될 것이다'(요한 6장 51절) 이 성경 말씀에 의한 것이야."

"오까상은 어떻게 그런 걸 다 외고 계세요?"

"네 엄마는 주야로 성경을 읽고 묵상하는 일 외에 뭐가 있니? 쥬리아도 성경책을 읽을 만큼 일본글을 배웠니?"

"네, 아직 줄줄 읽어 나가지는 못하지만, 한자가 섞인 곳은 읽기가 좀 수월합니다."

"그렇구나. 나가사끼에 가면 한문으로 된 성경책을 구할 수 있을지도 모르겠구나. 모류종 신부님은 중국에도 계시다 오셨으니까."

쥬리아는 가슴이 두근두근 뛰는 감격스러움에 젖어 있었다. 영성체라는 것은 어떤 것일까? 그리고 예수님의 살과 피라는 그 빵과 포도주 맛은 어떤 것일까? 그것을 마시면 얼굴이 달아오르고 빨개질까? 그런 호기심보다는 한시라도 빨리 그 영성체를 받아먹고 구원을 얻어 영생의 길로 들어서고 싶었다.

"이 세상 사람은 누구나 온전하지 못하다고 했지. 에덴동산에서 쫓겨날 때부터 죄값을 반드시 치르게 돼 있지. 그 죄값이 바로 사망이야."

사망에서 벗어나는 길은 우리 죄를 사하기 위해 우리 대신에 세상의 고통을 겪고 십자가에 못 박히신 주님의 살과 피를 먹어야 한다. 이게 대속이다.

"이 대속의 은혜를 위하여 항상 찬송하고 기도해야 해."

쥬스타의 결론은 언제나 찬송과 기도였다.

"자, 우리 기도합시다. 하늘에 계신 우리 아버지시여…"

쥬리아는 쥬스타가 기도를 할 때마다 이상스럽게도 가슴 저 밑바닥으로부터 뜨거운 기운이 올라오는 것을 느낀다. 이 뜨거운 기운은 온몸을 감돌아 머리 정수리 끝으로 빠져나가며 머리를 맑고 차게 해준다.

이렇게 해서 소서행장 식구는 장기를 향하여 여행을 떠나게 되었다. 장기에는 '쓰시마 저택'이라 불리우는 집이 있었다. 대마도를 오 갈 때 사용하던 집이다. 그런가 하면 또 대마도주가 공무로 본토를 오갈 때 이용하는 집이기도 한 저택이어서 사돈네 끼리 함께 이용하 는 별장 같은 집이었다.

그렇지만 이번 여행에서는 이 쓰시마 저택을 이용하지 않기로 작정 하고 떠났다. 마리아가 이미 금석성을 떠나온 입장에서 그 집을 이용 한다는 것은 그리 유쾌한 일이 아니라는 판단에서였다. 그러니 자연 히 짐이 많을 수밖에 없어 행차의 규모가 커졌다.

"아이구, 이게 뉘시오?"

가다가 들린 웅본성에서 가등청정을 만났다.

"기요마사께서 큰 성을 새로 짓는다기에 구경도 할겸 이렇게 들렀 소이다."

"그래, 일부러 날 찾아오지는 않았을 테고, 어디로 행차를 하시는 길이오?"

아무리 사사로운 감정이 있는 사이라 할지라도 차마 집안 식솔들이 있는 앞에서는 서로 정다운 척 위선을 부려보는 것이 남정네들인가. 이들은 퍽이나 다정해 보였다.

"나가사끼에 볼 일이 좀 있어서요."

"설마하니, 이렇게 짐을 싸가지고 조선으로 건너가 버리려는 건 아 니겠지요? 그런데 유키나가 저 미인은 뉘시오?"

가등청정이 보고 묻는 사람은 다름 아닌 쥬리아였다.

"내 딸이오."

"어허, 나 모르는 저런 따님이 있었던가?"

"조선에서 데려왔지요."

"그러면 그렇지. 일본씨가 아닌게 확 느껴지는 걸. 내 저 미인 따님을 위해서라도 오늘은 한 턱 단단히 내야겠구만?"

그러나 소서행장은 이를 거절한다.

"지금은 나가사끼를 향하여 가는 길이라 그럴 시간이 없으므로 내 나중에 오다가 다시 들리리다."

"그거 참 유감이로소이다. 그런데 나가사끼는 웬일로 가시오?"

"꼬레지오에 회의가 있어서요."

"꼬레지오라? 어디서 들어본 이름 같긴 한데, 그게 뭐요?"

"야소회에서 하는 학교이지요."

"학교요?"

"일종의 외국인 학교 같은 겁니다. 종교 교육을 시키지요."

"아! 그 기리시탄 만드는 선교사 공부 말입니까?"

"예."

"나는 유키나가가 왜 그런 선교사 패거리들과 어울리는지 모르겠소. 우리 이에야스님은 그런 걸 좋아하지 않는 눈치라, 머잖아 무슨 단호한 조처가 있을 거요."

단호한 조처라? 이에야스가 뭔데… 그러나 소서행장은 입 밖으로 그런 말을 할 수 없었다.

이미 일본은 예수교 선교사 성 프란시스코 하비에르가 1549년부터 일본 국내 포교를 하기 시작하였고, 크리스천 다이묘가 생겨 교황청으로 사절단을 보낼 정도로 활발한 종교활동이 이루어지고 있는 시점인데, 덕천가강이 무슨 권한으로 단호한 조처를 내리겠다는 말인가? 지금 그의 장기행도 사실은 이 일을 상론하기 위해서였다.

"소문에 듣던대로 일본 제일의 성이 될 것 같군요."

소서행장은 시치미를 딱 떼고 엉뚱한 곳으로 말머리를 돌린다.

"어허, 무슨 말씀을… 일본 제일의 성이라면 이 서해도에 있어선 안 되지요."

가등청정은 갈수록 뼈있는 이야기를, 오해를 하려면 얼마든지 큰 위협적인 말들을 서슴없이 내뱉는다. 서해도는 일본의 세 섬 중의 가장 남쪽에 위치한 섬이다. 그리고 크기로 봐서도 가장 작다. 그러니 한 나라의 수도로서의 위치는 적격이 아니라는 것이다.

이 말의 뜻은  그 자신은 전 일본을 가질 의향이 없는 모양이다. 또한 그러한 서열도 못 된다. 그러면서도 함부로 큰 소릴치는 걸로 봐서는 분명히 덕천가강이 무슨 남모르는 뜻을 품고 있다는 것이 분명하다.

그렇다면 이러한 사실을 모리휘원에게 알려야 할까? 가등청정이 이렇듯 기고만장하여 함부로 뇌까릴 정도라면 모리휘원도 이러한 무단파들의 움직임을 알고 있을 것이다.

더 이상 정치 현안에 관심을 두지 않기로 한 소서행장이었지만, 또다시 머리가 지끈거린다. 이 정치 현안이 곧바로 종교 활동과 직접 연관이 맺어져 있기 때문이었다.

'이제 종교활동 이외에는 일체 손을 떼리라.'

그는 이런 각오를 다지며 가등청정이 내어주는 배를 타고 장기로 향한다. 유명해의 푸른 물결이 이들 가족의 단란한 한때를 즐겁게 해 주었다. 웅본에서 장기로 가는 뱃길은 내해라 물결이 잔잔하기 그지없었고 돌고래들이 헤엄쳐 놀고 있었다.

"어머, 저것 봐라. 돌고래가 아니니?"

쥬리아는 마리아와 함께 수면 위를 힘차게 따라오는 돌고래 떼를 보며 신기해 소리친다. 돌고래들은 워낙이 사람을 좋아해 배를 보면 따라오는 습성이 있다. 그러다가 물 위로 치솟아 올라 한 바퀴 재주를 넘어보이곤 다시 물 속으로 쏜살같이 들어간다.

"이 세상 만물을 지으실 때 하느님은 왜 사람은 물 속에 들어가 살
지 못하게 만드셨을까? 나는 그게 궁금해."

마리아가 하는 말이다.

"마리아, 그건 말이야. 사람이 물 속에 들어가 살 수 있도록 만들
었다면, 사람 코도 물고기 코처럼 만들었어야 될 거 아냐?"

"그러면 보기 싫어서 안 되지."

두 사람은 똑같이 '보기 싫어서 안 되지.'라는 말을 동시에 했다.
그만큼 둘은 호흡이 잘 맞는 친구가 되었다. 누가 이들을 두고 한 사
람은 서해도를 다스리는 섭진주의 딸이고, 또 한 사람은 그의 포로로
잡혀 온 하녀라고 볼 수 있을 것인가?

기독교는 이러한 평등의 사랑을 만들어 냈다. 아래 위도 없고 너와
나가 없다. 오로지 한 품속의 형제자매가 있을 뿐이다. 이러한 초인
류애적인 사랑이 있는가 하면 그와는 정반대의 세계도 있다.

이들이 장기항에 정박하여 배에서 내리자마자, 그것은 확연히 눈에
들어왔다.

쥬리아는 지금까지와는 전혀 다른 세상, 사랑이 없는 세상이 어떤
곳인가를 직접 목격하게 되었다. 배에서 내리자, 여기 저기에서 거지
들이 나타나 손을 벌렸다.

"한 푼 줍쇼."

"나으리 적선 하십쇼."

이러한 동냥아치들은 그런대로 괜찮았다. 이런 소리조차 지르지 못
하고 걷지도 못하는 사람이 머리를 땅 속에다 쳐박고 손바닥을 길 위
에 펴놓고 있는데, 게가 한 마리 슬슬 기어올라 손가락을 물어뜯을
태세다. 그런데도 그 손가락은 움직일 줄을 모른다.

조금 더 지나가니 머리를 산발하고 헤진 옷 사이로 살결이 다 드러

나보이는 아이를 등에 업은 여인네가 어디서 주었는지 반쯤 썩은 듯한 생선을 먹고 있었는데, 등에 업힌 아이가 손을 내밀어 저도 좀 달라고 칭얼거린다.

여기저기에 너무 굶어 눈알이 튀어나온 유령같은 사람들이 웅기중기 서 있었다. 그래도 서 있는 사람들은 좀 낫다. 설 기운조차 없어 앉아있거나 아예 드러누워 있는 사람들도 있었다.

"이 사람들이 다 조선에서 잡아온 포로들입니다."

마중을 나온 사람이 소서행장을 수행하면서 하는 말이다.

"노예매매를 금지시키는 바람에 오갈 데가 없는 거지들입니다."

이들은 이미 몸값을 치르고 상선에 실어내가야 할 노예들인데 선교사들의 반대에 부딪치자 상인들이 방기해 버린 사람들이란다. 그의 말로는 차라리 이들을 상인들이 싣고 가 눈에 보이지 않는 곳에다 버리던지 팔아버렸으면 더 나을 것이라 했다.

"성당에서는 무엇들을 하는가?"

"가 보시면 알겠지만, 성당은 이미 만원입니다. 이러한 부류의 숫자가 엄청나게 많은 데다가 성당에서 밥을 준다니까, 너도 나도 몰려들어서 발 딛을 틈도 없습니다."

그의 말로는 차라리 노예선을 인정해 이들을 하루 속히 다른 곳으로 실어내는 것이 상책이라는 이야기였다.

"그런데 뭣하려고 이렇게 많은 포로들을 잡아왔는지 모르겠어요."

소서행장은 할 말이 없다. 전쟁의 주역을 맡았던 장수로서, 한 사람이라도 더 죽이고 더 잡으려고 조선팔도를 누비고 다니던 그로서는 입이 열 개라도 할 말이 없었다.

그 일을 마음 속으로 속죄하고 무슨 대책이 없나 하고 이곳으로 왔지만, 막상 그 참상을 보니 아무런 생각이 떠오르지 않는 그였다.

“내가 참으로 못할 짓을 많이 했어…”

그는 입 속으로 중얼거렸다.

쥬리아는 자기도 자칫 잘못했더라면 저들과 똑같은 처지에 있었을 걸 생각하면 온몸에 소름이 돋는 전율을 느꼈다. 지금 당장이라도 소서행장가의 품을 벗어난다면 저렇게 될 수밖에 더 있겠는가?

새삼스럽게 소서행장가가 믿고 있는 종교의 힘이 강하다는 사실을 절감한다. 저들에게 만약 신앙심이 없었다면, 어떤 취급을 받았을 것인가? 이들처럼 비참한 모습으로 길바닥에 내쳐졌을 것이 분명하다.

“천주님의 가호에 다시 한 번 감사드립니다.”

쥬리아는 갈수록 천주님에 대한 의존도가 높아가고 있는 자신을 발견하면서 어머니 에스더를 유심히 살펴본다. 에스더 역시 비슷한 생각을 하는 지 입 속으로 기도를 하고 있는 것 같다.

항구를 벗어나자 언덕으로 오르는 작은 길이 뻗어 있었다. 길 양옆으로 꽃을 심어 단장되어 있었고 그 끝인 듯싶은 곳에 큰 집이 한 채 서 있었다. 조선에서나 일본에서 볼 수 없는 모양새의 큰 건물이다. 지붕에 뾰족탑이 있고 거기에 종이 매달려 있었다.

“성당이야…”

마리아는 성당을 짓기 위해 초석을 놓을 무렵 여길 와 봤다며 감개무량한 표정을 지었다. 좀 전의 부둣가에서 본 부랑자들에 대한 기억이 싹 가신 듯한 표정이다. 그러나 쥬리아는 다 같은 조선 사람들이라 그런지 성당에 대한 감격보다는 저들에 대한 감정이 더 앞섰다.

어떻게 사람들을 저토록 던져놓을 수 있을까? 그러한 그의 머릿 속에는 평양성을 떠나 비참하게 피난길에 올랐던 때가 주마등처럼 스쳐지나간다. 그러면서 그 전쟁을 일으켰던 주모자와 함께 이렇게 걷고 있는 것은 또 무슨 조화인지 알 수 없다는 생각에 잠겼다.

“예쁘지? 저 종탑…”

종탑 지을 돈을 소서행장이 헌납했다고 한다.

“그래, 정말 이쁘다.”

말은 그렇게 했지만, 지금 쥬리아의 머리 속은 한없이 복잡했다.

어떻게 이러한 알 수 없는 인연으로 얽혀 버리게 되었을까? 이게 과연 하느님의 섭리일까? 예정된 무슨 계획일까? 생각은 이렇게 하면서 쥬리아는 종탑 아래 쪼그리고 앉아 이를 잡고 있는 여자 아이를 향하여 걸어간다. 종탑은 일행이 가고 있는 사제관과는 약간 비켜선 곳에 있었다.

“얘, 그리 가면 안 돼.”

“알았어. 곧 따라갈께.”

그러나 마리아도 쥬리아가 있는 곳으로 함께 따라 온다.

“얘, 너 조선에서 왔니?”

“그래…”

말이 거칠다. 무언가 불만에 가득 찬 반항어린 태도다.

“부모님은 어디 있니?”

“없어.”

“부모님이 없어?”

“팔려 갔어.”

아이는 부모님은 팔려 가고 혼자 남아 부랑아로 떠돌다가 이리로 옮겨져 왔다고 한다. 너무 성질이 사나워 아무도 상대를 해주지 않는 아이므로 조심하라는 안내원의 말이다.

“그 애에게 말을 시켰다가는 본전도 못 찾아요. 마구잡이로 욕설을 퍼붓는다구요.”

그러한 애를 뭣하러 거두어 먹이는지 모르겠다는 볼멘소리다. 안내

원은 그저 불만투성이다. 성당 일을 한다고 다 마음이 고운 것은 아
닌 모양이다. 이 사람은 아직 신앙심이 그리 깊지 않은 것 같다. 그
러니 말투조차 부드럽지 못했다.

"아가씨들 빨리 들어가세요. 신부님이 기다리고 계십니다."

"신부님요? 어느 신부님… 세스페데스 신부님요?"

마리아는 얼굴 가득 환한 웃음을 웃으며 안으로 달려간다. 세스페
데스 신부, 마리아에게 교리를 가르쳤던 신부님이다.

"너 이름이 뭐니?"

"이름? 그런 거 없어."

아이는 여전히 퉁명스럽다. 쥬리아는 하는 수 없이 마리아의 뒤를
따라 사제관으로 갔다.

현관 입구에 유도화 한 그루가 꽃을 피우고 있었고, 그 너머로 푸
른 바다가 아스라히 펼쳐져 보였다. 바다가 보이는 언덕배기였다.

문득 이즈하라가 생각났다. 그리고 항구에서 만났던 수많은 포로들
과 목마름에 눈이 허옇게 까발려졌던 사람들의 모습이 떠올랐다. 그
렇게 힘들게 왔는데, 여기 와서까지도 버림을 받았다. 정말 버림 받
은 사람들이다.

"어서 오세요. 아가씨들…"

세스페데스 신부가 그들을 반겼다. 파란눈의 이국인을 처음 본 쥬
리아는 하마터면 소리를 지를 뻔하였다. 눈이 파랗다니? 그리고 머리
카락은 노랗다.

"그 동안 잘 지내셨어요, 마리아?"

"네, 신부님…"

마리아는 고개를 반쯤 숙이는 목례로 인사를 대신했다. 세스페데스
신부는 그러한 마리아의 양 어깨를 가볍게 잡고 뺨을 교대로 갖다 대

어 서로의 얼굴을 맞대었다. 어른들은 먼저 인사를 나눈 모양이고, 이제 남은 건 쥬리아 차례였다. 그런데 이럴 땐 어떻게 인사를 해야 하지? 망설이고 있으려니까 세스페데스 신부가 먼저 말을 건넨다.

"아가씨가 오다 쥬리아시군요?"

"어떻게 제 이름을 아시죠?"

라고 묻고 싶었지만, 쥬리아는 입 속으로 그 말을 중얼거리 듯 삼켜 버리고, 마리아가 했던 것처럼 고개를 약간 숙여 목례를 했다. 신부가 뺨을 부비면 어떻게 하나 눈이 저절로 감긴다. 지금까지 한 번도 남자의 몸을 접해 본 일 없는 쥬리아로서는 일종의 두려움과 호기심이 뒤범벅되어 떨림으로 나타났다.

"천주님이 이곳으로 부르셨군요."

쥬리아는 신부에게서 야릇한 향수 냄새가 나는 것을 느끼며, 그의 뺨이 닿는 듯한 아련함이 있었다. 순간적인 일이었지만, 이러한 인사법이 싫진 않았다.

"잘들 오셨습니다. 마침 저녁에는 성체성사가 있거던요."

오늘은 꼬레지오 운영에 대한 제반 문제를 상의하기 위해 모인 분들이 많이 계셔서 성체성사를 드린다고 한다. 회의는 본당에서 열린다고 했다. 물론 회의에는 소서행장만이 참석하면 된다.

"회의가 끝나는 대로 미사를 드릴 거니까, 그때까지 여자분들은 여기서 편안하게 쉬시면서 이야기들 나누십시요."

그렇게 꿈꾸어 왔던 영성체를 실제로 체험해 볼 수 있는 기회다.

"쥬리아, 잘 됐다. 네 꿈이 이루어졌구나?"

"떨려… 온몸이 마구 떨려서 견딜 수가 없어요."

세스페데스 신부는 기다리는 동안 마시라며 커피라는 것을 끓여 내왔다. 생천 처음 들어보는 이름이기도 했지만, 그 맛도 처음이었다.

마리아 역시 처음 마셔보는 음료라고 한다.

“혀끝에 남은 뒷맛이 이상해.”

“그렇지? 쓴 것도 같고, 단 것도 같고.”

마리아와 쥬리아가 소근 소근 커피맛을 이야기하고 있는데, 세스페데스 신부가 그걸 눈치챘는 지 커피에 대해 설명을 한다.

“커피, 유럽 사람들은 다들 이걸 마셔요. 하지만 중국 사람, 일본 사람들은 차를 마시지요. 커피는 훌륭한 음료수입니다. 값도 비싸요.”

선교사들은 커피를 물마시듯 하지만, 처음 마시는 사람은 잠이 잘 안 온다고 했다. 그렇지만 정신이 맑아지는 효과도 있다고 했다.

“유럽 커피는 이디오피아에서 가져오기 때문에 운반비가 비싸요.”

신부는 커피에 대한 이야기를 한창하고 나서 소서행장과 함께 본당으로 갔다. 여자들끼리만 남은 사제관에서 쥬리아는 뒷설거지를 하고 쥬스타와 에스더는 뱃길의 피로를 이기지 못해 의자에 앉은 채 아직도 어지럽다며 두 눈을 감고 잠나라로 가 버렸다.

“쥬리아, 난 조선이 어떻게 생긴 나라인지 상상이 안돼.”

“조선은 산이 많은 나라예요. 그리고…”

흰 옷 입은 사람들이 산다는 이야기를 하려다 말을 멈춘다. 아까 그 아이가 사제관 창문 밖에 서 있는 모습이 보였기 때문이다. 아이는 여전히 머리통을 벅벅 긁고 있었는데, 허연 서캐가 떨어져 나오는 게 보이는 것 같았다. 코에서는 콧물이 질질 흐르고 손등은 아직 말라붙지 않아 번질거린다.

“그 아이구나…”

말을 멈추고 창 밖을 내다보고 있는 쥬리아가 왜 그러나 싶어 한 발짝 다가서던 마리아 역시 아이를 발견하고는 눈길을 멈춘다.

잠시 후 아이에 못지 않은 몰골을 한 어른이 나타나서 창 안을 바라보며 다가섰다. 약간 멍해 보이기는 했으나 손을 내밀어 뭔가를 달라는 시늉을 하는 걸로 봐서 배가 고프다는 말을 하고 있는 것 같이 보였다.

"배고프단 시늉을 하고 있는 것 같지 않니?"

"예. 그런 것 같아요."

그러나 여기선 뭘 어쩔 수 없다. 집에서라면 몰라도 먹으라고 줄 음식도 집어줄 물건도 없다.

"밖으로 한 번 나가볼까?"

"그럴래요?"

밖으로 나가 본당을 한 바퀴 돌아보는 동안 이러한 부랑자들을 수없이 볼 수 있었다. 모두 다 조선에서 잡아온 백성들이었다. 이러한 부랑자들 때문에 주민들이 오히려 불안해하고 있다고 불평까지 늘어 놓았다.

"가까이 하지 마세요. 주민들조차 무서워하는 조센징입니다."

그 안내원이 언제 왔는지 제 발로 찾아와 하는 이야기였다.

"조센징이란 조선 사람을 무시하는 말이잖아요?"

쥬리아 보기에 민망했는지 마리아가 안내원의 말을 반박한다. 차마 '이 아가씨도 조선인이란 말예요'라고 하지는 못했지만, 쥬리아 듣는 앞에서 공공연히 조선 사람을 욕하는 말은 안 했으면 싶은 마리아였다. 이미 쥬리아도 웬만한 일본말은 다 알아듣는 터라 욕을 한다는 것은 좋지 못하다는 생각을 했다.

그러나 안내원은 그러한 마리아의 속마음을 아는 지 모르는 지 이어 욕설이이 계속되었다.

"저것들 밥 한 끼 먹이는데 돈이 얼마나 드는 지 아십니까? 성당 식구 한 달 양식 갖고는 안 된단 말입니다. 그러잖아도 재정이 바닥이 난 형편인데, 요즘은 저 사람들 구제사업 때문에 우리가 먹을 양식도 없어요."

키가 작달막한데다가 머리를 짧게 깎은 안내원은 일부러 키를 높이 보이려고 굽 높은 '게다'를 신고 '훈도시'가 훤히 들여다보이는 굵은 베옷을 입고 있어 가릴 곳은 가렸다고 하지만 허벅지 속살이 다 비쳤다.

"아저씨, 저들도 다 같이 먹고 살아야지요."

"먹고 살게 있어야 먹고 살지요."

"그 때문에 우리가 이렇게 오지 않았습니까?"

마리아는 약간 오만하게 말했다. 아버지가 그 정도는 도와줄 힘이 있어서 왔으니까, 더 이상 죽는 소리 좀 하지 말라는 엄포였다. 그제서야 안내원은 서로의 신분이 다르다는 사실을 깨달았는지 입이 쑥 들어간다. 아직 신앙심이 들어 있지 않은 관료주의적인 사고방식에 갇힌 교인인 듯싶다. 아니다. 교인이 아니라 정부에서 내보낸 관리인지 모르겠다.

마리아는 이미 그런 사람들을 부릴 줄을 알았다. 부리는 신분에서 태어나 지금까지 부려먹고만 살던 최상층의 지배계급이다.

"아저씨, 저 아이가 몹시 배가 고픈 모양인데, 뭘 먹을만한 것을 좀 갖다 줄 수 없을까요?"

"하나 주면 다 줘야 할 텐데요?"

이미 기가 꺾인 안내원은 순순히 복종하는 태도를 취했다. 이런 부류의 사람들은 대개 약한 자에게는 강하고, 강한 자에게는 약한 법이다. 그리고 보니 줄게 있기는 있는 모양이다.

"저 애만 살짝 불러 옥수수 가루로 찐 거라도 좀 먹여 보내세요."

이번에는 아주 강압적이다.

"예, 아가씨…"

이제 두 여자는 바닷가로 내려가는 언덕길에서 누가 먼저랄 것도 없이 깔깔거리고 웃었다. 안내원을 겁주어 아이에게 먹을 걸 주어서가 아니라, 처음엔 '조센징'이라고 마구 얕보던 그의 태도가 점점 누그러들었다가 나중에는 꼼짝없이 쪼그라 들어버린데 대한 통쾌함이랄까, 아니면 자존심에 먹칠을 한 쥬리아의 기분을 상하지 않은 위기극복이랄까, 그런 것이 두 사람을 웃게 만들었다.

"그러고 보니 쓰시마의 그 미에다 생각이 납니다."

"나도 방금 그 생각을 했어."

둘은 미에다를 혼 내준 적이 있었다. 그 일도 지금처럼 쥬리아를 두고 '조센징' 운운했다가 그리됐을 것이다. 물론 성당 안내원은 쥬리아가 조선인이라는 걸 모르고 한 말이었다.

"내 앞에선 그런 말을 용납할 수가 없어."

마리아는 먼 바다 건너를 보고 있는 쥬리아를 친동생처럼 생각하고 있음이 분명했다. 무엇보다도 동생을 위로할 수 있는 일이라면 뭐든지 할 수 있다고 생각하는 것 같았다.

"쥬리아! 난 이제 꿈이 사라진 사람이지만, 넌 이제부터 시작이야."

"그건 또 무슨 말씀이세요?"

"난 마음에도 없는 사람한테 시집을 갔었고, 지금은 이렇게 돌아와 있지 않니? 이게 다 잘 못된 운명 탓이야. 그렇지만 넌 아직 창창한 앞길이 열려 있잖니?"

"그건 마리아님도 마찬가지죠. 이제부터 다시 시작이에요. 천주님을 위해서 일생을 바치면 되잖아요?"

마리아는 아직 신앙을 가진지 얼마되지 않은 쥬리아에게서 이런 말이 나올 줄은 몰랐다. 먼저 길을 나선 자가 뒤따라오는 자만 못하다는 말이 떠올라 얼굴이 약간 상기 되었다.

"고마워. 그렇게 말해 주니까 용기가 솟아…"

"마리아님은 뭐가 걱정이에요? 아무 걱정도 할 필요가 없잖아요? 아버님이 이렇듯 실력자이신 데다가 어머님도 신앙심이 깊으시니…"

쥬리아는 갑자기 아버지가 없는 서러움이 복받친다.

"쥬리아, 그런 말하면 못써요. 쥬리아의 아버님은 조선의 국왕이라고 그러시던데…"

"그러면 뭘 해요? 얼굴 한 번 못뵌 분인 걸요."

"언젠가는 알게 될 거야."

마리아는 어른처럼 쥬리아를 다독거린다.

"그럴까요? 그럴 날이 있을까요?"

"그럼, 그보다는 어머님이 함께 있어 좋지 않니?"

그건 그렇다. 어머니라도 함께 살 수 있으니 이 얼마나 다행한 일인지 모른다. 겉으로는 에스더나 쥬리아 두 사람 모두 소서행장가의 하인처럼 보였지만, 실제로는 한 집 식구처럼 지내는 행운을 누리고 있지 않은가. 에스더는 쥬스타의 말동무로, 쥬리아는 마리아의 말동무로, 하인이라기보다는 친형제나 동기간처럼 보살핌을 받고 있다. 이게 다 신앙심의 발로가 아니고 무엇이랴? 이들은 모든 사람이 하느님의 사랑 안에 하나로 믿고 살기를 원한다.

"안에서 찾으십니다."

조금 전의 그 관리인 같은 사람이, 다른 성당지기가 와서 전갈을 알릴 때까지 두 사람은 우정어린 대화를 나누고 있었다. 주로 신앙에 대한 이야기였다. 자리를 일어서며 두 사람은 다같이 이런 말을 나누었다.

"난 이제부터 불쌍한 사람들을 위해 일할 거야."

두 사람은 헐벗고 가난한 사람들을 위하여 무언가 할 만한 일을 찾아야 한다고 다짐하였던 것이다. 할 만한 일이란 무엇일까?

"어디 있었니? 이제 곧 미사가 시작될 거다."

'포로를 위한 특별대책반'이란 걸 만들었단다. 전에도 한 번 있었던 일이었지만, 인신매매를 금지하고 이들을 위한 살 길을 열어주어야 한다는 몇 개 조항의 결의문을 채택하고, 이를 정부에 전달한다는 내용이다. 모리휘원 같은 실력자가 동참하기로 했으니 일은 수월하게 진행될 것 같다는 전망들이었다.

이 결의를 위한 특별 미사를 드린다.

성당 안은 엄숙한 분위기가 감돌도록 천장을 높였고 높은 천장에는 그림이 그려져 있었다. 법당 안이 온통 탱화로 차 있는 분위기라면, 성당 안은 천지창조의 장면과 양떼를 몰고가는 주님의 모습으로 가득하다. 그림은 다 완성되지 못한 상태라고 했는데도 신성함이 느껴지기에 충분하였다.

쥬리아는 이 특별 미사에 참석하여 영성체를 받고 자신과 용기를 얻을 수 있었다. '이 한 몸 다 바쳐 주님을 위한 일을 하겠습니다.' 그녀는 혼자 기도하였다. 에스더도 은혜의 충만함에 눈물을 흘리고 있다.

"오! 주여 감사합니다."

이들은 거리를 헤매고 있는 저들과 똑같은 신세이면서도 특별대우를 받고 있는 은혜에 감사의 기도를 드리면서 이제부터 저들을 위해 무언가 힘이 될 수 있는 일을 맡기심에 또한 감사를 드렸다.

"우리 인간은 나약한 존재입니다. 그렇지만 하느님이 우리와 함께 할 때는 그 힘이 배가 됩니다. 우리는 언제나 이 영적인 힘을 믿고 일해야 합니다."

영적인 힘, 그렇다.

이 영적인 힘을 믿고 일을 해야 한다. 쥬리아는 저도 모르게 영적인 힘이 온몸으로 스며드는 것 같은 전율을 느꼈다.

"주여! 이 힘을 올바로 쓸 수 있는 지혜를 주시옵소서."

쥬리아는 이렇게 기도했다. 그는 이 일이 바로 이곳, 장기에 있음을 깨닫는다. 이곳 꼬레오에 남아서 저 가난하고 희망을 잃은 내 나라의 아이들을 가르치는 일을 해야 한다는 생각이다.

"바로 이 일이 네가 해야 할 일이니라."

누군가 있어 이렇게 일러주는 것 같았다. 왜냐면 선교사들은 말이 통하지 않아 가르칠 수가 없을 테고, 일본인에게는 반감을 가지고 있어 마음의 문을 열지 않을 것이다.

그렇다면 이 일을 맡아야 할 사람은 당연히 쥬리아 자신뿐이라는 확신이다. 에스더가 함께 일해 주었으면 좋겠지만, 그는 쥬스타의 몸종이나 다를 바 없는 신세라, 그녀의 곁을 떠나 있을 수가 없는 형편이다.

쥬리아 역시 마리아의 몸종이기는 마찬가지였지만, 마리아가 여기 남는다면 자연적으로 자기도 남아 있을 수가 있게 된다. 마리아는 그렇게 하자면 할 수도 있을 것 같다는 생각이 들었다.

쥬리아는 이 말이 하고 싶어 견딜 수가 없었다. 빨리 미사가 끝났으면 하는 충동에 사로잡혔다. 그렇지만, 신부님의 설교 말씀도 한 마디 한 마디가 놓칠 수가 없는 귀중한 생명의 말씀으로 들렸다.

"지금 우리 나가사끼에 있는 포로들만 해도 수백 명이 넘습니다. 이 서해도 일대의 부로들 수는 몇 천 명이 되는지 알 수 없을 지경입니다. 이들 중 기독교를 믿겠다고 성당을 찾아오는 사람들의 숫자는 갈수록 늘어나고 있습니다. 그런데 이들을 가르칠 사람이 없습니다."

그러니 누군가 이들을 위해 꼬레오의 선생님이 되어 줄 수 있었으면 하는 신부님의 말씀이다. 이 말이 떨어지기가 무섭게 마리아와 쥬리아는 서로의 눈을 마주 보았다. 누가 먼저랄 것도 없이 그 일이 바로 자기들의 일이라는 사명감을 똑같이 느꼈기 때문이었다.

하느님의 역사는 이렇게 시작되었다.

그러나 인간의 역사는 달랐다.

# 20. 인간의 역사는 전쟁의 역사

이 날 밤, 소서행장은 견진성사를 받았다.

견진성사란 성유와 안수로써 영세자를 은총으로 견고케하여, 그리스도의 군사된 표를 주는 성사다. 성세 성사와 같이 인호를 박아주며 상존 은총을 증가시키고 성신의 칠은을 주는 성사다.

이 일곱 가지 은혜는,

1. 슬기-하느님 공경과 영혼을 구령하는 일에 흥미를 돋우어 주는 은혜
2. 통달-교리를 믿음에 있어서 그 이치를 판단하는 은혜
3. 의견-신앙을 올바로 분별하는 은혜
4. 굳셈-신앙에 반대되는 것과 싸워 순교까지 할 수 있는 은혜
5. 지식-교리 문제에 있어 옳은 것과 그른 것을 분별하는 은혜
6. 효경-하느님을 우리의 참아버지로 받드는 은혜

　　7.두려워함-범죄로 하느님의 마음을 상하고 자기 영혼이 해를
　　　　입는 것을 두려워하는 은혜

등이다.

　견진성사는 일생에 한 번 있는 일로 기독교인으로서의 생애를 완성시키기 위한 소중한 의식이다. 이 의식과 죽기 직전의 종유의식을 받아야만 죽은 후 천국에 갈 수 있다.

　이 날 소서행장이 특별히 주교님을 청해 견진성사를 받은 것은 당신의 앞날을 향해 다가오는 불안감을 떨쳐 버리기 위함이었다. 아니면 그 불안감과 정면 대결을 하기 위한 준비였는지도 모른다.

　저녁을 먹고 한담을 나누는 자리에서 소서행장은 자신의 앞길에 다가올 위기를 예언하였다.

　"인간의 역사는 전쟁의 역사인 것 같습니다."

　"그건 또 무슨 말씀이십니까?"

　신부님이 물었다.

　"다시 전운이 감돌고 있습니다."

　"전운이요? 그렇다면 다시 조선을 침공한다는 말씀입니까?"

　"이번엔 조선이 아니라 정계 재편을 위한 내전이 있을 것 같습니다."

　소서행장은 머잖아 기독교에 대한 탄압이 있을 것이며, 그로 인하여 정계가 두 쪽으로 갈라질 것이라는 이야기를 한다.

　"오면서 가토오 기요마사를 만났습니다."

　가등청정은 소서행장이 장기에 가서 꼬레오를 만든다는 말을 듣고 '머잖아 없어질 곳에 모래성을 쌓지 말고 보다 현실적인 데로 눈을 돌리라'고 말했다고 설명하였다. 그 말 속에는 두 가지 뜻이 있다고 설명하는 소서행장이다.

　"머잖아 없어질 것이라는 건 기독교에 대한 탄압이 곧 있을 것이라

는 말입니다."

가등청정은 열렬한 불교 신도라 당연히 기독교를 싫어하지만, 비기독교 신자인 영주들까지도 기독교를 예의 주시하고 있는 중이다. 이들은 외국과의 교역이 잘 되어야 더 부자가 될 수 있는데, 일부 기독교 신자인 영주들이 인도적인 차원을 들어 노예매매를 자행한 상인들을 파문시켰다. 이로 하여 저들의 수입이 감소되었다. 왜냐 하면 파문을 당한 상인들이 거래를 중단했기 때문이다.

"이게 묘하게도 기리시탄 편에 있는 영주들은 대개가 문치파이고, 그렇지 않은 쪽은 무단파에 속하는 양상을 띄고 있지요."

그래서 종교 전쟁이 아닌 종교 탄압이 일어날 가능성이 높다고 말하는 소서행장이다. 무단파의 우두머리는 덕천가강이고, 문치파의 우두머리는 석전삼성이다. 지금 이들은 은연 중에 암투를 벌이고 있는 사이였다.

덕천가강은 석전삼성이 조선에 나아가 전쟁을 치르고 있는 동안에 부를 축적하고 군대를 모아 힘을 길렀다. 그런가 하면 석전삼성은 기리시탄으로서 교황청을 비롯한 서양의 힘을 업고 있는 해외적 인물이다.

서양의 힘을 업고 있다는 말은 신식 무기와 새로운 물품을 구입할 수 있는 기회가 우선적으로 주어진다는 이야기다. 그렇지만 지금처럼 석전삼성 스스로 서양인 상인들을 파문하는데 앞장을 선다면 상황은 달라진다. 이 경우 상인들이 석전삼성에게 등을 돌릴 수도 있다는 판단을 하게 될 것이다. 일이 이렇게 된다면 덕천가강에게 있어선 이보다 더 좋은 기회가 없을 것이다. 이를 빌미로 덕천가강은 기독교를 금할 수도 있고 싸움의 구실로 삼을 수도 있다.

가등청정은 이러한 이야기를 노골적으로 말할 만큼 철면피였다. 철면피라서가 아니라, 이제 그때가 무르익었음을 선포하는 식의 말을 서슴없이 했던 것이다.

"고니시 셋슈우도 이제 선택을 해야 할 날이 왔어요."

고니시는 소서행장의 이름이었고, '셋슈우'라는 말은 그가 출생한 셋슈우 출신임을 뜻한다.

언젠가는 '사까이 촌놈'이라고 막말을 해 대던 그가 이 정도 말투를 바꾼 것은 행여라도 소서행장이 마음을 바꾸어 저들의 편이 될 때를 염두에 두고 한껏 생각해서 한 말이었다.

그러나 소서행장이 아무런 대답이 없자, 가등청정은 곧 태도를 바꾸어 이렇게 말했던 것이다.

"동지 아니면 적이 될 수밖에 없는 현실 앞에서 우리가 꼭 갈라서 야만 되겠소?"

이는 완전히 선전포고와 같은 말이었고, 이미 저들은 전투 준비를 끝냈다는 협박과도 같았다. 가등청정은 마치 이러한 포고를 소서행장의 입으로 직접 전하라는 말과도 같이 행동하였던 것이다.

"점점 재미있게 되겠는 걸? 고니시 셋슈우, 저 미인들을 빼앗기지 않으려면 단단히 결심해야 할 거요."

가등청정은 마리아와 쥬리아까지를 힐난의 대상으로 삼을 만큼 방자하게 굴었던 것인데, 차마 그런 말을 입 밖으로 말할 수는 없었다. 그렇지만, 지금 이 자리에서는 그 전쟁의 조짐을 설명하지 않을 수 없었다.

"그 날이 다가오고 있음은 분명합니다."

그러니 이쪽에서도 준비를 해야 하지 않겠느냔 것이다. 이 자리에 참석한 사람들은 한결같이 두 눈을 지그시 감고 말이 없었다. 또다시 전쟁을 겪고 싶지는 않은 저들이다. 그렇지만 전쟁이 어디 하고 싶지 않다고 해서 안 하는 일이던가?

어느 한쪽이 쳐들어오면 죽지 않기 위해서라도 싸워야 한다. 이미 적으로 간주된 이상 죽기를 맹서하고 싸워야 하는 게 전쟁의 속성이다. 더군다나 이 싸움은 어찌 보면 기독교와 불교간의 싸움과도 같은 양상이다.

"신앙의 자유를 지키기 위해서라도 싸우지 않을 수 없습니다. 선교사들이 마음놓고 포교를 할 수 있도록 도와야 합니다."

덕천가강이 정권을 잡는다면 기독교가 설 자리가 없다는 것은 뻔한 일이다. 그는 기리시탄이라면 무조건 싫어하는 사람이다. 지금까지 기리시탄들을 그대로 두고 있는 것은 서양 선교사들이 와야 돈을 벌 수 있다는 계산에서였다. 그런데다가 정적들이 전부 기리시탄이고 보면 그 불똥이 어디로 튈지는 불을 보듯 뻔한 일이다.

"나는 누가 정권을 잡건 그건 상관하지 않겠소. 다만 천주님의 뜻을 세상에 전하는 일에 방해가 된다면 그를 위해서는 싸울 것이오."

소서행장은 한평생 전투와 피비린내로 이어진 자신의 생애를 회고하며 이렇게 말한다.

"의를 위한 싸움이라면 누구라도 빠져나갈 수 없을 것이오."

일순간에 정적이 휩싸인다.

"전쟁이 일어난다면 이 고아원은 어떻게 되는 것입니까?"

누군가 지금까지 함께 의논을 한 꼬레오의 활성화 방안은 어떻게 되는 거냐고 묻는다. 물으나마나한 질문이었지만 가슴이 답답하니까 물었을 것이다.

"저들의 손에 정권이 넘어가면 우리는 다 살아남을 수 없습니다. 분명히 기리시탄에 대한 탄압이 있을 겁니다."

그러니 이겨야 한다.

꼬레오를 활성화시키기 위해 모인 자리에서 왜 이런 이야기가 나오

게 되었을까? 죽기 아니면 살기다. 죽느냐 사느냐 그게 문제인 때가
온 것이다.

"어차피 한 번은 치뤄야 할 일입니다. 어느 충신이 있어 어린 주인
을 섬기려 하겠습니까? 이에야스는 히데요시를 그리 탐탁하게 생
각지 않고 있습니다."

덕천가강은 점점 자라나고 있는 풍신수길의 아들 수뢰의 성장을,
그가 성장함에 따라 그를 추종하는 세력들이 늘어나고 있는 것을 탐
탁하게 생각지 않고 있었다.

"그건 뭘 뜻하는 것이겠습니까? 이에야스 그 자신이 정권을 잡고자
하는 욕심이 있기 때문입니다."

정권욕에 눈이 먼 덕천가강이 수뢰를 정적의 대상으로 간주하고 있
는 이상 전쟁은 언제 일어나도 일어나게 되어 있었다. 그렇게 된다면
좋건 싫건 누구나 이 전쟁에 참여해야 했다.

소서행장은 이 어쩔 수 없는 싸움에 휘말리기 전에 전 재산을 꼬레
오 건설에 투자하리라 마음을 먹었던 것이다. 싸움에 이겨 승리자 편
에 선다면, 그보다 더한 다행이 없겠지만, 만약에 패자의 편이 된다
면 전재산은 몰수될 게 뻔하다.

"나는 내 전재산을 성당 건립과 꼬레오 사업에 바치려 합니다. 항
간에 '고니시 셋슈우는 히고에서 30만 석 봉록을 받지만, 아직 은
화 열관을 모으지 못했고, 나가사끼의 노오야쓰는 봉록은 받지 못
했지만 은화 열관을 더 모았다'라는 말이 있듯이 저는 무사라 가진
돈은 많지 않지만, 그 전부를 하느님의 사업에 쓰려고 합니다."

갑자기 비장한 분위기가 감돌았다. 소서행장은 이어서 이렇게 말했
다. 오랫동안 생각하고 있었던 말을 이제서야 하는 것 같았다.

"자, 이제 나는 여러분들이 계시는 자리에서 하고 싶은 말을 다 하

겠소."

소서행장은 싸움에 나가기 전에 무사들이 식솔을 불러놓고 하는 마지막 유언같은 말을 시작한다.

"마리아는 좋건 싫건 금석성으로 돌아가라. 기리시탄에 이혼이란 없다는 걸 너도 잘 알 것이다. 그리고 시댁으로 돌아가는 게 네가 사는 길이 될 것이다. 돌아가서 요시도시에게 전해라. 절대로 이번 전쟁에는 참여하지 말라고… 그리고 쥬리아와 에스더는 고향으로 돌아가도 좋다. 괜스레 일으킨 전쟁 때문에 쓸데 없는 고생이 많았다. 다만 한 가지 소망이 있다면 조선 땅에 기리시탄을 전파하는 일에 힘을 썼으면 좋겠다는 것이 내 뜻이다."

쥬리아는 순간 가슴이 철렁 내려앉는 흥분을 느꼈다. 얼마나 기다리고 기다리던 고향행인가? 그렇지만 그 순간 그녀의 가슴 속에는 이곳을 떠날 수 없다는 생각이 함께 들었다. 이미 하느님과의 서약을 한게 있었기 때문이다. 꼬레오에 남아 아이들을 가르치겠다는 마음 속의 다짐이 있지 않은가? 까짓 다짐이 무슨 대수냐, 고향으로 달려가는 꿈도 있었다.

소서행장은 마지막으로 아내 쥬스타를 바라보며 다짐하듯 말했다.

"여보, 당신은 여기 남아 계시구려. 이제 당신이 머물 곳은 천주님 계신 이곳 밖에 더 있겠소? 시기가 임박해 왔소."

소서행장은 이제 기나 긴 인생의 여정을 마친 사람처럼 비장한 말을 남겼다. 전쟁이 임박했다는 뜻인지 죽음이 임박했다는 뜻인지 알 수 없었지만, 듣는 사람 모두 가슴이 싸늘하다.

한평생을 전쟁터에서 보내고 이제 겨우 영주가 되어 안정된 생활을 시작하려는 판에 가진 걸 다 내놓고 또다시 죽을 지도 모를 싸움터를 향하여 가야 한다니… 정말 인간의 역사는 전쟁의 역사인가?

이로부터 한 달 후 소서행장은 자신이 예언했던 대로 정권 창출의 탐욕으로 시작된 '세키가하라 전투'에 패배하여 참수를 당했다. 다른 패장들이 모두 할복을 한 데 비해 소서행장은 '자살은 할 수 없다' 하여 스스로 참수형을 당했다고 한다.

"세끼가하라 전투는…"

소식을 전하러 온 사자는 울면서 그날의 상황을 설명하였다.

"오오사까 서군이 8만 2천, 도꾸가와 동군이 8만 4천 명…"

그 숫자로 보면 서로 엇비슷하여 오전 전투에선 일진일퇴로 양쪽의 전세가 비슷했다고 한다. 그래서 양군은 이 전투가 오래 끌 것이라고 예상했단다.

"그런데 정오가 지나자, 마쓰오 산에 진을 치고 있던 고바야가와 히데아끼 등이 갑자기 동군 편으로 돌아서 버림으로써 서군은 일시에 무너져 내리고 말았습죠. 선두에서 진두지휘를 하던 소서 섭주님께서는 적진 한가운데 포위가 되었지만, 요행히 이부끼 산중턱에 있는 가시가베라는 마을까지 단숨에 말을 몰아 피신을 하는데는 성공을 했습니다."

그런데 무슨 생각을 했는 지 산 속에서 만난 마을 주민에게 이렇게 말했다.

"나는 고니시 유끼나가다. 도꾸가와 이에야스한테 가서 내가 여기 있다고 말하면 너는 큰 상금을 받게 될 것이다."

그는 얼마든지 피신을 할 수 있었는데도, 도꾸가와 이에야쓰의 진영으로 끌려갔다.

그는 스스로 오랏줄에 묶여 포박이 된 상태로 큰 칼을 썼다. 무엇 때문에 도망을 포기하고 아무런 저항없이 자진하여 적진에 끌려갔을까?

"여보게 나는 이미 죽을 목숨이니 내 소원 하나 들어주게나. 기리시탄의 교의에 따라 죽고 싶으니 사제님을 좀 불러주게나."

그는 한때 동지였으나 적군이 된 흑전장정에게 사제를 불러 달라고 부탁을 하였다. 마지막 종유의식을 하고 싶었던 것이다. 그러나 덕천 가강은 이 청을 묵살했다. 묵살했을 뿐만 아니라 감시를 더욱 강화시켜 사제를 만나는 일조차 불가능하게 막았다.

"사제는 만나서 뭣 하게? 차라리 할복을 하라고 해라. 그러면 편안히 갈 수 있도록 목치기는 붙여준다고 일러라."

덕천가강은 패장답게 스스로 할복할 것을 권했지만, 소서행장은 자살은 교리에 어긋난다 하여 이를 거절하였다. 소서행장의 뜻이 어디 있었을까? 굳이 도망 가 살길을 찾지 않고 스스로 적장 앞에 끌려온 것은 수많은 사람들에게 이 교리를 몸소 실천해 보이려고 한 것이 아닐까? 공공연한 자살 행위인 할복의 잘못됨을 만천하에 알리고자 스스로 죽음을 선택한 것이 아니었을까.

"이 날 육조 강변에서 처형을 당한 사람은 이시다 미쓰나리님과 안고꾸지 게이께이님 등이 있었습니다."

참수를 당하는 날, 승려가 경문을 읽어주려 했으나 소서행장은 이를 완강히 거절하였다.

'나는 기리시탄이라 승려가 외는 경전은 필요 없다'며 항상 몸에 지니고 다니던 성모 마리아와 그리스도가 그려져 있는 손수건을 양 손으로 높이 받들고 세 번 머리 위에다 얹은 다음 조용히 칼을 받았다고 한다.

그 그림은 포르투칼 왕비한테서 선물로 받은 것으로 참수 후에 망나니가 줏어 칼에 묻은 피를 닦아 버린 것을 가져왔다며 내미는 사자였다.

"이게 그 손수건입니다."

"그놈들이 마지막 고해성사도 못하게 하더란 말이냐?"

지금까지 남의 이야기처럼 잠자코 사자의 말을 듣고 있던 쥬스타는 피 묻은 손수건을 보자, 그만 정신을 잃고 말았다.

"마님, 마님 정신 차리세요…"

에스더는 쓰러진 쥬스타를 안고 어찌 할 바를 모른다. 소서행장으로부터 자유의 몸을 선고 받고도 차마 떠나지 못했던 것은 쥬스타의 건강 때문이었다. 아버지의 명에 못 이겨 마리아가 금석성으로 떠난 후부터 쥬스타의 건강은 급속하게 악화되기 시작하였다. 그런데다가 남편의 비보가 날아들자 급기야는 혼절 상태에서 깨어나지 못하는 쥬스타였다.

"신부님을 좀 불러오너라. 쥬리아."

"예. 오마니…"

쥬리아가 이제 막 본당으로 신부님을 부르러 뛰어나가는데 어디서 들었는지 신부님도 이쪽으로 급히 오고 있는 중이었다.

"신부님 큰일 났어요… 마님이 쓰러지셨어요."

언제인가 쥬스타는 제발 자신을 '마님'으로 부르지 말라고 당부했지만, 저절로 나오는 이름이었다.

"이제는 종속 관계가 아닌 자매간이에요. 그리스도 안에서는 다 같은 형제자매랍니다."

쥬스타는 이렇게 평등을 구가했지만, 그럴수록이 더 깊이 존경심이 우러나오는 인물이라 자연적으로 '마님'이란 말이 튀어나오지 않을 수 없는 쥬리아 모녀였다. 그 때문에 마리아와 함께 조선으로 돌아가라고 내어준 쓰시마행 배도 포기한 모녀였다.

"일단 이즈하라까지 귀국선을 쉽게 얻어 탈 수 있을 게다…"

그때 마리아를 따라 이즈하라로 건너갔었더라면, 이런 처참한 꼴은

보지 않을 수도 있었으련만, 이젠 다 지나간 일이었다.

"마님, 정신 좀 차려 보세요… 신부님이 오셨어요…"

신부님은 일단 맥을 짚어보고는 일시적인 충격에서 오는 기절 상태라고 말하였다.

"조용히 안정을 취하도록 하십시오. 곧 괜찮아질 겁니다."

신부는 이럴 때일수록 성모님께 기도하라고 일러주고는 성당을 향해 뚜벅뚜벅 걸어갔다. 그러다가 뒤돌아서 쥬리아를 손짓으로 불렀다.

그때 쥬리아는 몸을 뒤틀며 혼미한 상태에서 깨어나려 하는 쥬스타를 내려다보고 있다가 세스페데스 신부에게로 갔다.

"쥬스타님이 깨어나시는 것 같아요."

신부는 다 알고 있다는 듯 일시적인 충격이니까 걱정하지 말라고 하면서 조용히 말했다.

"쥬리아, 이제부터 내가 하는 말을 잘 들어요."

"네, 신부님…"

그러나 신부는 다음 말을 선뜻 잇지 못한다. 두 사람은 어느 새 바다가 내려다보이는 언덕까지 와 있었다.

푸른 물결이 부딪치는 해안선을 따라 갈매기들이 날고 해초 냄새가 코끝을 간지럽힌다. 처음에 이곳에 왔을 땐 약간 비릿한 내음이 역겨웠었지만, 이젠 달콤하기까지 한 바다내음이었다.

"신부님?"

침묵에서 벗어나기 위해 쥬리아가 먼저 입을 열었다.

쥬리아는 세스페데스 신부가 부끄러움을 많이 타는 소심한 성격의 소유자임을 파악하고 있었다. 이럴 땐 먼저 입을 여는 게 상책이다. 그만큼 서로에 대해 잘 알고 있다고 해야 할까? 허심탄회한 이야기를 여러 번 나눈 사이가 되었다.

"쥬리아님도 아시다싶이 일이 이렇게 되고 보면 그 악영향이 여기
까지 미치리라 생각됩니다."

"그러니 절 더러 여기서 도망이라도 가란 말씀이신가요?"

며칠 전 그런 이야기를 나눈 적이 있었다. 만약에 소서행장의 소속
군이 패할 경우 어떻게 처신할 것인가? 적군에 잡혀가 저들의 가신이
될 것은 뻔한 이치인데, 이제 자유의 몸이 된 쥬리아 모녀까지 그렇
게 될 필요가 있겠느냐는 것이었다. 그래서 저들의 손이 뻗치지 못하
는 대마도로 마리아를 되돌려 보낸 것이 아닌가?

대마도주 종의지에게 전쟁에 참여치 말라 당부한 것도 다 이런 연
유에서였다. 그러니 쥬리아 모녀도 마리아가 있는 대마도로 건너가
피신을 하라는 이야기였다.

"전 단지 쥬리아 모녀님이 걱정되어서 하는 말입니다. 그러니 화내
지 말고 들어주세요."

"제가 화를 낸다구요?"

"제가 듣기로는 쥬스타 곁을 떠나는 것이 마치 배신 행위처럼 생각
하는 것 같아서 드리는 말씀입니다."

"그러면 몸져 누운 마님을 두고 떠나버리는 것이 배신 행위가 아니
란 말씀인가요?"

"단순하게 생각하면 그렇게 느껴질 수도 있겠지요. 그렇지만, 한 번
만 더 바꾸어 생각해 보면 그게 오산일 수도 있다는 이야기입니다."

"그게 오산이라?"

"주님께서도 헤롯왕이 이스라엘의 모든 장자들을 멸하려고 할 때
애굽땅으로 피신을 간 적이 있습니다. 보다 더 큰일을 완성하기 위
해서는 일시 피신을 할 수도 있는 일이죠."

보다 큰일을 하기 위한 피신? 이건 또 무슨 말인가? 아직 한 번도 생각해 보지 못했던 문제였다. 단순하게 꼬레오에 있는 불쌍한 아이들을 보살피고 마님을 곁에서 돌봐주는 것이 큰일로 알고 있던 쥬리아로서는 신부님의 말이 무엇을 뜻하는 지 이해할 수가 없었다.

"바울 성도님께서는 박해와 고난의 길을 뚫고 수난의 진원지인 로마에까지 가서 전도를 하셨습니다. 그런 분들이 계셨기에 오늘날 이 복음이 전파되고 있는 것입니다."

신부는 기독교의 본질은 사랑이라고 가르쳤다. 모든 사람들이 죄를 지어 죽을 수밖에 없는 지경에 이르렀는데, 이를 구원하기 위하여 예수님이 죄인들을 대신하여 십자가에 못 박혀 죽었다. 이를 대속이라 한다. 이 구원의 대속이 하느님의 은총이며 인간에 대한 끊임없는 사랑이다.

그러므로 인간은 사랑을 감사할 줄 알아야 하며, 이 감사의 생활이 곧 기리시탄의 생활이다. 감사의 생활 중에 가장 으뜸은 사랑을 보다 많은 이웃들에게 전하는 일이다.

"주님께서는 이 복음을 땅끝까지 전파하라 하셨습니다. 이것이 주님의 가르치심입니다."

신부는 사도 바울이 로마에 잠입하여 저들에게 복음을 전하던 때의 이야기를 들려주었다. 그때 그 어려운 길에 주님께서 늘 동행하셨다는 말씀을 전해 준다.

"천주님은 우리를 지켜보고 계십니다. 그리고 도와주십니다."

"그래서 제가 할 수 있는 일은 무엇인가요?"

쥬리아는 갑작스레 자신도 무언가 할 일이 있다는 생각이 들었다.

"제가 할 수 있는 사명이 있다면, 그 일을 해야겠지요?"

"그게 무엇인지는 주님 외엔 아무도 모릅니다. 오로지 주님만이 각자의 할 일을 알아서 주실 뿐입니다.”

그 주님이 주실 일이란 무엇일까? 쥬리아는 끊임없이 밀려오고 밀려가는 바다에 시선을 주고 있다가 신부에게 물었다.

“신부님, 도대체 제가 할 일이 무엇입니까? 이제부터 저는 어떻게 하면 좋은가요?”

“그 대답을 할 수 있는 분은 천주님뿐이십니다. 다만 제가 말할 수 있는 건 성경에 기록된 그분들의 행적을 통하여 우리가 할 일을 찾을 수 있겠지요.”

예수님을 십자가에 못 박은 로마인들은 기독교인이라면 모조리 잡아다가 처형시켰다. 그때 몇몇 제자들은 ‘땅끝까지 복음을 전파하라’는 주님의 말씀을 따르기 위해 사방으로 흩어져 전교를 떠났다.

“사도 바울이 간 곳은 호랑이굴 같은 로마였습니다. 그리고는 끝내 순교를 하셨지요. 순교를 함으로써 로마인들의 눈을 뜨게 만들었던 거죠.”

“순교가 무언가요?”

“주님을 위하여 목숨을 바치는 일입니다.”

“바울은 어떻게 목숨을 바쳤나요?”

쥬리아는 자기도 순교를 할 것처럼 묻는다.

“사도 바울은 일찌기 로마로 들어가 전도를 하고 싶었지만, 로마로 갈 길이 없었지요. 그런데 우연찮게 그 기회를 얻었습니다. 죄수가 되어 로마로 끌려간 것입니다. 로마로 끌려간 그는 감방 안에서 많은 사람들을 만날 수 있었고, 거기서 복음을 전파할 수 있었답니다. 이것이 하느님의 오묘한 섭리이지요. 이 섭리에 대해서는 아무도 예측할 수가 없습니다.”

신부는 모르긴 모르지만, 쥬리아 모녀가 일본으로 끌려온 데에는 그만한 섭리가 있지 않을까 생각한다는 이야기였다. 허구 많은 사람들 중에 소서행장같은 기리시탄을 만난 것도 결코 우연이 아닐 것이며, 더군다나 꼬레오를 맡아 떠도는 조선의 아이들에게 복음을 전파할 수 있게 된 것은 천주님의 섭리가 아니고서는 있을 수 없는 일이란 것이다. 그러면서 덧붙여 말했다.

"소서 섭진주께서 저렇게 돌아가시고 천주교를 신봉하는 다이묘들이 모조리 죽어간 데에는 또 그만한 하느님의 섭리가 작용할 것이라는 겁니다. 결코 우연이란 없지요."

지금 무슨 일인가가 새로이 일어나고 있는데, 그게 무언지 정확하게 알 수 없다는 것이 신부님의 말씀이다.

"그게 저와 연관이 있을 것이다, 이 말씀이신가요?"

"꼭 그렇다고 말할 순 없겠지만, 그럴 수도 있다는 말씀입니다. 그런 느낌이 들어요. 그런데 그게 확연히 좋은 느낌이 아니라는데 문제가 있습니다."

"좋은 느낌이 아니라면 불길하다는 이야기군요."

"그 잔이 아무리 쓴 잔이라 할지라도 천주님이 함께 계신다면 이겨나갈 수 있을 겁니다. 잊지 말고 기도하시기 바랍니다."

그러면서 그는 언뜻 이런 말을 했다.

"순뿌에 미카엘라 자매님이 계십니다. 비록 도꾸가와 이에야쓰 님의 측실로 있긴 해도 독실한 기리시탄으로 우리 선교회와는 관계가 깊은 분이십니다. 그분이 함께 살 조선 여인을 찾고 있는 줄로 압니다."

'함께 살 조선 여인.'

말이 좋아서 조선 여인이지 시녀를 찾는다는 말이 아닌가? 신부는 차마 이 이야기를 하기가 어려워서 말을 빙빙 돌렸던 것 같다. 그도 그럴것이 덕천가강이라면 소서행장을 참형시킨 원수가 아닌가? 그러한 원수의 아내로 있는 여인의 몸종이 되라는 말인데, 이보다 더한 모순이 어디 있을 것인가?

"오해는 하지 말고 들어보세요. 소서 섭진주님께서 이번 전투에 참여하시게 된 동기는 순전히 금교조처를 면해 보자는 이유에서였습니다."

그건 누구나 알고 있는 일이었다. 이번 관원전투는 명목상으로는 덕천가강이 회진에 있는 상빈경승을 치기 위해 전국의 영주들에게 토벌군을 보내라고 한 것에 지나지 않았지만, 이미 정국은 문치파와 무단파로, 군대는 동군과 서군으로 나누어질 만큼 정국은 갈라져 있었다.

이는 곧 이전의 풍신수길의 아들 수뢰를 옹호하는 편과 그를 없애려는 덕천가강과의 대결 구도로 굳어졌다고 해도 과언이 아니다. 그런데 그토록 전쟁을 싫어하던 소서행장이 서군으로 출정을 한 것은 서군의 실세들로부터 일본 내에서의 포교를 내락 받았기 때문이다.

여기까지는 쥬리아도 어렴풋이 알고 있었다.

"그런데 현실적으로 그게 불가능해 졌습니다. 전쟁은 일단락 지었다고 하지만, 아직도 이 규우슈우 지방에는 동군인 구로다 나가마사, 가또오 기요마사, 아리마 하루노부, 오오무라 기젠 등이 연합하여 서군인 다찌바나 무나시게, 나베시마 아오시게, 고니시 나가모도, 시마즈 류우하구, 유이 아라다 등과 치열한 싸움을 벌이고 있습니다."

그런 전쟁이 나와 무슨 상관이 있단 말인가? 쥬리아는 거기에 대해선 아무것도 모르고 알려고 하지도 않았다.

"가또오 기요마사가 영주로 있는 히고지방이나 데라자와 시마노가미가 영주로 있는 히젠지방은 벌써 기리시탄 탄압이 시작되었다는 이야기입니다."

그러므로 여기까지 탄압의 물결이 밀어닥치는 데에는 그리 많은 시간이 걸리지 않는다는 이야기였다.

그 중에서도 기리시탄을 가장 싫어 하는 자는 가등청정으로서 이미 비후지역은 신자를 모조리 색출을 하여 가혹한 벌을 내리고 있다고 한다. 때문에 소서행장의 집에 머물고 있던 모든 하인들과 시녀들을 붙잡아 그 본보기로 가장 견디기 힘든 고통을 주고 있다는 소문이다.

"그러니 그 불똥이 여기까지 튀리라는 것은 불을 보듯 뻔한 이치지요. 쥬리아 자매님!"

이제서야 쥬리아는 신부님의 말을 알아들을 것 같았다. 가등청정의 손에 붙들리기 전에 덕천가강이 있는 미카엘라에게로 가서 숨으라는 말이다. 일본 안에서는 가등청정의 손아귀를 벗어날 곳이 없다. 있다면 단 한군데 가등청정보다 더 높은 덕천가강의 집안뿐이다.

세스페데스 신부는 이 이야기를 이해시키기 위해서 머나 먼 우회의 길을 예로 들면서 설명을 했다. 결국 살아남는 길은 좋건 싫건 그 길밖에 없다는 것이다. 어쩌면 그 모순 속에 하느님의 섭리가 임재해 있는 모른다.

"알겠습니다. 신부님 말씀의 깊은 뜻을…"

"쥬스타님은 우리가 돌보겠습니다."

신부 역시 쥬리아가 무슨 말을 하려는 지 이미 짐작하고 있었다. 그러니 여기 걱정은 하지 말고 우선 안전한 곳으로 피신을 하라는 말이었다.

"에스더님과 함께 가시는 길이니까 걱정 안 하셔도 될 겁니다."

"오마님도요?"

"그게 더 좋지 않을까요?"

"저야 오마니와 함께라면 더 없이 든든하지요. 그렇지만 미카엘라님께서…"

형편이 어떠시냐가 걱정이라는 말을 하려다가 그만둔다. 신부님이 미리 가로질러 말을 해 버렸기 때문이다.

"그런 걱정은 안 하셔도 됩니다. 이번에 미카엘라님이 순뿌로 데려 가는 사람은 이 꼬레오에서 열 명이나 된답니다."

"그렇다면 그 전에도 여기서 사람들을 데려갔단 말예요?"

"에도성은 이 나라 제일의 성이랍니다. 그러니 많은 사람들이 필요 하지 않겠어요?"

무엇보다 중요한 건 미카엘라가 궁중 내에 보다 많은 기리시탄을 학보해야 이 나라 곳곳에 포교 활동을 할 수 있는 발판을 만들게 된 다는 이야기였다.

"가토오 기요마사같은 측근들이 저렇게 기리시탄을 금지해야 한다 고 강력히 주장을 하는데도 아직 금교령을 내리지 않고 있는 것은 순전히 미카엘라님의 덕분이라고도 볼 수 있습니다. 이게 다 하느 님의 뜻이 아니겠습니까?"

신부님의 말씀을 듣고 난 쥬리아는 일단의 두려움과 희망이 교차하 는 전율을 느꼈다. 두려움이라는 것은 막연한 경계심에 지나지 않았 지만, 희망은 일본의 심장부에 복음을 전파해 보리라는 믿음이었다.

"함께 갈 사람들은 어떤 사람들인가요?"

"그건 쥬리아 자매가 뽑아야 할 몫입니다."

"제가요?"

"이제 곧 에도는 이 나라 정치의 중심부가 될 것입니다. 미카엘라 님이 바라는 사람은 거기서 일할 조선 처녀들을 원하고 계십니다. 조선 처녀들은 몸과 마음이 정결하다고 생각하고 계십니다."

그러니 몸과 마음이 조신한 처녀들을 골라 뽑으란 이야기인 것 같다. 쥬리아는 일단은 이 일을 어머니 에스더와 의논해 보겠다고 말하였다.

"오마니와 상의를 해보겠습니다."

"마음이 내키지 않으면 안 해도 됩니다. 그 누구라도 억지로 강요할 수는 없을 테니까요. 그렇지만 여기에도 하느님의 섭리가 따른다고 생각하십시요."

이 이야기를 전해 들은 에스더는 깜짝 놀라며 말했다.

"그럼 궁녀가 된다는 이야기 아니냐?"

"궁녀는 무슨 궁녀예요? 미카엘라님의 시녀가 되는 거겠지요."

"궁녀나 시녀나 마찬가지지, 뭐…"

오래 생각할 필요도 없는 일이었다. 가등청정의 포악성에 대해서는 평양에 있을 때부터 들어온 터였고, 그의 마수에서 벗어나자면 신부님이 시키는 대로 하는 수밖에 별 도리가 없는 일이었다.

"여우를 피하려다가 호랑이 굴에 들어가는 게 아닌지 모르겠다."

"선택의 여지가 없는 일 아녜요?"

쥬리아는 우선은 살고 봐야 한다는 생각이 앞섰다. 그러나 에스더는 궁중생활이 어떤 것인지를 먼저 떠올렸다. 아직 한 번도 살아본 일은 없지만, 대강은 짐작하고 있는 터였다. 그리고 전해 들은 말이 있고 당한 일이 있다. 자기 혼자라면 어디서 무슨 일을 겪든지 견딜 자신이 있는 에스더였지만, 딸을 그런 곳에 데리고 들어간다는 것은 내키지 않았다.

"쥬리아야, 다시 한 번 생각해 봐라. 이제라도 쓰시마로 건너가면 안 되겠니?"

"오마니, 지금 배가 어디 있으며, 간다한들 귀국선이 있겠어요? 그리고 또 마리아님은 무사하시겠어요?"

조선과는 이미 연락이 단절된 두 나라다. 소서행장이 겨우 마련해서 포로들을 돌려보낸 배는 이미 떠난 지 오래 되었고, 금석성의 마리아 역시 어려움에 봉착해 있다는 소식이고 보면 대마도로 건너 간다 해도 거기 있을 일이 막연했다.

종의조의 뒤를 이어 대마도주가 된 종의지는 관원 전투가 벌어지자, 어느 편을 들어야 할 지 몰라 망설였다. 장인어른 소서행장은 딸을 통하여 절대로 이번 전투에는 상관하지 말라는 전갈을 받았지만, 그 어느 편에 소속되던지 전쟁에 참가하지 않으면 수입이 없다. 그러잖아도 조선 침공에 섬의 경제 사정은 바닥을 맴돌고 있는데 전쟁에서 한 몫 보지 못하면 기근을 면할 길이 없었다.

때문에 심사숙고하고 신중을 거듭한 나머지 전투에 참가하기로 결심을 하고 바다를 건넜는데, 쓰시마의 종의지군은 장인 소서행장이 소속된 서군편이었다. 그러나 소서행장은 이들을 받아들이지 않았다. 종의지는 하는 수 없이 서군의 총수격인 모리휘원의 숙부인 모리휘강의 휘하로 들어가 경극고차가 농성하고 있는 비파호 호반의 '오오쓰 성 전투'에 참가하는 바람에 관원전투에는 참전하지 못했다.

그러나 어쨌든 서군에 가담한 이상, 그리고 서군이 패한 이상 그는 처벌을 받아야 할 것이 뻔했다. 그러한 궁지에 몰린 대마도주로서는 제 정신이 아닐 것이다.

처음부터 어느 편을 들 것이냐 논란이 많았다. 종의지는 당연히 장인이 가담한 서군 쪽에 가담할 것을 주장하였지만, 가신 유천조신은 처음부터 소서행장의 기리시탄적인 소심함을 들어 동군에 붙을 것을 종용하였다.

"나는 분로꾸 게이쪼오의 난 때 고니시 유끼나가 님과 목숨을 나누며 함께 싸운 적이 있소. 그가 이번 전투에는 개입하지 말라는 전갈을 보내왔소. 그건 이 요시도시가 신의를 생각해서 출전하는 것을 염려했기 때문이라 생각하오. 사나이는 자기를 알아주는 사람을 위해서 목숨을 아끼지 않는다 했소. 이 요시도시는 유끼나가 님과의 신의에 목숨을 걸겠소."

종의지의 이 한마디에 누구 한 사람 반대를 표명하지 못했다. 그렇지만, 이제는 입장이 달라졌다. 그 결단이 잘못된 것이다. 한 번 결단을 잘못 내리면 많은 사람이 다친다. 이러한 때를 노려 입신양명하려는 자가 눈독을 드린다.

실제로 대마도에서는 이런 틈새를 노려 출세를 해 보려는 자의 그림자가 움직이고 있었다. 그도 그럴 것이 종의지는 종의조의 양자였고, 종의지의 뒤를 노리는 배다른 동생 미에다가 있었던 것이다.

미에다는 종의지를 양자로 들여놓은 다음 섬처녀에게서 얻은 아들로 비록 정실부인에게서 낳은 자식은 아니었지만, 양자로 들어온 종의지보다는 종씨 일가의 순수혈통이 아닌가? 지금은 비록 종자처럼 지내는 신세이지만, 그를 내세워 출세를 해 보고 싶은 종씨 일가들도 있었다. 이러한 복잡 미묘한 가운데 진 편에 서서 싸움을 하고 돌아온 이들은 무척 당황하지 않을 수 없었다.

종씨 가문은 대대로 대마도를 다스려 온 유서 깊은 집안이지만, 양자로 들어온 의지로서는 대대로 종씨 가문을 지켜온 가신들의 입김에 눌릴 수밖에 없는 입장이었다.

이 날 가신들을 비롯한 회의석상에서 논의된 사항은 누군가를 사죄사로 보낸다는 결정이었다. 사죄사란 멋도 모르고 전쟁에 참가해서 싸운 죄를 용서해 달라고 비는 일이다. 자칫 잘못하다간 살아 돌아오지 못할 위험한 임무다.

"그러면 누굴 사죄사로 보내야 할까요?"

"아무래도 야나가와 조오신이 적임자가 아닌가 생각합니다."

회의 석상에 모인 눈이 수석 가신 유천조신에게로 모아진다. 유천조신은 종의지와는 한몸 같은 존재로 조선에도 몇 차례 함께 간 일이 있어 종의지의 기침 소리만 들어도 그게 무얼 뜻하는지 알고 따르는 인물이다.

"이 야나가와 목숨을 걸고 맡은 임무를 충실히 이행하겠습니다."

그러나 다른 가신들의 입장은 달랐다.

"그렇다 하더라도 마님과는 이혼을 하셔야 합니다. 마님은 고니시 유끼나가의 따님인 동시에 기리시탄이므로 그런 분을 여기 두고 사죄사를 보낸다는 것은 언어도단이라 생각합니다. 이 유즈다니 야스히로의 생각으로는 먼저 마님을 도쿠가와 이에야쓰 님에게 넘겨 주고 사죄를 받아야 할 것 같습니다만…"

여러 가신들은 일순간에 종의지에게로 눈길이 모아지는 듯했지만, 이 말에 동의를 하는 표정이 여실했다. 금새 눈길을 돌려 먼 곳을 바라보는 척하는 것은 차마 종의지 앞에서 노골적으로 그런 의사를 드러내지 못하지만 사실상 동조를 한다는 뜻이 역력해 보였다. 종의지는 자신이 아내 마리아를 맞아들이기 위해 기리시탄이 되기까지 했던 불과 몇 년 전을 떠올리며 이럴 수는 없다고 이를 깨물었지만, 지금 이 분위기로서는 어찌할 수 없는 입장이었다.

"자, 그러면 오늘의 결정을 정리합니다. 야나가와 조오신을 사죄사로 보낸다…"

그리고 그 다음 말은 하지 못했다. 도주께서 알아서 처리하라는 뜻인 것 같았다.

그러나 일은 그 다음날 아침에 벌어지고 말았다. 유천조신이 사죄사로 강호를 향하여 떠나려고 인사 차 들렸을 때 어린 하인 하나가

뛰어들며,

　"유즈다니 야스히로 님이 바닷가에서 시체로 떠올랐습니다."

하는 것이었다. 그리고 곧 이어 다른 하인이 뒤따라 들어오며 황급히
말했다.

　"마님의 신발이 바닷가 절벽에서 발견되었습니다…"

　"이 어찌된 일인가?"

　종의지는 유천조신의 인사를 받으려다 말고 자리에서 벌떡 일어났
다.

　"마님의 신발이 절벽에서 발견되다니?"

　이럴 수가 있나? 종의지는 갑자기 하늘이 캄캄해 오는 절망적인
느낌을 받는다.

　"아마 야스히로가 마님을 바닷물에 밀어넣고는 양심의 가책을 받아
따라 죽은 모양입니다."

　유천조신의 말이다.

　"이럴 수가… 아니 이럴 수가…"

　종의지는 하인이 들고 온 꽃신을 끌어안고 흐느껴 운다. 조선에서
선물로 갖다준 꽃신이다. 평소에는 잘 신지도 않은 꽃신을 무엇 때문
에 신은 것인가? 그리고 바닷가에는 왜… 그러다가 기어코 한 마디
내뱉었다.

　"야스히로 이놈, 내 네놈의 사지를 찢어놓을 테다."

　이러는 가운데 한 하인이 뛰어들어오며 물 위에 떠오른 것을 주었
다며, 마리아가 평소 옷 위에 걸쳐 입던 장옷을 들고 왔다. 이 역시
조선에서 갖다 준 선물이었다.

　"아니 이럴 수가…"

　종의지는 친정에 가 돌아오지 않는 아내를 한때는 불쾌하게 생각하

여 섬처녀를 다시 아내로 삼을까 하여 불러들여 바람을 피워보기도
했었지만, 역시 마리아만한 여인이 없다는 것을 새삼 깨달은 뒤라,
요즘 들어 더욱 소중한 아내로 여기던 중이라, 그 슬픔은 더했다.

그러한 그에게 조용히 다가간 유천조신이 종의지의 귓가에다 입을
대고 소근거린다.

"마님은 내가 나가사끼 저택에 모셔놓겠습니다. 여기서는 옷가지라
도 수습해 장사를 치르세요."

그리고는 주위 사람들을 향해 듣도록 큰 소리로 말했다.

"이런 때에 제가 이 자리를 떠나야 할 지 모르겠사오나 소신은 에도로
올라가 이에야스 님에게 용서를 빌고 돌아오겠습니다. 마님을 그의
제물로 바쳤다 하면 이에야쓰 님의 생각도 달라지지 않겠습니까?"

'유천조신 이놈. 날 이렇게 놀라게 하다니…'

종의지는 한없는 고마움을 마음 속으로 표시하며 일부러 우는 척하
고 우직하도록 충직한 가신을 떠나보낸다.

장기에는 '쓰시마 저택'이라 불리는 집이 있었다. 일종의 별장같은
곳으로 소서행장가의 숨겨 놓은 집이다. 여기서 종의지와 마리아는
한때의 밀월을 보내곤 했었다. 유천조신은 대마도민들의 감정을 생각
해서 마리아를 미리 배밑창에 숨겨놓고 죽은 것으로 위장한 것이다.

이렇게 해서 장기에 도착한 마리아는 이제 막 떠나려 하는 쥬리아
모녀를 아슬아슬하게 만나 이별을 나눌 수 있었다.

"쥬리아, 어디로 가던 지 기도를 해. 천주님은 이 모든 고통에서
우릴 해방시켜 줄 거야. 에스더님도요."

마리아는 자신이 처한 위험은 생각지도 않고 쥬리아 모녀를 위로한
다. 아무런 잘못도 없이 이국땅까지 끌려와 고생하는 것이 마치 자기
잘못인양 속죄하고 있는 마리아였다.

　우리 아버지나 남편 같은 사람이 없었다면 처음부터 이런 일은 없었을 것이 아니냐는 마리아였다.

　"마리아! 우리 하고 함께 가면…"

　이들은 또 마리아를 걱정하느라고 발길이 쉽게 떨어지지 않는다. 이러한 저들에게 차마 자신이 처한 현실을 이야기할 수 없는 마리아였다.

　"아니야. 거기 가면 아주 편할 거야."

　마리아는 목에 걸고 있던 십자가 염주를 쥬리아에게 걸어주며 항상 묵상 기도하라고 일러준다. 쥬리아는 그녀가 이 목걸이 십자가를 얼마나 아끼고 애지중지하는 물건인가를 너무나 잘 알고 있어 받지 않으려 했지만, 기어코 목에다 걸어주었다.

　"이제 우리 다시 못 만난다 해도 저 하늘 나라에선 함께 지낼 수 있을 거야. 쥬리아…"

　쥬리아와 마리아, 에스더 세 여인은 서로를 부등켜 안고 떨어질 줄을 모른다. 차마 두 눈 뜨고는 볼 수 없는 장면이어서 함께 가기로 한 일행이나 신부님까지도 눈물 바다를 이루었다.

## 21. 이리와 사슴

단풍이 곱게 물들고 있는 가을이다. 준부성은 그 어느 날보다 가을 빛이 아름다웠다. 봄에 피는 벚꽃의 화사한 꽃잎도 볼 만 하지만 차분히 내려앉은 나뭇잎들이 하나 하나 그 빛을 바꿔가는 변색 과정이 더없이 신비로운 곳이 차방이다.

차방은 여러 가지 차를 달이는 곳이다. 차를 마시는 다원과 가까이 있어야 하기 때문에 정원을 지나 작은 연못이 있는 곳에 소슬한 정자를 짓고 그 옆에 차방을 차린다.

쥬리아와 에스더는 이 차방에서 여러 가지 한방 재료로 만든 차를 재조하거나 달이는 일을 맡고 있었다.

일본차도 유명하였지만, 미카엘라는 일본차보다 조선차를 더 즐겨 마셨다. 그도 그럴것이 조선차를 마시고 나서 뜻밖에 생각지도 않았던 딸을 잉태했던 것이다. 꼭 그래서 그런 것은 아니었지만, 그러잖아도 말이 많은 준부성 여인들은 조선 차방장이 만든 차를 마셔야 회임을 할 것이라며, 그 신비한 약효를 서로 맛보려고 모여들었던 것인데, 이 덕분에 두 모녀의 줏가가 한층 더 올라갔다.

차라고 해 봐야 조선에서는 누구나 달여 먹는 대추차나 구기자, 감잎차같은 게 고작이었고, 더 나아가면 감초나 당귀같은 한약재를 넣어 한약 냄새를 약간 풍기게 만들어 잣을 띄우는 쌍화차 정도였다.

그리고 두 마님 내외분께 올리는 차로 인삼차가 있었다. 이 인삼차가 바로 약효를 내어 회임을 하게 한 그 신비의 차였지만, 워낙이 재료가 귀해 아무 때나 달여 낼 수 있는 게 아니었다. 인삼은 조선 인삼이 최고로 밀수입을 해 오지 않으면 구할 수가 없는데, 이렇게 국교가 단절이 된 상태에선 구하기가 어려웠다. 이전에 구해 놓은 삼은 바닥이 난 지 이미 오래라 애써 어디서 구해 온다 치더라도 금값이다.

그러니 혹시나 이 준부에 가면 조선 인삼을 구할 수 없을까? 하는 마님네들의 내방이 쉴 틈이 없다. 소문이 어떻게 났는지 '그건 차가 아니라 약이라'며 일부러 먼 데 있는 성주의 마나님들이 약을 지으러 오기까지 하는 사태가 벌어져 그 황금알을 낳고 있는 두 모녀를 데리고 있는 미카엘라는 더욱 어깨가 으쓱해졌다. 그러자니 자연히 두 모녀에 대한 대우도 좋아질 수밖에 없었다.

그런데도 미카엘라는 두 모녀를 절대로 손님 앞에 나서서 차를 따르는 접대일은 시키지 않았다. 차방에서 차를 달이는 일만 맡겼던 것이다. 왠지는 모르겠지만, 파락호같은 덕천가강의 눈에 띄지 않게 숨겨두려는 욕심이 있었기 때문이 아니었는지 모른다.

그러니 자연적으로 차방에만 틀어박혀 있는 두 모녀의 생활은 답답할 수밖에 없는 세월이었다.

"쥬리아. 우리가 순뿌에 온 지 얼마나 되었지?"

"4년요."

쥬리아는 가끔씩 이렇게 엉뚱한 질문을 되풀이하는 어머니 에스더
의 건강에 무슨 문제가 있다고 생각했다.

"조선에서 사신이 온다는구나. 알고 있었니?"

"네, 알고 있어요."

"누군지 알고 있니? 그 사람이…"

"사명당이라고 들었어요."

"그렇다면 일월선사님도 함께 오시지 않을까?"

"그럴 수도 있겠지요."

쥬리아는 준부로 옮겨 온 후 차를 달이는 어전시녀로서 바쁜 나날
을 보내고 있었다. 에스더 역시 같은 부서에서 일을 했지만 바깥출입
은 주로 에스더가 맡아서 처리했고 안에서 차를 달이는 일은 쥬리아
몫이었다.

순결한 처녀의 몸이 달인 차라야 약효가 난다고 믿는 미카엘라는
쥬리아의 바깥 출입을 별로 달가와 하지 않았다. 쥬리아 역시 거리로
나가는 일을 탐탁하게 생각하고 있지 않는 터라 그 스스로 감금생활
을 하는 거나 마찬가지여서 새로운 소식은 언제나 에스더를 통해서
듣는 편이었다. 그러나 조선 사신이 온다는 이야기는 이미 성당에서
들어 알고 있었다.

준부에는 남모르는 숨은 성당이 있었다. 덕천가강의 서자인 소립원
근지승이 자기 집을 성당으로 내놓아 신부님들을 몰래 끌어들여 미사
를 보고 교리를 가르치는 장소로 이용하였던 것이다.

쥬리아는 성당에 가는 일 외엔 바깥출입을 하지 않았다. 한편 맡은
일 외엔 기도와 묵상으로 시간을 보내는 신앙생활로 충만해 있었던
것이다.

"일월선사님이 오신다는데도 너는 아무렇지도 않니?"

"이제 와서 뭘 어떻게 하겠어요?"

"......"

어머니는 딸의 이러한 변화에 놀란다. 그렇지만, 이제 와서 뭘 어떻게 할 수 있을 것인가? 그녀도 대책 없기는 마찬가지였다.

덕천가강은 그 동안 조정으로부터 정이대장군이란 특별한 직위를 받아 그가 머물고 있는 준부성이 곧 왕궁이 되었다. 정이대장군이란 병마통수권을 모두 장악하고 있는 막부의 주재자로 모든 정무를 처리할 수 있는 권한을 가진 자를 말한다.

막부는 일본 내의 여러 성들을 다스리는 영주로 이즈음 들어 장군이라는 이름으로 불리게 되었다. 일본말로는 '쇼군'이었다. 쇼군 중의 쇼군인 덕천가강은 천왕을 젖혀두고 일본의 실질적인 왕이 된 거나 다름이 없는 존재였다. 덕천가강은 그 스스로 왕좌에 오른 것이다.

이러한 일본의 권력자 덕천가강을 만나러 조선에서 사신이 온다는 소문이다.

"사명당이 뭣하러 올까요?"

옆에서 듣고 있던 막쎈시아가 묻는다. 막쎈시아 역시 조선에서 붙잡혀 온 포로로 미카엘라에게 발탁되어 쥬리아보다는 약간 앞서 이곳에 와 어전시녀가 되었다.

"조선과 화친을 도모하고 잡혀 온 포로들을 데려가기 위함이 아닐까요?"

언제 왔는지 거기에 미카엘라 님이 와 있었다. 미카엘라는 덕천가강의 측실이라는 신분에 있었지만, 특별히 조선에서 온 시녀들에게는 인정을 베풀었다. 그녀 역시 백제계 조선 혈통을 가진 여인이라는 것이 그 스스로의 말이었다.

그러나 그보다는 조선에서 건너온 여인들은 한결같이 바느질과 음식 솜씨가 뛰어나다는 게 그녀가 조선 여인을 좋아하는 원인이었다. 덕분에 그녀는 언제나 화려한 옷을 입을 수 있었고 고향맛 나는 음식을 즐길 수 있었다.

"막쎈시아, 차 좀 내 와요. 오늘 아주 특별한 손님이 오실 거예요. 이 분은 조선에서도 오래 있어서 조선차에 대해선 박사예요."

"그 특별한 분이 누구신데요?"

막쎈시아는 농담도 잘 하고 어떤 때는 미카엘라를 친구 대하듯 한다.

"가또오 기요마사님이에요. 쇼군의 오른팔이지요."

'가또오!'

쥬리아는 가등청정이 준부성을 방문했다는 말에 기겁을 한다. 그를 피해 이곳으로 도망을 왔는데, 그를 여기서 만나게 된다면?

'안돼, 이건 절대 있을 수 없는 일이야.'

"쥬리아는 왜 그리 놀라지요? 가또오 기요마사를 아시나요?"

이렇게 말하던 미카엘라는 혼자 입을 가리고 호호 웃는다. 아무리 시녀들이라 할지라도 하대를 하는 법이 없는 미카엘라였다. 그녀가 웃는 모습을 보니 따라 웃고 싶어진다.

"그렇지요. 가또오 기요마사! 조선서 온 사람들 치고 그의 악명을 모르는 사람이 없다지요. '악귀 기요마사'라 불렸다면서요? 그래서 겁을 내는 건가요. 그렇지만 여기는 순뿌성이에요."

준부성의 성주는 덕천가강이고 그를 움직이는 여인은 바로 자기 미카엘라라는 뜻이렸다. 쥬리아는 이런 이중성을 띠고 있는 미카엘라의 속성을 알다가도 모를 여인이라고 생각한 적이 한두 번이 아니었다. 이 이중 인격의 여인이 뜻밖의 말을 한다.

"쥬리아도 아직 그 악귀를 본 적이 없겠지요? 그렇다면 오늘 한번 잘 봐 두세요."

이건 또 무슨 말인가?

'마님, 그건 당치도 않은 분부이십니다.' 이렇게 말하려 했지만, 이미 두 얼굴의 여인네는 저만큼 가고 없었다.

"막쎈시아, 이제 난 어떡허지?"

"뭐가?"

"가또오의 눈에 발각되면 큰일인데"

막쎈시아는 쥬리아가 어떻게 이리로 오게 되었는지 그 사연을 들어서 잘 알고 있었다. 그렇지만 이미 미카엘라가 그렇게 말한 이상 특별한 이유없이 당번을 바꾸기란 어렵다.

"가또오가 아무리 악귀라도 무슨 일이야 있겠어요? 여기가 어딘데…"

가등청정이 아무리 날고 기는 재주를 가졌다 하더라도 이미 덕천가강의 식솔이 된 여인네를 어찌할 수가 있겠느냔 이야기였다. 딴은 그렇기는 하다. 덕천가강의 집안에 들어온 이상 이 일본 천하에선 안전하다. 덕천가강이 욱일승천하고 있는 이상, 그 누구도 그를 건드릴 수는 없다. 그를 건드릴 수 없다는 것은 그의 식솔 역시 예외가 아니라는 뜻과도 같다.

그러나 일은 그렇게 간단한 게 아니었다.

다과상을 들고 들어간 쥬리아를 본 가등청정은 움찔하고 놀라는 듯하더니만, 태연하게 이렇게 말했다.

"쇼군! 정말로 대단하십니다."

"뭐가 말이오?"

"저렇게 대단한 미인을 어디서 구해 오셨나이까?"

"아, 저 아이 말이요? 미카엘라의 시종이오."

"그러십니까? 이 가또오 기요마사가 전일에 고니시 유끼나가의 집

에 저 아이가 있는 것을 본 것 같은데 착각이었던 모양입니다. 정
말 대단한 안목이십니다.”
“그러신가요? 이 순뿌성에는 저런 아이가 삼백 명도 넘는답니다. 그
런데 조선의 백제왕은 삼천궁녀를 거느렸다고 하더이다. 으하핫.”
그러면서 덕천가강은 쥬리아를 가까이 불러 이름이 뭐냐고 물었다.
“오다 쥬리아라고 합니다.”
쥬리아가 또렷하게 대답하였다.
“조선에서 왔느냐?”
“예, 그렇습니다.”
몇 마디 주고받는 사이에 미카엘라가 들어왔다.
“얘, 너는 그만 나가 보거라.”
미카엘라는 쥬리아를 내보내고 가등청정을 향해 말했다.
“가또오 기요마사 님은 아직도 기운이 남아도는 모양입니다. 아직
도 저런 아이에 대한 관심이 있으신 걸 보면… 우리 쇼군께서는 이
제 여자에 대해선 해탈을 하셨습니다.”
“무슨 농담의 말씀을요? 쇼군께서는 아직도 저보다 훨씬 더 젊으십
니다. 지난 번 사냥 때에는…”
“그만두게나, 이 사람아. 안사람 듣는데 그런 말까지 하면 나는 어
찌되는가?”
이렇게 만류를 하는데도, 가등청정은 제 할 말을 다 한다.
“하꼬네의 처녀 둘을…”
동시에 잠자리에 불러들였다고 농담을 던졌다.
“쇼군, 정말이세요? 그렇게 기운을 쏟고 다니시니 제 곁엔 오지도
않는 게지요.”
쥬리아는 세 사람이 하는 이야기를 들으니 등줄기로 소름이 돋는

듯하다. 겉으로는 온갖 위엄을 다 떠는 인물들이 저들 끼리 모여 저런 하찮은 이야기를 나누다니…

그런데도 미카엘라는 쇼군의 마음을 움직여 성 안에다가 성당을 건립하고 있는 중이다. 이 언행일치가 안 되는 여인을 어떤 인물로 해석해야 할까? 쥬리아는 인간이란 참으로 알 수 없는 존재라는 것을 새삼스럽게 느꼈다.

차를 달이는 주방으로 돌아온 쥬리아를 붙들고 막쎈시아가 물었다.

"어떻게 됐어요. 괜찮았어요?"

"괜찮긴요? 죽는 줄 알았어요."

쥬리아는 조금 전에 있었던 일을 막쎈시아에게 이야기하고 음흉하게 빛나던 덕천가강의 눈빛에 대해서도 말해 주었다.

"영감이 갑자기 날 쳐다보는 눈빛이 어찌나 음흉해 보이던지 죽는 줄로만 알았지 뭐야?"

"어땠는데? 난 아직 남자의 눈빛을 한 번도 받아본 일이 없어서 그런 기분을 모르겠어…"

이렇게 수다를 떨고 있는데 에스더가 들어왔다.

"무슨 수다들이 그렇게 재미있니?"

"쥬리아님이요…"

조금 전까지 있었던 일을 이야기하려는데 쥬리아가 황급히 그녀의 입을 틀어막았다.

"기집애들도… 이젠 나이값을 알아라."

에스더는 그러면서 내일이면 조선의 사절이 이곳을 들린다는 소식을 전한다. 어디서 들었는지 일행 중에는 일월선사도 동행한다고 했다.

"그러면 어떻게 되나요? 우리는…"

“어떻게 되기는 뭘 어떻게 되겠니? 우리는 포로가 아니니?”

“포로는 무슨 포로예요? 전쟁이 끝난 지 그 얼만데요.”

막쎈시아는 이번 사절이 말만 잘 하면 많은 포로들이 고향으로 돌아갈 수 있을 것이라는 낙관적인 관측을 내놓았다.

“지난 번에도 그렇게 해서 많은 포로들이 귀국선을 탔다구요.”

만약에 그렇게 된다면 어떻게 할 것인가? 돌아갈 것인가? 이번이야말로 돌아갈 수 있는 마지막 기회가 될 것 같다는 생각이 들었다.

“그 열쇠는 미카엘라가 쥐고 있는 게 아닐까?”

미카엘라는 그 동안 덕천가강의 딸 시희를 낳았다. 때문에 수많은 궁녀들을 젖혀두고 제일 가까운 자리에서 주군의 숨결을 느끼며 살 수 있게 되었다.

“우리 이찌히메를 낳은 건 쥬리아의 공로가 커요.”

미카엘라는 17년 동안이나 회임을 못하던 몸으로 아이를 낳게 된 것을 순전히 쥬리아가 달여준 한약과 에스더가 양방으로 치마끈에 달아준 사향주머니 덕분이라고 생각하고 있는 터였다.

한약이란 건 별 것도 아닌 대추차나 생강차같은 일반적인 차 종류였지만, 일본 사람들에게는 생소한 차였다. 사향주머니는 에스더가 특별히 제안한 비방이었다. 에스더는 천보산 상노에게서 배운 그 사향주머니 비법이 떠올라 장난삼아 그걸 지녀보라고 말했던 것인데, 어느 게 맞아 떨어졌는지는 잘 모르겠지만, 하여간 회음하여 딸아이를 낳았다.

준부성에서는 이들 두 모녀의 비방이 이미 알게 모르게 소문이 나 있어 너도 나도 남몰래 찾아와 그 비법을 가르쳐 달라고 조를 정도였다. 그러한 이들 모녀를 해방시켜 귀국선을 타게 해 줄지 아닐지는 순전히 미카엘라의 손에 달려 있음이 분명하다. 그건 옳은 말이었다.

"미카엘라는 이미 소기의 목적을 달성했으니까 붙잡아 둘 이유가 없겠지."

"그렇지만, 또 누가 알아요? 더한 욕심을 부릴지…"

"더한 욕심이라면?"

"사내아이를 바랄 지도 모르잖아요?"

"설마, 그렇게까지? 히데요시 님에겐 이미 아들이 여러 명 있는데…"

세 사람은 자기네들 앞으로 다가오는 생사의 갈림길이 어떻게 풀려나갈 지 미리 점치고 있었지만, 그러나 한 치 앞도 모르는 저들이었다.

이 날 밤, 쥬리아는 덕천가강에게 불려갔다.

달빛이 희미하게 비치고 있는 별실이었다.

"낮에 너를 보고 놀랐다. 너 같이 이쁜애를 만나다니…"

덕천가강은 술냄새를 풍기며 침상에 비스듬히 기대어 눕는다. 그러면서 가까이 오라는 손짓을 한다. 순간 쥬리아는 이게 무엇을 뜻하는 것인지를 알아차렸다. 그가 시키는 대로 가까이 다가간다는 것은 그의 뜻에 동조한다는 의미다. 수많은 궁녀들은 이 한순간을 위해서 서로 암투를 벌여가며 기다리고 있다는 이야기를 들었다. 그렇지만 쥬리아는 생각이 달랐다. 이래서는 안 되었다.

"이리 가까이…"

덕천가강은 쥬리아가 말끝을 못 알아들은 줄로 착각하고 스스로 제 옷을 벗어 던지며 어서 들어오라고 손짓을 한다.

그러나 쥬리아는 꼼짝도 않고 그 자리에 서 있었다.

"어서 오라니까…"

견디다 못한 덕천가강이 몸을 일으켜 쥬리아를 덥썩 끌어안고 보료 위로 나자빠진다. 그 힘이 어찌나 센 지 쥬리아는 그가 하는 대로 나

뒹굴 수밖에 없었다.

"그봐, 괜히 자빠지기만 했잖아?"

덕천가강은 쥬리아가 수줍음을 탄다고 생각했는지 제 손으로 옷고름을 풀려고 했다. 이를 저지하던 쥬리아는 순간 장도가 손에 잡히는 것을 깨닫고는 은연 중에 빼들었다. 그리고는 엉거주춤 뒤로 물러앉았다.

"안 되요. 이러시면…"

"왜? 이 히데요시는 한 번 한다면 한다."

"저는 이미 서원을 한 몸이라…"

"서원? 내 네 서방에게 높은 벼슬을 주마. 서원이 무슨 소용이냐?"

"……"

쥬리아는 서원이 무엇인지도 모르는 이 무례한을 어떻게 처리해야 될 것인가를 생각하다가 큰 소리로 이렇게 말하였다.

"나는 기리시탄이란 말예요. 이미 천주님에게 몸과 마음을 다 바쳤단 말예요."

그러나 덕천가강에게는 그 어떠한 말도 소용이 없었다. 그는 발정난 멧돼지처럼 씩씩거리며 암컷을 덮칠 욕심이 앞설 뿐이었다.

이 소동에 언제 들어왔는지 미카엘라가 가로막고 서 있었다.

"쥬리아… 그 칼을 거두어라. 그러다간 너만 다친다."

미카엘라는 일단 이렇게 쥬리아의 심중을 달래 놓고 덕천가강을 나무란다.

"내 그랬잖아요? 저 아이를 건드려선 안 된다고요."

"장난이야, 장난… 내가 정말 저 아이를 어쩌겠어?"

덕천가강은 미카엘라 앞에선 응석받이 어린애처럼 어릿꽝스런 소리를 내지른다. 그 모습을 보니 일순간 소서행장의 모습이 떠오른다.

다 같은 일본의 무장이라도 사랑과 보살핌으로 대해 주던 그와 자기 밖에 모르는 이 사람과의 차이, 이것이 기리시탄과 비기리시탄의 차이로 나타나는 모습이다. 그럴수록 참다운 기리시탄의 길을 걸으리라는 각오가 새로워지는 쥬리아였다. 뜨거운 힘이 솟는다.

"장난이라면서 옷은 왜 벗고 있어요? 얼른 옷 입으세요."

쥬리아는 덕천가강이 꾸지람을 듣는 어린아이가 마지못해 옷을 주워 입는 것처럼 주섬주섬 되는 대로 옷을 입는 모습을 보고는 그 자리를 도망치듯 물러나왔다.

허트러진 딸의 머리며 옷매무새를 보고 에스더가 위로를 한다.

"애야, 괜찮니?"

"오마니…"

쥬리아는 아무 말 못하고 어머니의 품에 쓰러져 운다. 생전 처음 당하는 수모인지라 아무런 생각도 나지 않았다. 그저 정신이 멍하고 서러울 뿐이다. 그렇지만 필사적인 저항으로 위기를 넘겼다는 사실 하나로 위안을 받는 쥬리아였다.

"내가 이겼어요. 주님이 이겼어요."

쥬리아는 한참을 흐느껴 울다가 헛소리처럼 이렇게 울부짖었다. 에스더 역시도 서러움에 북바쳐 딸과 함께 운다. 참 묘한 일이다. 에스더, 아니 인선이는 그때마다 몸을 던져 살아남기를 원했고, 이제 딸은 죽기로 거부하여 자기를 지킴으로 살아남기를 갈망하고 있다. 이 차이는 무엇인가? 이러한 반문을 해보고 있는 에스더의 귀에 신부님의 말씀이 들려오는 듯하다.

"순결을 지키는 일은 목숨을 지키는 일입니다."

이 말씀은 쥬리아의 귀에도 똑같이 들려오고 있었다. 이상한 일이었다. 어찌하여 두 사람의 귀에 똑같은 소리가 들렸을까?

"그 나라의 의를 구하려면 순결하지 않으면 안 됩니다."

쥬리아는 동정녀 마리아를 떠올렸다. 순결을 잃지 않은 처녀…

"이제서야 오마니가 이 장도를 제게 준 뜻을 알겠어요."

쥬리아는 다시 한 번 장도를 꺼내들고 봉황과 용무늬를 바라다 본다. 그리고 이 칼을 준 사람에 대해 떠올려 본다. 한 사람은 조선의 국왕으로, 또 한 사람은 일본국의 왕과 같은 정이대장군으로 하마터면 조선의 국왕이 준 칼로 일본 국왕을 찌를 뻔하였다. 생각하면 참 묘한 일이 아닐 수 없다.

이제 이 일은 어떻게 마무리 될까?

덕천가강은 부끄러워서라도 조용히 이 일을 마무리 하려 할 것이다. 그렇지만 미카엘라는 달리 행동할 것이다. 다 같은 여자로서 또 다시 있을 지도 모르는 이 어여쁜 조선의 처녀를 주군의 눈에 띄지 않는 곳으로 보내버리려 할 것이다. 그가 아무리 기리시탄의 이름을 가졌다 할지라도 속마음은 여자에 지나지 않는 존재이기 때문이었다.

다음날 아침까지도 아무런 조처가 취해지지 않았다. 이대로 모르는 척 넘어가려나?

이 날은 마침 조선에서 온 사절이 도착한다 하여 온통 성 안이 어수선했다. 그도 그럴 것이 사명당은 사람이 아니라 생불이란 소문이다.

"조선 사절은 사람이 아니라 생불이라고들 해요."

간밤의 일을 아무것도 모르고 있는 막쎈시아는 쥬리아의 귓가에 대고 바깥 소문을 그대로 전한다. 바다를 건너 준부를 향하여 오는 동안 수많은 이적을 행하고 일본 사람들이 깜짝깜짝 놀랄 말들을 한다고 전해 주었다. 그래서 조정 대신들이 머리를 맞대고 생불의 기를 꺾을 묘책을 짜내고 있다고 했다.

"오늘은 생불이 오는 길목에 일만 병풍을 세워두고 거기 적혀 있는 글을 다 외우게 할 작정이랍니다."

그러니 아무리 생불이라 할지라도 길가에 세워둔 일만 병풍의 글을 다 외우겠느냔 이야기들이다.

"설마 그런 일이?"

"정말입니다. 한 번 밖에 나가 보세요."

병풍을 수 십 리에 세워놓았는데, 그 끝이 성문 앞까지 이어졌다고 한다. 그러나 쥬리아는 그런데 정신을 팔 여유가 없었다. 아직 특별한 조처가 내려지지 않은 이상 맡은 일을 해야 했기 때문이다.

평소에 하던 일은 차를 달여 내는 일이었지만, 오늘은 다르다. 조선에서 오는 손님들에게 낼 차라면 특별히 조선차를 대접해야겠다는 생각에서였다. 조선차 중에서도 일월선사가 좋아하는 차를 내놓아야 한다. 일월선사가 좋아하는 차라면 사명당도 좋아할 것이 분명하다.

"오마니, 오늘은 솔잎개미차를 준비하는 게 어떨까 해요."

"솔잎개미차?"

"예, 솔잎개미차…"

두 사람은 서로 마주 보고 웃었다. 오랫만에 주고받는 두 사람만의 비밀 이야기였다.

묘향산에 우거하고 있을 때 사명당이 거길 들린 일이 있었다. 물론 일월선사도 함께 있었다. 변변한 차를 마련할 길이 없어 솔잎차를 우려냈는데, 마침 개미 한 마리가 찻잔 안에 빠져 버렸다. 그걸 모르고 차를 후루루 후루루 마시던 두 사람은 차맛을 두고 서로 논쟁을 했다. 솔잎에 신맛이 가미되어 있다 아니다라는 의견이었는데, 사명당은 솔잎에 신맛이 들어 있다고 우겼고, 일월선사는 무슨 신맛이 있냐고 되받았다.

한참을 옥신각신하던 사명당이 '어째 내 입맛이 갔나?'며 찻잔의

밑바닥을 보였는데, 아니나 다를까 거기 개미 한 마리가 빠져 있었던 것이다. 그때부터 솔잎개미차라고 한 일이 있었다.

또 두 분은 그 일을 가지고 '모르고 한 살생도 살생은 살생이다, 아니다' 입씨름을 하였다.

쥬리아는 그때 그 일을 떠올리며 아직도 저들의 입맛이 변하지 않았다면 그걸 가려낼 수 있지 않을까 하는 꿈같은 생각을 해 본다. 사명당과 일월선사는 그런 장난 아닌 장난을 하면서 '오어사'라는 신라시대 절에 관한 이야기를 하였다.

경주 부근에 오어사라는 절이 있는데, 그 이름이 원효대사와 혜공대사가 서로 동문수학하고 있을 때 계곡에서 잡은 물고기를 두고 서로 자기가 잡은 고기라고 우기던 곳이라 하여 절 이름을 나'吾'자에 고기'魚'자를 써서 '오어사'라 했다는 이야기였다.

"두 분이 아직도 솔잎개미차 맛을 가려낼 수 있을까요?"

두 사람은 막역하게 이렇게라도 해서 저들과 통하고 싶은 희망에서 특별히 솔잎개미차를 만들어 본다. 생불소리를 들을 정도라면 우리가 여기 이렇게 있는 걸 눈치 채지 않을까? 막연한 희망이었지만, 만약에 일이 잘못된다면 큰 문책도 받게 되리라. 위험 부담도 없지 않은 일이었다.

조선사절은 점심 때가 되지 않아서 성문을 들어섰다. 가마를 타고 있었는데 가마꾼이 어찌나 빨리 걷는 지 말을 탄 자보다 빨랐다. 그도 그럴 것이 말을 타고 연도를 지나면 병풍을 다 볼 것이고, 가마를 태우면 그 문에 가려 잘 보이지 않을 것이므로 병풍에 쓴 글을 제대로 읽을 수 없을 것이라는 속셈에서였다. 그렇게라도 해서 생불의 기를 꺾어줘야 덕천가강이 기뻐할 것 같아 부린 수하들의 계략이었다.

그러나 사명당은 이들의 수작을 아는 지 모르는 지 눈을 지그시 감고 염불만 외고 있었다.

"나무아미타불 관세음보살…"

덕천가강이 조선에서 온 사신을 맞아들이며 묻는다.

"먼 길 오시느라 수고가 많았습니다. 그런데 오시는 길가에 병풍을 쳐놓았을 터인데, 그걸 읽어보셨습니까?"

"일본왕은 날더러 그 글을 다 읽어보라고 병풍을 놓았더이까?"

"조선에서 생불이 건너왔다는 소문이 자자하여 물어보는 겁니다. 생불이라면 그 정도는 외어야 하지 않겠습니까?"

"사람 마음 속에 품은 흉계라면 모를까 눈에 보이는 그 정도야 못 읽을 것도 없지요."

사명당은 가사를 고쳐 입고 머리에 금관을 쓰고 왼손에 염주를 든 다음 병풍에 씌어져 있는 글을 외어 나갔다.

날이 새고 다음날 정오가 될 때까지 꼬박 하루 밤낮을 그대로 서서 병풍의 글을 외어 나간다. 그러는 동안 덕천가강은 몇 번이고 졸았지만 사명당은 시종일관 그대로였다.

사명당이 구천 구백 구십 구간 병풍 글을 다 외고 났을 때, 덕천가강은 물론이고 만조제신들은 정말로 생불이 왔음에 놀라와 했다. 그러나 이 계략을 짠 승려 하나가 앞으로 나서며,

"한 칸을 모르니 어인 일이신지요."

했다. 이에 사명당은 태연스럽게,

"보지 못한 글을 어이 알리오."

하고 태연스럽게 말하는 것이 아닌가. 사람을 시켜 병풍을 조사토록 해보니 과연 병풍 한 폭이 바람에 넘어져 보이지 않았다. 이로써 사명 당을 곤란에 빠뜨리려던 저들은 오히려 더 큰 곤경에 빠지게 되었다.

"옳거니…"

한 신하가 또 간계를 꾸며 남문 밖에 있는 깊은 호수에 구리쇠로 만든 천근 방석을 놓고 그 위에 생불을 놀게 하면 필히 빠져 죽을 것이라고 제안했다.

그러나 사명당은 용왕을 불러 육정육갑을 외고 쇠방석을 타고 물 위를 떠돌며 노는데, 서풍이 불면 동으로 가고, 남풍이 불면 북으로 이리저리 떠돌며 선유하는지라, 이를 지켜보는 이들이 오히려 신기해하였다 한다.

사명당이 큰 소리로 외쳐 덕천가강을 부른다.

"손님 대접이 어찌 이러 하리오. 나는 석가여래의 제자라 여기서 잘 놀고 있으니 그대는 거기서 풍악을 울리고 춤을 추오."

덕천가강은 하는 수없이 풍악을 울리고 엉덩이춤을 추어 보였다.

간신들이 또다시 간계를 내기를 쇠로 만든 방 안에 들게 하고 문을 봉한 후 숯불을 놓고 대풍구로 부치면 필히 타서 죽으리라 한다. 그러나 사명당은 깔고 앉은 구리방석에 얼음빙 '氷'자를 쓰고, 쇠로 된 벽에는 서리상 '霜'자를 쓰고는 단정히 앉아 팔만대장경을 외는데, 오히려 방 안이 서늘하였다.

숯불을 산더미처럼 쌓아놓고 이틀 동안을 대풍구로 불을 부치니 구리쇠 기둥이 녹는 지라, 이제는 아무리 생불이라도 혼백이 다 타 없어졌겠다 하고 문을 여니 사명당는 오히려 '방이 왜 이리 추우냐?'며 자리를 털고 나왔다. 자세히 보니 앉았던 자리엔 오히려 얼음이 얼어 있고 벽에 서리가 피어 있는지라 이를 지켜본 제신들은 과연 생불이라고 입을 다물지 못하였다.

그러나 또한 신하가 계교를 낸다.

"이제는 백계무책이라 구리쇠로 철마를 만들어 숯불에 달군 후 그 말을 타고 다니게 하소서."

쇠로 만든 방에 불을 지피고도 잡지 못한 사명당을 또 불로 시험하는 것은 당치 못하다고 호령하였지만, 달리 계책이 없는 지라 그렇게 하기로 하고 불말을 만들어 사명당으로 하여금 그 말을 타게 하였다.

"이제부터 일본 전역을 구경시켜 드릴 터인 즉, 이 말을 타소서."

사명당은 저들이 하는 짓의 가벼움을 보고 냉소하여 비웃듯 하고는 조선을 향해 절을 네 번하고 침을 세 번 뱉으니 어디서인가 일진광풍이 몰아치더니 해일이 일본 전역을 덮는 지라 이대로 두었다간 금방이라도 섬 전체가 날아가 버릴 듯하였다.

덕천가강은 응급결에 사명당 앞에 꿇어엎드려,

"신명하신 생불은 잔명을 보존케 합소서."

하고 빌기를 거듭한다. 제신들도 따라 엎드려 용서를 구한다.

사명당은 큰 소리로 이렇게 말했다.

"아직도 나를 시험하고 조선에 항거하려 하느냐?"

"아니옵니다. 이번 한 번만 살려주신다면, 다시는 이런 일이 없겠습니다."

덕천가강은 혼쭐이 나 무슨 명이던지 다 들어줄 터이니 명만 내려달라고 엎드려 빈다. 사명당은 그제서야 바람을 잠재우는 염불을 외고 이렇게 말한다.

"내 일찍이 임란을 일으킨 너희들에게 이러한 보상을 주려 하였지만, 불쌍히 여긴 바가 있어 오늘날까지 참고 있었으나 앞으로 다시 그런 일이 있을진댄, 결코 용서치 않으리라."

그는 이어서 말했다.

"조선에는 나와 같은 생불이 한 도에 일 천씩 계시니 다시 반심을 품으면 팔천 생불이 왜국을 일시에 멸할 것이니라."

사명당은 왜국에 온 며칠 동안 그 동안 막혔던 모든 일들을 일시에

해결 지웠다. 억울하게 잡혀 온 포로들을 데려가는 것은 물론이고 약
탈해 온 보물들도 되찾아가기로 하였다. 그런가 하면 매년마다 사신
들을 서로 왕래토록 하여 양국간의 우의를 다지기로 합의도 보았다.

　이러한 공식적인 일들이 이루어지고 있는 사이 사명당과 함께 건너
온 일월선사는 우연찮게 인선이 모녀를 만날 수 있었다.

　"솔잎개미차 덕분에 너희들을 만나게 되는구나."

　'솔잎개미차' 조선 사신 방에 들인 차를 마시던 일월선사는 어디선
지 한 번 마셔본 적이 있는 차맛을 보고 차를 달인 사람을 불러 달라
고 청하였다.

　"아무래도 이 차는 보통 차맛이 아니야."

　처음 차 달인 사람을 불러 달라는 말에 뭐가 잘못된 줄 알고 겁을
먹은 시녀는 차 담당 시녀장인 에스더에게 이렇게 말했다.

　"큰일났습니다."

　차를 마시던 조선 사신이 갑자기 차를 달인 사람을 불러오라니 어
떻게 하면 좋을 것이냐고 벌벌 떨면서 고했다. 왜 그러더냐고 물었더
니 찻잔 속에서 개미가 나왔다고 한다. 화가 났더냐고 물으니 그런
것 같지는 않았다고 한다.

　"알았다. 물러가 있거라…"

　에스더는 요즘 들어 차담당 시녀장이 되어 몇 사람의 차당번을 부
리고 있는 위치에까지 올랐으나 이런 때일수록 경거망동해선 안 된다
는 것을 잘 알고 있었다. 사방에 감시의 눈이 있고 저들의 보고 하나
하나에 따라 일이 판가름 난다. 더군다나 조선 사신이 온 이 마당에
조선족의 행동에는 각별한 주의가 필요했다.

　"찻잔에서 개미가 나왔다면 사죄를 드려야 할 일이니 쥬리아 네가
　가서 직접 조선말로 정중하게 사과 말씀을 올리고 오거라."

에스더는 이렇게 쥬리아에게 찻상을 다시 봐 올리게 하였다. 누가 봐도 의심을 살 일이 없는 자연스런 행동이었다.

그러나 이리저리 얽히고 설킨 감시망은 이들 모녀의 행동을 그냥 비켜나가지 않았다. 그도 그럴 것이 쥬리아에게는 이미 거미줄같은 감시망이 펼쳐져 있었기 때문이다. 덕천가강에게 칼을 겨눈 일이 있는 데다가 조선 사신이란 작자들이 자기 나라 조정 대신들을 갖고 놀기를 저희집 똥개 갖고 놀듯 했기 때문에 감시의 눈이 고울 리가 없었던 것이다.

"네가 정말 그 기천이란 말이냐?"

일월선사는 도무지 믿기지 않는다는 듯 이리저리 기천을, 아니 쥬리아를 뜯어보며 감격해 마지 않았다.

"이제는 아무 걱정 마라. 우리와 함께 돌아갈 수 있을 것이다."

쥬리아는 그간의 사정을 간단하게 말하고 일월선사 역시 더 오래 기천을 잡아두지 않았다.

'인연이야, 모진 인연이야.'

일월선사는 이를 두고 모진 인연이라 하였다.

그러나 이 인연은 더 이상 오래 가지 않았다.

조선 사신에게 혼이 난 덕천가강은 치욕적인 모멸감을 씻기 위해 쥬리아를 다시 침소로 불러 이렇게 물었다.

"오늘밤만 나와 함께 있어준다면, 너를 조선으로 돌려보내 주겠다."

퍽으나 단도직입적이다.

"그러나 내 말을 거역한다면, 너는 다시 고향에 돌아가지 못할 것이다."

쥬리아는 배교와 고향행이라는 두 가지 중 하나를 선택해야 할 운명에 놓인 것을 직감했다. 불려오기 이전에 이미 생각했던 일이다.

덕천가강도 전처럼 막무가내로 덤벼들지는 않았다. 여기에는 여자의 몸을 탐한다기보다는 복수심이 더 앞서 있는, 조선 사신에게 당한 치욕을 조선 여인에게서 풀자는 비굴함이 숨어 있는 것 같았다.

"나는 네가 기리시탄이란 것도 안다. 네가 내 말을 듣지 않으면 앞으로 일본 내에 기리시탄은 없다."

쥬리아는 갑자기 눈앞이 캄캄해 오는 것을 느꼈다. 자기 하나 때문에 전 일본의 성당들이 문을 닫게 된다면 '이 몸 하나가 무엇이길래.' 하마터면 쥬리아는 이리 같은 이 남자의 혓바닥에 놀아날 뻔했다.

"쥬리아야. 그건 안 된다."

안 된다고 막고 나선 이가 있었다. 소서행장이다. 소서행장은 금교 조처를 막기 위해 목숨을 바쳤다. 이제 전쟁에 손을 뗐다고 기꺼워하던 그가 또다시 전쟁에 휘말려든 것은 순전히 전교를 위함이었다.

"그렇다면, 이 한몸 바쳐 전교를 할 수 있는 자유를 얻는다면 괜찮치 않겠습니까?"

하고 묻는 쥬리아의 앞에 화가 난 목소리가 들린다.

"아직도 모르겠느냐? 순결을 잃는 것은 목숨을 잃는 것보다 못하다고 그렇게 가르쳤거늘…"

이번에는 화가 잔뜩 난 쥬스타의 얼굴이 떠오른다. 목숨을 잃는 것은 영원한 나라로 가는 길을 얻는 것이지만, 서원을 깨는 것은 영원히 멸망의 구렁텅이로 빠지는 일이라는 것을 누누이 설명하던 쥬스타, 쥬리아는 갑자기 나타난 두 양부모의 말을 듣고는 용기백배 힘이 솟는 것을 느낀다. 실의와 좌절감에 빠져 죽음을 생각하고 있었을 때, 두 분이 나타나 두 모녀를 구원의 길로 인도해 주었던 것이다.

"쥬리아, 힘들고 고통스러울 때면 난 십자가에 못 박혀 돌아가신 주님을 생각한단다. 그러면 저절로 힘이 솟지. 그럴 땐 기도를 해.

그러면 어김없이 응답을 주시거던…"

이번에는 마리아가 나타나 기도하라고 일러준다.

"오! 천주님…"

쥬리아는 어려울 때마다 기도를 하라고 권유하던 마리아를 떠올리면서 기도를 한다.

"이 불쌍한 것을 긍휼히 여기소서."

처음 이 기도문을 듣고 있던 덕천가강은 자기에게 무슨 이야기를 하는 줄로 알고 있다가 그게 아닌 것을 알고는 화를 버럭내며 고함을 내질렀다.

"이년을 데려 가라. 그리고 아무나 조선 처녀를 데려오라."

쥬리아는 이렇게 늑대의 소굴에서 끌려나왔다. 하지만 자기 대신 불려가는 막쎈시아의 뒷모습을 어렴풋이 볼 수 있었다.

'나 대신에 막쎈시아가 당하는구나…'

쥬리아는 가슴이 미어터지는 아픔을 맛보며 어디론가 끌려갔다.

## 22. 매독과 매화주

덕천가강은 밤잠을 제대로 이룰 수가 없었다.

천하를 통일하고, 모든 걸 움켜쥔 절대 권력자가 무슨 꼴인가? 한낱 조선 처녀에게 수모를 당하다니. 그것도 한 번으로 모자라 두 번씩이나… 도대체 그 천주라는 존재가 궁금해 견딜 수가 없었다.

조선 처녀는 분명히 '천주에게 서원한 몸이므로 허락할 수가 없다'고 단호히 말했다.

천주가 무엇이길래 쇼군의 청을 일언지하에 거절할 수 있단 말인가? 그러나 그것보다는 더욱 심한 고통을 느끼게 하는 두려움이 있었다.

"아직 자세히는 모르겠사오나 매독이 아닌가 좀 더 지켜봐야 할 것 같습니다."

"매독이라니?"

어의는 서양인들이 가지고 들어온 악병으로 매독이란 게 있는데,

그 증상이 이와 비슷하였다고 조심스럽게 입을 열었다.

성기 주변에 붉은 매화꽃 무늬와 흡사한 발진이 생긴다고 해서 붙여진 이름이란다. 그 크기는 콩알만한 데서부터 더 큰 것도 있어 가렵다 못해 가래톳이 서고 급기야는 걷지 못할 정도로 불편을 준다.

매독은 서양인들이 가지고 들어온 악창이다. 한 번 걸리면 낫는 듯하다가도 다시 재발하여 뼛속 깊숙히 침투해 들어가는 무서운 병원균을 가지고 있다. 점점 심해지면 핏줄을 타고 온몸에 번져 마침내는 사람의 생명을 앗아갈 수도 있는 불치의 병이란다.

어의는 차마 매독은 한 번 걸리면 석 달, 아니면 삼 년, 그도 아니면, 삼십 년이 지나도록 그 사람의 목숨을 위협하는 무서운 창병이라고 설명할 수가 없었다. 그렇지만 덕천가강은 그 무서운 질병에 대한 가공할 만한 위력은 이미 들어 알고 있는 터였다.

어의는 차마 고할 수 없는 천기를 누설하는 사람처럼 두려움에 떨며 이렇게 말했다.

"합하, 지금까지 우리 나라에는 없었던 질병이오라…"

아직 그에 대한 치료책이 개발되어 있지 않다는 터였다.

'이놈의 선교사 놈들!'

서양인들이 옮겨온 병균이라면 필시 선교사들이나 포르투칼 상인들의 몸에 묻어 들어왔을 것이다. 엉뚱하게도 그는 며칠 전 억지로 몸을 빼앗은 막쎈시아라는 여아가 그 선교사들과 알고 지낸 기리시탄이란 것을 떠올린 후부터는, 그리고 그 악독한 것이 끝까지 기리시탄임을 부인하지 않았다는 이야기를 전해 들은 뒤부터는 꼬리에 꼬리를 무는 망상을 떨쳐 버릴 수가 없었다.

하기야 그 전에도… 그는 서양인과 접촉했을 법한 많은 여자들과 농친 일이 있음을 상기한다. 매사냥이란 명분으로 계집 사냥을 나간 일이 어디 한두 번인가?

그는 그를 스쳐 지나간 여자들의 얼굴을 떠올려 본다. 그의 정실 부인은 물론 금천의원의 양녀로서 훌륭한 가계를 갖고 있었으나 처첩이 된 다른 여자들은 구구각색이다.

본처 아다지방은 원주의 금곡에 있는 대장장이의 아내였으며, 아구는 석청수 팔번가에 있는 점쟁이의 딸이었다. 이밖에도 헤아릴 수 없는 잡다한 여자들이 많다. 그러니 어쩌란 말이냐? 그럼으로 해서 이 히데요시가 죽으란 말이냐? 이제 막 천하를 손에 쥔 이 시점에서? 그는 말도 안 되는 소리라며 혼자 투덜거린다.

'어림없다. 어림도 없어…'

그는 가문의 영광을 위해서 영세토록 살아야 한다고 굳게 믿고 있는 터여서 이제 빨긋빨긋 돋기 시작한 발진 정도로 죽을 일은 없다고 큰 소리친다. 그렇지만, 그러면 그럴수록 불안한 마음은 더해 갔다.

"이보게 어의! 어의가 되어서 매독 하나 못 다스린대서야 어찌 어의라 말할 수 있겠는가?"

당장에라도 치료약을 구해 오지 못한다면 그 목숨이라도 거두겠다고 엄포를 놓아 보내긴 했지만 겁나긴 마찬가지였다.

아직 할 일이 태산 같다. 비록 천하통일을 이루었다 하지만 할 일이 너무나 많다. 그런데 한 가지도 되는 일이 없다. 우선 급한 대로 일본 통일은 했지만, 대륙으로 나아가려던 꿈도 이루지 못했고 세세손손 물려줄 후계자도 내세우지 못했다.

덕천가강은 겉으로 보기엔 강해 보여도 속으로는 그렇지가 못한 인물이다. 그는 아직도 수없는 살육과 약탈에 대한 죄책감을 떨쳐 버릴 수없는 소심증에 시달리고 있었다. 그걸 잊기 위해 닥치는 대로 매사냥하듯 여자 사냥을 하다가 덜컥 이름도 생소한 수치스런 성병에 걸

려버린 것이다.

그는 이 모든 일이 기리시탄 계집애 때문이라고 생각하니 더욱 울화가 치솟는다.

그날도 그 계집이 고분고분 말을 들었더라면 매사냥은 나가지 않았을 터였고, 누군지 신분도 모르는 여자를 가까이 하는 일 따위는 없었을 것이다.

'내 이년을 그냥 두지 않을 테다.'

그러다가도 그는 문득 자기 별명인 '과택이 좋아하는 고물장수'라는 말을 떠올리고는 암컷의 사타구니 사이에서 흘러내리는 오줌을 받아 그 맛을 보는 숫말처럼 히죽히죽 웃기도 한다. 그러다가 더는 못 참겠다는 듯 방바닥을 뒹굴며 가렵고 쓰라린 사타구니 사이를 긁는다.

그러한 그의 눈에 문득 사명당이 나타난다.

"즐거운가? 무고한 사람들을 그렇게 많이 해 하고도…"

그는 얼른 일어나 앉는다. 자세를 고쳐 앉으며 이렇게 말했다.

"대사께선 아직도 돌아가지 않으셨단 말씀이십니까?"

"내가 왜 아직도 왜에 있다고 생각하시오? 난 벌써 조선땅으로 돌아왔습니다."

"하오시면?"

"내가 어찌 그대 눈에 비치느냐, 이 말씀을 하고 싶은 게요?"

사명당은 조용조용 이렇게 타일렀다.

"지금 그대 맘속에는 두 가지 소리가 분란을 일으키고 있을 것이요. 한 가지는 양심의 소리이고, 또다른 한 가지는 악마의 소리요. 그걸 구분 못할 그대는 아니지요."

그리고는 바람처럼 사라졌다.

덕천가강은 열렬한 불교도였다. 하여 도력이 높은 사명당이라면 적국의 사람이기 이전에 존숭의 대상이기도 했다. 게다가 사명당이 생불임을 두 눈으로 똑똑히 본 터라 두려움의 대상이기도 했다. 그러한 그가 지금 무엇을 말하려고 나타났을까? 곰곰 따져 보지 않을 수 없다. 지금 이 시점에 사명당이 불쑥 나타나 던진 한 마디는 그의 화두가 되기에 충분하였다.

그러한 그와 함께 떠오르는 또 하나의 인물이 있었다.

"장군님, 일본이 지금 안고 있는 문제는 저 기리시탄들입니다. 저들은 알게 모르게 장군님의 권위에 도전하고 있습니다. 저들을 그냥 두면 후일 반드시 걸림돌이 될 것입니다."

영국인 윌리암 아담스였다.

신교도인 그는 구교도인 스페인, 포르투칼 신부들을 예사로이 비방하였다. 이는 필시 극동지방의 상권을 저들 보다 먼저 쥐고 있는 스페인, 포르투칼 상인들을 겨냥한 포석이었지만, 그 다음 말은 덕천가강의 마음을 사로잡기에 충분하였다.

"저들은 처음에는 무역을 하는 척하다가 나중에는 종교를 퍼뜨리고, 그 힘을 빌어 민중을 현혹시키죠. 그리고는 전쟁도 치르지 않고 야금야금 민심을 휘어잡습니다. 그게 저들의 수법입니다."

신교도인 폴랜드 무역 상인들도 똑같은 이야기를 했다.

"저들은 필시 딴 꿍꿍이 속이 있어서 저러고들 있을 겁니다."

그 꿍꿍이 속이란 게 뭔가? 덕천가강은 바야흐로 자기 권력의 표상인 에도성을 삼남 수충에게 맡기고 표면상으로는 준부에서 은거생활을 하고 있는 중인지라, 아직 어린 아들에 대한 불안감이 가시지 않았을 때였음으로 이들의 말에도 귀를 기울이지 않을 수 없었다.

게다가 그 구체적인 정황을 입증하는 사건이 있었다. 이른바 '센 페립페호 사건'이 그것이다.

이스파니아 선적을 가진 센 페립페호가 폭풍에 떠밀려 일본 열도의 포호에 포착했다. 수명의 선교사와 막대한 화물이 실려 있었다. 그 중에는 무기가 선적되어 변명할 여지가 없었다.

덕천가강은 이들의 무기와 화물을 몰수함은 물론이고 선교사들까지 잡아 가두었다. 이에 이스파니아 선장은 화가 나서 떠들어댔다.

"우리 이스파니아가 얼마나 큰 나라인 줄 아느냐?"

그는 세계지도를 내놓고 이스파니아의 막강한 힘을 역설하기 시작했다.

"우리에게 이러한 부당한 짓을 한 걸 우리 나라 왕이 알면 그냥 두지 않을 것이다."

"아이구 그러셔?"

덕천가강으로부터 이들의 화물과 선적을 다 거두라는 명을 받은 마스다 나가모리는 천연덕스럽게 이렇게 물었다.

"어찌하면 그렇게 막강한 힘을 가진 왕을 모시는데?"

선장 호란둬는 아직도 사태의 심각성을 눈치 채지 못하고 이렇게 큰소리 쳤다.

"우리 이스파니아가 얼마나 큰 영토를 가지고 있는 줄이나 아나?"

그는 지도를 펼쳐 보이며 아메리카 대륙을 짚어보였다.

"우리는 지금 멕시코로 가고 있는 중이란 말이다. 이 드넓은 땅이 다 우리 점령지란 말이야. 그러니 이 조그만 섬나라쯤이야 하루 아침에 집어 삼킬 수도 있어…"

"아이구 그러셔요? 어떤 식으로 집어 삼키실 텐가요?"

나가모리의 능청스런 수작에 더욱 화가 치민 호란둬는 기세 등등하게 말했다.

"이스파냐는 전 세계를 장악하고 있는 막강한 나라다. 그러니 여러 말 말고 우리를 보내 달라. 나중에 큰 코 다치지 말고…"

일본과 필리핀은 이미 일-비협정을 맺어 이스파니아 선박은 일본의 어느 항구에나 자유롭게 입항할 수 있는 권한이 있었다.

그러나 원칙이 지켜지지 않는, 지키려 들지 않는 사람하고 무슨 말이 통할 것인가?

나가모리는 더욱 능청스럽게 묻는다.

"그러셔, 이스파니아가 그렇게 막대한 영토를 차지한 비결이 뭐냐니까?"

호란뒈는 이 말을 이렇게 받아 넘긴다.

"처음엔 선교사들을 보내 개교를 시킨다. 토착 종교를 없앤 다음에 군대를 보내 평정을 하는 거지."

실제로 이스파니아는 이런 방식으로 남미 일대를 장악하였고 거기서 막대한 이득을 취한 식민정책을 폈다.

마스다 나가모리는 이 말을 귀담아 들었다가 덕천가강에게 보고하였다.

"합하, 저들의 침략 도구는 선교사들이 전파하는 그 기리시탄이란 종교라고 하옵니다."

이 말은 덕천가강의 분노에 불을 질렀다.

만약에 저들의 말대로 하루 아침에 선교사들의 선동을 받은 신도들이 에도성으로 밀려들어온다면? 아직 어린 아들이 어떻게 그 어려움을 감당할 수 있을까?

그게 늘 불안하던 그였다.

드디어 결심을 한 덕천가강은 이스파니아인 선교사들에 대한 처형을 실시했다.

처음 물망에 오른 처형자는 프란시스코회 선교사 6명과 그들의 지도를 받은 신자 14명이었다. 이밖에도 예수회 관계자 일본인 3명도 잡아들였다.

애초 명부에는 없었으나 루토비코 이바라기 소년과 자청해서 들어온 또다른 두 명의 소년들이 있었다. 이들은 모두 신부를 도와 병원 일을 했는데, 신부들이 잡혀 가자 끝까지 그들을 따랐다.

"저희들은 끝까지 신부님을 따르겠습니다."

"아니다. 너희들은 아직 할 일이 많이 남아있다."

신부들의 만류에도 불구하고 이들 세 소년은 사람들이 많이 모인 네거리에서 귀를 잘리고 코를 깎였다.

나가사끼의 안토니오는 이제 겨우 열세 살, 토마스 고사끼는 열네 살이었다.

그런데도 이들은 이렇게 말했다.

"나리님의 희망이시면 바른쪽 귀도 잘라 주십시오."

구경꾼들이 저들이 뭘 알아서 저러느냐고 혀를 내둘렀다. 어떤 사람들은 서양마귀에 씌었다고 말했고, 또 어떤 사람들은 저게 숭고한 신앙심이라고 말했다.

어린 소년 토마스는 어머님에게 편지를 썼다.

아버지, 저의 일은 걱정하지 마십시오. 우리들은 천국에서 어머니를 기다리겠습니다. 이 세상의 모든 것은 꿈과 같이 사라지는 것임으로 아무리 빈곤하다 할지라도 천국을 잊지 말고 마음을 다짐하세요. 또 남으로부터 어떠한 말을 듣더라도 인내와 사랑으로써 견디어 주세요. 무엇보다도 동생 망쇼와 필립포들이 신앙을 잊지 않도록 인도해 주시는 것이 저의 소원입니다. 나는 동생들 위하여 천주님께 기도드립니다. 천주님께서 어머님을 지켜주시기를…

토마스는 이 편지를 써서 어머님에게 부치지도 못했다.

　나중에 처형 당한 아버지의 품 속에서 토마스의 눈물 자국과 아버지의 피가 뒤섞인 채로 발견된 것을 보면 같은 옥중에 있던 아버지에게 전달되었던 모양이다.

　형집행인 데라사와 핫사부로는 어린 루토비코를 보자 갑자기 불쌍한 생각이 들었다.

　"얘야, 너는 아직 어리지 않니? 기리스탄만 버리면 너를 훌륭한 무사로 출세시켜 줄게."

　그러나 루토비코의 대답은 의외였다.

　"나리님, 잠깐 동안에 없어지는 생명과 영원한 생명을 바꿀 수는 없습니다."

　안토니오 역시 마찬가지였다.

　"제발 기리시탄을 버리고 살아서 돌아와라. 그러면 이 애비의 전 재산을 너에게 다 물려주마."

　안토니오는 아버지의 설득에 이렇게 답했다.

　"아버지, 재산은 이 세상의 것입니다. 그리스도님이 우리에게 준비해 주시고 있는 것은 영원의 보배입니다. 탄식은 그만 두세요. 이제 곧 천국에 가서 아버지를 위해 기도드리겠습니다."

　무엇이 이들을 이처럼 굳건하게 하였을까?

　이들이 굳건한 신앙심을 보이면 보일수록 약이 오르는 것은 관리들이었다. 이러한 관리들의 보고를 받을 때마다 덕천가강은 속이 부글부글 끓어올랐다.

　들리는 소문은 또 있었다.

　일본 남쪽의 온천지대인 운선악에서는 끓는 물에 집어 넣어도 죽지 않는 교도가 생겨났다는 것이다. 그 여자는 조선인인데, 사흘을 밤낮으로 굶고도 오히려 기운이 펄펄했으며, 13일간이나 뜨거운 물과 바위 돌로 고문을 해도 멀쩡하다는 것이었다.

고문 관헌들은 목에 돌덩어리를 달고 자갈을 물린 후 다시 큰 돌판을 머리 위에 얹어놓고 '이 돌이 떨어지면 너는 배교한 거나 마찬가지다'라고 위협했는데, 여인은 머리 위의 돌의 무게를 전혀 느끼지 않고 태연자약하게 앉아 있었다고 한다.

하는 수없이 이번에는 돌을 매달아 뜨거운 온천에 던져 버리려 하자, 돌연 천지가 캄캄하게 어두워져 앞을 분간할 수 없는 기상이변이 일어나 구경꾼들이 혼비백산하여 도망을 갔다고 한다. 이번에는 날이 개이자, 다시 끓는 온천수에 집어 넣고 배교를 강요했다.

그러나 그녀의 신앙심은 더욱 굳어졌다. 이제 쓰러져 죽는가 싶은 순간이 왔을 때는 하느님의 심방을 받아 지극히 아늑한 평안한 어린 아이의 모습을 하고 있었다는 것이다.

"그 여인의 말에 의하면 박해를 받으면 받을수록 힘이 솟는다고 합니다."

그때마다 누군가의 도움의 손길이 뻗친다는 알 수 없는 이야기였다. 운선악이라면 소서행장이 있던 곳이다.

그곳에서 그러한 이적이 일어난다는 것은 좋지 않은 징조였다.

악에 받친 구경꾼들과 관헌은 '십 년이고 이십 년이고 너를 괴롭힐 것'이라고 고함을 질러댔다. 그렇지만, 이 여인은 조용히 이렇게 받아 넘겼다.

"십 년, 이십 년은 나에게 짧은 시간이요. 내 목숨이 붙어있다면 천주께 사례하는 뜻에서 백 년이라도 이 괴로움을 받았으면 좋겠소."

하도 어이가 없어 이들은 이 여인을 장기로 데리고 가지 않을 수 없었다. 죽이려 해도 죽일 수가 없었던 것이다. 살이 익어 터지고 짓물렀지만 형형한 눈빛만은 더욱 살아있어 밝은 빛을 띠었다. 관헌들도 더 이상은 취조를 할 수가 없었다.

이렇게 해서 죽음을 이기고 살아난 조선 여인 이사벨라…

덕천가강은 이러한 이적을 들을 때마다 분기가 탱천한다.

덕천가강은 드디어 일본 내에 있는 모든 기리시탄은 일본인이건 외국인이건 가릴 것 없이 추방한다는 추방령을 내렸다.

일본은 신의 나라, 부처의 나라로서 신을 존중하고 부처를 공경 한다. 인의의 길을 일심으로 하여 선악의 법을 바르게 하는 것이다. 그런데 저 반천련(천주교도를 비하하는 말) 도당들은 신도를 믿지 아니하고, 정법을 비방하고, 의를 파회하고, 선을 더럽히고 제멋대로 하는 지라, 이거야말로 사교가 아니고 무엇이랴? 실로 신의 적이요, 불적이라. 서둘러 금하지 않으면 후세에 반드시 국가의 우환을 가져오리라.

영주들에게 내려진 포고문의 일절이다.

이로 인하여 마닐라나 마카오 등지로 추방당한 사람들이 부지기수였다. 비록 낯선 땅으로나마 떠난 이들은 차라리 복이 되었다. 이제부터 기리시탄을 잡아 가두라는 불호령이 떨어지고 이들에 대한 수난의 장이 열렸다.

신도들은 한결같이 모진 고문을 당한 뒤 옥살이를 하였다. 그 중에서도 배교를 하는 사람이 있으면 살려준다는 감언이설에 속아 신앙심이 얕은 초심자들이 간혹 교를 버리는 일이 일어났지만, 거의 모든 신도들은 신앙심을 버리지 않았다.

이로 인하여 감옥은 초만원을 이루었다.

"장군님께서는 기리시탄을 싫어 하신다. 누구든지 기리시탄을 버리면 살려준다."

관원들이 이렇게 노골적으로 선포를 하고 다녔지만, 신도들은 더욱 열광하며 찬송가를 불렀다.

"거 이상해…"

"뭐가?"

"목숨을 건져준대도 아무도 이에 응하지 않으니…"

관원들은 너무나 안온한 상태로 죽음을 맞고 있는 신도들을 이해할 수가 없었다.

"죽어서 천당 간다고 그러지 않는가?"

"아무리 천당을 간다 치더라도 죽음이 두렵지 않은가?"

"짧은 한 세상… 미련 둘게 뭐 있겠나? 영원한 세상이 있다면야…"

이렇게 내세에 대한 믿음을 피력하는 관원들도 있었다.

경도 장기 유마 등지에서 붙들려 온 신도들은 옥살이와 굶주림에 지쳐 있으면서도 서로를 위해서 음식을 나누고 기도를 하였다. 언제 죽을지 모르는 감방 안에서도 평정을 잃지 않고 감사 기도를 하는 모습들이 보는 이로 하여금 오히려 숙연한 느낌을 받게 하였다.

신앙이란 무엇인가?

이 날 아침, 형장의 이슬로 사라져간 한 신자는 이미 코를 깎이고 손발의 힘줄이 절단된 상태로 끌려나왔다. 형장에는 여러 개의 나무틀이 박혀져 있었고, 신도들은 각기 그 나무틀에 묶였다.

"마지막으로 묻는다. 지금이라도 '나는 기리시탄이 아니라'고 말만 하면 살려 준다."

이때 한 노파가 형장으로 끌려나오는 모습이 보였다.

노파는 이미 형틀에 묶여 있는 고통에 찬 아들을 바라보면서 속으로 중얼거린다.

'주여, 나로 하여금 아들을 배교치 않게 하소서.'

이윽고 노파도 같은 형틀 앞에 섰다. 아들은 차마 이 모습을 그냥 두고 볼 수 없다.

'아들아, 나를 위해서 울지 마라.'

노파는 아들을 향한 시선을 거두어 하늘을 바라본다. 하늘 위에서 받을 영광이 내리비치는 듯하다.

'주님께서는 이보다 더한 고통을 지셨나이다.'

드디어 형틀 앞에 수북히 쌓아놓은 장작더미에 불이 붙여질 무렵 아들의 입에서 단말마 같은 고함이 터져 나왔다.

"나는 기리시탄이 아니다. 내 어머니를 내려 달라…"

이를 지켜보던 구경군들 사이에서 탄성이 터져 나왔다.

"그러면 그렇지. 아무리 기리시탄이라도 제 어머니를 버려둘 수야 없지."

그렇지만, 이미 불길은 배교자를 덮쳤고 전신에 화상을 입은 그는 타다만 채로 형틀에서 내려졌다. 관원은 허겁지겁 그를 들쳐업고 뛰었다. 이 최초의 배신자를 살려내야만 했다. 어떻게 해서든 이 자를 살려야 제이 제삼의 배신자가 생겨날 것이기 때문이다.

이렇게 해서 최초의 배신자가 나왔다는 소식을 들은 덕천가강이었다. 덕천가강은 하필이면 이러한 시점에 사명당이 나타난 것은 이 일과 무관하지 않다고 생각한다. 그는 이 세상 어디에건 사명당의 힘이 미치지 않는 곳이 없다는 것을 이미 제 눈으로 똑똑히 보아 알고 있었기 때문에 사명당이 던져두고 간 화두에는 필시 무슨 깊이 생각해야 할 곡절이 있다고 믿는 터였다.

그게 무얼까? 일본 내에 있는 기리시탄을 탄압한다고 해서 사명당이 신경을 쓸 이유는 없을 것이다. 사명당이라면 오히려 불심을 버리고 정체불명의 그리스도를 신봉함을 못 마땅하게 생각할 것이다.

또다시 그는 자신의 과거를 되돌아본다.

삼하의 강기에서 성주 송평광충의 장남으로 태어나 오늘에 이르기까지 남다른 지략과 권모술수를 부렸다. 일본의 실세였던 직전신장의 힘을 등에 업고 여기까지 오는 데에는 수많은 세월과 인고의 나날이 필요했다. 어쨌든 이제는 명실공히 일본의 제일인자다.

그런데 그러한 기세를 단번에 꺾은 저 조선의 사명당이 있다. 그러한 그가 느닷없이 나타나 알 수 없는 화두를 하나 던져두고 갔다. 풀지 않으면 안될 숙제다. 풀지 않으면 안될 그 열쇠고리로 매독도 두고간 것이 아닌가? '그냥 두면 온몸과 뼛속까지 매화꽃 같은 창상이 돋아 피를 말리게 된다.'는 새로운 서양병, 결국은 이대로 죽고마는 것인가?

그는 다시 사명당이 이른 말을 곱씹어 본다. '양심의 소리와 악마의 소리'로 집약되는 소리에 그 해답이 있으리라.

양심의 소리는 무엇이며, 악마의 소리는 무엇인가? 그 뜻을 몰라서가 아니다. 그가 한 일 가운데 무엇을 두고 사명당이 나타났는가 그것이 문제였다. 그렇다면 문제는 좁혀질 수 있다.

'조선과 관계가 있다. 조선과…'

그는 문득 그 조그만 조선 처녀를 떠올린다. 조선 사람들은 체면을 중하게 여긴다. 어쩌면 체면을 위해서는 목숨도 내던진다는 게 조선 선비들의 정신이란다. 조선의 선비 정신이야말로 일본의 사무라이 정신과 같은 것이다.

"그렇다. 그 조선 처녀야…"

조선 여인들의 정조 관념이야말로 선비 정신 못잖은 또 하나의 조선 정신이리라.

"이제 알았다. 그 조선 처녀야…"

그는 장난삼아 던진 돌이 개구리에게는 목숨이 달린 문제라는 속담을 생각해 내는데, 그리 오래 걸리지 않았다.

그는 곧 사람을 불러 그 조선 처녀를 더 먼 곳으로 유배 보내라고 명한다.

"그게 곧 해방이 될 게야…"

이것으로 조선 처녀에 대한 미련을 버리겠다는 뜻이다. 따라서 기리시탄에 대한 모진 탄압도 풀겠다는 뜻이 담겨져 있었다. 금지는 하되 사형을 할 것까지는 없지 않는가?

그러나 이미 쏘아버린 화살은 잡을 수 없는 법. 추종자들은 이미 떨어진 명령의 권한을 갖고 온갖 만행을 저지르기를 주저치 않았다.

"인구 이천만 명 중에 기리시탄이 삼십만 명이 넘는다구요. 이러다간 눈깜짝할 사이에 일본 열도가 사교의 무리들로 뒤덮힐 것이라구요."

그러니 이를 하루 속히 몰아내지 않으면 안 된다는 극성파들이 있는 이상, 박해의 불길은 것 잡을 수가 없는 것이 되었다.

매독에 걸린 사나이 덕천가강은 더욱 신경질을 부려댔다. 사소한 일에도 고함을 지르고 불안정한 정세를 보였다. 측근들은 그 원인을 매독에 두고 백방으로 약을 찾아 수소문 했다.

"그 병이 서양에서 건너온 것이라면 약도 서양 사람들에게서 구해야 할 것 아닌가?"

누군가 기발한 착상을 했다. 매독은 일단 걸리면 치유가 불가능한 불치의 병이라 알려져 있지만, 그 병을 전염시킨 서양인들은 그 치료법도 알고 있지 않을까 하는 가느다란 희망이었다.

"그렇긴 합니다만, 이제 와서 그 약을 가지고 있는 양의를 어디서 찾아 내지요?"

이미 병원을 운영하던 선교사들을 다 잡아 죽인 다음이라, 의사 찾기가 쉽지 않다는 이야기였다. 설사 살아 있는 의사가 있다 할 지라도 어딘지 모르게 깊숙히 숨어버린 자들을 어떻게 찾아 낼 것인가?

"포르투칼 상인들에게서는 그 약이 있지 않을까요?"

아직도 장기에는 외국 상인들이 남아 있어 별 탈없이 거래가 이루어지고 있었다. 일본은 대외무역 창구를 아주 닫아 버리지 않기 위해 외국인 출입항을 장기에 한하여 허가해 주었던 것이다.

어의는 곧바로 장기를 향하여 길을 떠났다.

"환자의 상태는 어떠하시오?"

그 병에 대해서 알고 있다는 뱃사람이 그에게 말하였다.

"매화꽃 같은 반점이 생기고…"

"거기까지는 알고 있는 거고… 그 반점의 상태가 어떠하냔 말이오. 딱딱하게 굳었는지, 아니면 물렁물렁하게 짓물렀는 지."

어의는 그 진행 상태에 대하여 말했다.

"내가 보기엔 돌같이 굳어 있는 것 같았소."

차마 그곳을 만져보지는 못했다는 이야기였다.

"그렇다면 초기 증세로 보입니다만…"

뱃사람은 잘 하면 초기에 병을 다잡을 수도 있지만 석달 후, 아니면 삼 년 후 반드시 재발한다며 이렇게 덧붙였다.

"그러니까 고약한 병이라지요. 완치란 없는 병입니다."

어의가 조급하게 물었다.

"그러니 치료 방법은 있다는 겁니까, 없다는 겁니까?"

"방법이 전혀 없는 건 아니지요. 치료약은 없어두요."

"치료약이 없는데, 어떻게 방법이 있다는 것입니까?"

어의는 당장에라도 이놈을 잡아 경을 치고 싶은 심정이지만 끝까지 침착하게 그 방법을 유도해 내기로 마음을 잡았다.

"너무나 간단해서 사람들이 믿질 않지만 말입니다."

뱃사람은 이 병이 처음 생긴 것은 콜럼버스가 신천지를 발명하고 난 뒤부터라며, 이 민족 저 민족이 서로 엉켜 그 짓을 하다보니 알 수 없는 병원균이 생긴 거라 했다. 그러니 '아픈 환부를 개한테 빨리는 것이 가장 확실하긴 한데, 내 말을 믿을런지 몰라'라고 한다. 그래서 갑자기 애완견이 늘어났다는 설명도 잊지 않는다.

어찌보면 개 같은 짓을 했으니 개에게 그것을 핥도록 하라는 말 같기도 했지만, 어의는 그 말 속에 깊은 뜻이 있음을 깨달았다. 그는 일종의 흡입술을 생각해 낸 것이다. 창상을 다스리는 데는 그 방법도 괜찮은 방법일 것이다.

그런데 어떻게 장군에게 그 말을 설명할 수 있을 것인가가 걱정이다.

"그러니까 달리 약은 없고 악창을 다스리는 방법을 쓰라 이 말이군요?"

"나도 잘은 모르겠습니다. 하지만 그렇게 해서 나은 사람을 이 두 눈으로 똑똑히 봤으니까 일러드리는 말입니다."

남아메리카의 어느 시골에서는 물고기로 하여금 환부를 뜯어먹게 하여 병을 낫게 하는 방법도 있다고 한다. 그리고 거머리를 이용하여 피를 빨아내는 방법을 쓰는 곳도 있다고 덧붙였다.

뱃사람은 드넓은 세상을 두루 다닌 사람답게 많은 것을 예로 들면서 이야기했다.

"그렇지만, 차마 어떻게 그러한 방법을 쇼군에 쓰라는 말인가?"

어의는 이렇게 말해 놓고는 제 입을 제가 막고 주변을 두리번거려 살펴본다. 말을 잘못했다간 목숨을 부지 못할 터였다.

약삭빠른 뱃사람이 이를 놓칠 리 없었다.

"지금 쇼군이라 말했습니까? 도요토미 히데요시님이 설마…"

어의는 재빨리 뱃사람의 입을 틀어막았다.

"말 함부로록 하면 자네나 나나 목숨이 달아나."

한참 동안 숨이 막혀 캑캑거리던 뱃사람이 드디어 어의의 손아귀에 풀려나와 이렇게 말한다.

"그게 정말이라면 내게 좋은 수가 있네."

"좋은 수?"

"그대는 어차피 그 병을 고치지 못해. 그러면 죽는 거고…"

임시 방편으로 더 이상 고통을 받지 않는 약은 있단다. 병이 속으로 깊숙히 파고들어가 죽을 때 죽더라도 겉으로 드러난 고통이 없으면, 그걸로 시간은 벌지 않겠느냔 뱃사람의 말이다.

"어의가 살아남을 길은 그 방법밖에 없어요."

뱃사람의 지혜를 빌린 어의는 그렇게 하기로 마음을 먹었다.

"우리 뱃사람들은 항상 그 약을 복용해. 임시 방편으로 고통을 못 느끼게 할 뿐이지 근본 치료를 하는 건 아니라구."

'그 동안에 기회를 봐서 멀리 도망치면 그만인 게지, 뭐…'

어의는 뱃사람의 지혜를 빌리기로 했다. 어차피 근본 치료가 불가능한 병이라면 아프지나 않게 해드리는 게 최선책일 터였다. 그렇지만 그 중독성은? 거기까지 생각할 겨를이 없다. 들통이 나기 전에 눈에 띄지 않는 곳으로 도망을 가면 구사일생이다.

"그러자면 배를 타야 하지 않을까요?"

이 일본 내에 숨을 곳이 어디 있을 것인가?

뱃사람은 이 센 페립페호를 하루 빨리 출항시키는 것이 어의가 살 길임을 일러준다.

"내 자리를 하나 마련해 두겠소."

뱃사람은 이렇게 말했다.

"지금 이 시점에서 쇼군을 가까이서 뫼실 수 있는 사람은 어의 당
신 뿐이오. 다 같이 사는 길임을 명심하세요."
뱃사람은 진통제와 소염제를 내주었다. 아직 양약을 본 일이 없는
어의로서는 그저 어안이 벙벙할 뿐인 약이다.
"이 작은 알약으로…"
"그 알약 한 알이면 끊어지는 고통도 잊어버릴 수 있소. 그렇다고
신경이 마비되지는 않을 것이니 걱정 마시오."
그러나 이 심약한 어의는 아직 검증되지 않은 이 알약을 장군에게
투약할 수는 없었다. 뱃사람 앞에서는 그러면 되겠다 싶어 약을 가지
고 왔지만, 막상 집에 돌아와 생각하니 그것처럼 무모한 행동도 없을
것 같아 마음을 바꾸었다.
마음을 바꾸었을 뿐더러 자초지종을 솔직히 털어 놓았다.
"뭣이라? 그놈들이 나를 독살하려고…"
사건이 이렇게 비화되자, 덕천가강의 분노는 이제 전 외국인들을
상대로 끓어오르기 시작했다. 그 분기는 펄펄 끓는 가마솥과 같아서
아무도 말릴 수 없게 되었다.
이러저런 복잡한 심리 상태가 스물여섯 명의 기리시탄을 십자가의
형틀에 매달게 했다.
시간적으로 사건의 전모가 이리저리 뒤얽히기는 했지만, 다시 앞으
로 돌아간다.
사명당의 출현에 관한 이야기이다.
"이 보시오, 히데요시. 살생은 또 다른 살생을 부르는 법이오."
"대사께서 지금 절 더러 살생이라 하셨습니까?"
"그렇소."
"저 기리시탄의 처형을 두고 하시는 말씀이십니까?"

"그렇소."

"대사께서는 불자이십니다."

"불자가 어떻게 기리시탄을 두둔하고 계시온지요?"

"나는 기리시탄을 두둔하자는 게 아니오. 피맛을 한 번 보면 끝이 없다는 이야기를 하고 싶은 게요. 이제 쇼군께서도 이 세상에 머물 날이 머지 않았다는 사실을 깨닫기 바라오."

사명당은 덧붙였다. 지금까지는 나라를 위해 흘린 피였지만 자기 죄값으로 받은 질병에 대한 공포와 불안으로 피를 흘려서는 안 된다는 것이었다.

"대사께서 어떻게 제 몸의 수치스런 병을…"

"차라리 육신이 썩어 영혼을 구할 수 있다면 그 편이 훨씬 값질 것이오."

사명당은 이 우주는 영원한 것이며 사람의 생명 또한 영원한 것이니 만큼 함부도록 남의 생명을 끊는 것은 있을 수 없는 일이라 했다.

"어찌하여 저 같은 사람에게 그런 진리의 말씀을 일러주시려 합니까?"

덕천가강은 이제야 제 정신이 들어 두 무릎을 조아려 사명당을 우르러 본다.

"쇼군은 일본을 통일한 큰 인물이오. 오백 년 후에는 당신이 동방에 다시 태어나 큰 일을 할 것이오."

"큰 일이라면?"

"세계를 하나로 만들 것이오. 그러한 인물이니 이제부터라도 업보를 귀히 쌓아야 할게 아니오?"

덕천가강은 바로 자기 앞에 서 있는 그림자가 부처의 현신이라고 믿었다.

그러한 그의 입에서 가느다란 탄성이 새어나왔다.

'매독에 걸려 죽어가는 사나이에게 무슨 세계 재패?'

사명당의 출현을 부처의 현신으로 생각한 덕천가강은 이날부터 마음을 다 바쳐 지난 날의 과오를 씻기에 정성을 다 하고자 다짐한다.

그렇지만 이미 뿌려놓은 씨앗을 자기 손으로 다 거둘 수는 없는 노릇이었다. 이후 백 년이란 긴 세월에 걸쳐 일본 열도는 기리시탄 박해의 수난이 끊이질 않았던 것을 예견이나 하였던 것일까?

그는 스스로 잔을 들어 매화주를 따라 마신다.

'꽃은 때로 술이 빚어지기도 하고, 독이 되기도 하는 것임을…'

# 23. 배소의 꽃

오다 쥬리아는 모든 것을 잃고 캄캄한 밤길을 호송원들의 손에 이끌려 걷고 있었다. 호송원들조차도 이렇게 순순한 아가씨가 무슨 죄를 지었기에 이토록 험한 길을 끌려가는지 알 수가 없었다.

"이에야쓰 님의 수청을 거부했대…"

"아니야. 기리시탄이래…"

호송원들은 제각기 이 죄인에 대한 죄목을 아는 체했다. 그렇지만 함부로 죄인을 대할 수는 없었다. 죄인도 죄인 나름이다. 도둑질이나 하다 잡힌 잡범 정도라면 얼마든지 놀림감으로 삼고 말을 듣지 않는다고 심하게 장난질을 칠 수도 있겠지만, 이러한 경우는 다르다.

언제 어떻게 해서 다시 제 자리로 돌아갈지 모르기 때문이다. 그렇게 된다면, 오늘의 죄인이 내일의 상전이 될 수도 있다.

남자들의 속성이란 대개 욱! 하는 성질에 말을 듣지 않는다고 옥에 잡아넣었다가도 갖은 수를 써서 회유책을 쓴다. 그렇게 되면 또 대개의 여자들은 그 꾀임에 넘어가 애당초 먹었던 마음을 뒤집는다.

그렇게 되면 지난날 옥에서 있었던 일들을 미주알고주알 없었던 일까지 부풀려 고자질하게 되고 옥졸들은 그날로 목이 달아나버리게 되는 것이다. 때문에 권력층에서 흘러나온 여죄수를 다룰 때는 조심을 해야 한다는 게 호송원들이나 옥졸들의 한결같은 불문율이다.

그러나 이번 심문관은 예외였다. 호송원들의 그 조심성스런 태도와는 전혀 달랐다.

"너도 기리시탄이냐?"

"예…"

쥬리아는 그 심문에 순순히 '예'라고 대답했다. 기리시탄이란 죄목이 덕천가강의 수청을 거부하다가 들어온 여인이란 소리를 듣는 것보단 훨씬 덜 부끄러울 것 같기도 했지만, 이미 죄목이 정해져 있는 것 같아 변명의 여지가 없다. 변명의 여지가 없는 게 아니라 변명하고 싶지 않은 예라는 대답이다.

"지금이라도 늦지 않았다. '나는 기리시탄이 아니오'라는 한 마디 말만 하면 순뿌로 돌려보내주겠다."

그러나 쥬리아는 '아니오'라는 말을 하지 않았다. 이렇게 해서 많은 사람들이 배교를 하고 있는 모습이 눈에 띄었다.

감방은 이미 잡혀 온 교인들로 만원이었고 여기저기서 심문하는 소리가 들린다. 그 며칠 사이에 기독교인들에 대한 피포작전이 있었던 모양이다.

여기저기서 들리는 소리들을 종합해 보면 오다 쥬리아에게 무참히 거절을 당한 덕천가강은 뒤이어 불러들인 조선 처녀 막쎈시아에게서도 거절을 당하였다는 것이다. 알고 보니 이들 시녀 모두가 기리시탄들이었다는 것이고, 이에 격분한 덕천가강은 분기탱천하여 지금까지 미루고 있던 기리시탄 일제 소탕을 명했다는 것이다.

그리고 지휘 고하를 막론하고 '그 천주님이니, 뭐니 하는 신앙을 버리지 않으면' 엄히 다스리라는 엄명이 내려졌다는 것이다. 그러니 심문관의 태도가 하루 아침에 달라질 수밖에 없었다는 이야기였다.

"지금부터라도 늦지 않았다. 모른다고 말만 해라."

쥬리아는 하룻밤에 세 번이나 주님을 모른다고 부인한 베드로에 대해서 생각해 본다.

"베드로는 주님을 모른다고 부인했지만, 곧 땅을 치며 통곡을 하였습니다. 그게 잘못인 줄을 깨닫게 되었거든요. 그러나 그 일은 이미 예정된 일이었습니다. 왜 그런 일을 예비해 두었을까요? 그게 바로 섭리라는 겁니다. 주님께서는 끊임없이 시험하고 그 시험을 통하여 연단하는 것입니다. 베드로는 그 뒤 어떻게 되었습니까? 주님의 품으로 돌아와 주님을 증거하다가 순교하시지요. 주님을 증거하다가 순교하는 삶처럼 거룩한 생애가 또 있겠습니까?"

쥬리아는 갑자기 신부님의 설교 말씀이 떠올라 그 말씀이 곧 지금의 자기에게 하는 말씀이란 생각이 들자 희열을 느꼈다. 어디에서 무슨 일을 당하던지 주님을 증거하리라.

이런 생각이 들자 저절로 '태산을 넘어 험곡에 가도…'라는 노래가 입밖으로 흘러나오기 시작한다.


태산을 넘어 험곡에 가도 빛 가운데로 걸어가면
주께서 항상 지키시기로 약속한 말씀 변치 않네


어디서인가 찬송가를 따라 부르는 소리가 들려온다. 누군가 한 사람이 따라 부르는가 했더니, 금새 온 감방 안이 찬송가로 뒤흔들렸다.

이 소식을 전해 들은 덕천가강은 마지막으로 내린 자비조차도 거부하는 '기리시탄이라면 이가 갈린다'며 당장 저 멀리 일본땅 밖으로 내쫓아 버리라고 명령했다.

"섬으로 내쫓아 버려라."

이두의 대도라는 섬으로 이송된 쥬리아는 같은 경로를 통해서 송치되어 온 궁녀 루치아와 클라라를 만나 여러 가지 새로운 소식을 들을 수 있었다.

"막쎈시아는 그날 밤 히데요시에게 불려갔다 온 뒤 마음으로는 그의 수청을 거부했지만 몸은 어쩔 수없이 받아들인 게 부끄러워 목을 매달았어요. 그러니 다음날 불렀지만 응하지 못했지요. 그 이후로 계속해서 궁중 안에 있는 기리시탄 속출 작업이 계속되고 있어요."

쥬리아는 듣는 소식마다 비극적인 이야기뿐이라 더 이상 묻지 않으려고 했지만, 결국 말하지 않을 수 없었다.

"우리 오마니 에스더는요?"

'어머니는 어떻게 되었을까?' 붙들려 온 이후로 가장 궁금해 하던 물음이었다.

"에스더님은 조선 사신을 따라 귀국선을 탔다고 들었어요."

이 짧은 한 마디에 쥬리아는 온갖 맺혔던 설움이 눈 녹듯 녹아내리는 것을 느꼈다.

'천주님 감사합니다. 감사합니다.'

어머니는 꼭 고향에 돌아가야 할 분이셨다.

그밖에는 별로 듣고 싶은 소식도 알고 싶은 소식도 없었음으로 쥬리아는 이들과 조금 떨어진 바닷가로 나아가 기도를 드린다.

"천주님께 감사드립니다. 끝까지 주님을 배신하지 않도록 힘과 용기를 주소서."

그리고는 돌아와 클라라에게 묻는다. 클라라는 신앙생활을 오래했고 공부도 한 여자였다.

"우리가 만약 이렇게 죽으면 그것도 순교가 될까요?"

"주님을 위해서 죽는다면 순교가 되겠지요. 그렇지만 아무런 일도 안 하고 이대로 죽는다면 순교라고는 말할 수 없겠지요."

"왜요? 우리는 저들처럼 배교하지 않았잖아요?"

저들이란 '기리시탄이 아니라'고 해서 풀려난 자들을 말한다.

"배교하지 않았다고 다 순교자라고 말하기는 곤란하죠. 이미 믿기 시작한 그 상태에 지나지 않을 테니까 말이죠."

거기서 한 발짝 더 나아가 주님을 위해 무언가 일을 해야 만했다. 그 일이란 사랑과 봉사로써 주님이 걸은 길을 걸어야 한다는 게 클라라의 지론이었다.

"주님이 걸은 길은 어떤 길이었을까요?"

"주님은 항상 네 이웃을 내 몸같이 사랑하라고 말씀하셨지요. 그리고 어린애 같은 마음이 아니면 하늘나라로 들어갈 수가 없다고 가르치셨습니다."

평소에 별 말이 없이 지냈던 클라라를 여기서 만나 이런 교리를 듣는 것은 참으로 다행한 일이었다. 이것도 주님의 축복으로 생각하는 쥬리아였다. 쥬리아는 한 가지라도 더 알려고 계속 물었고 클라라는 아는 데까지 친절하게 가르쳐 주었다.

얼마나 지났을까? 마지막으로, 정말 마지막이라며 덕천가강의 사자가 왔다.

"이번이 정말 마지막 기회이니 '기리시탄을 버렸다'는 말 한마디만 듣고 돌아오라는 주군님의 분부이십니다. 그렇게만 하신다면 일본 제일의 자리에 올려주시겠다는 말씀을 전해 드리라고 하셨습니다.”

일본 전역에는 기독교에 대한 금교령이 내려졌고, 아무리 막강한 덕천가강이라 할지라도 남보는 이목이 있어 기리시탄을 받아들일 수는 없으니까, 쥬리아로부터 먼저 배교를 선언하고 돌아오라는 은밀한 추파였다. 그러나 쥬리아는 이 청을 단호히 거절했다.

한편으로 돌아가는 클라라와 루치아 편에 편지 한 장을 써서 부쳤다. 소립원근지승이 사재를 털어 지은 성당에서 고해성사를 맡았던 빠시오 선교사 앞으로 보내는 편지였다.

천주께서 제게 큰 자비를 베푸사 비록 힘겨운 투쟁이나 그 끝에 궁중에서 벗어나게 되었습니다. 결국 저는 대도섬에 갇히게 되었습니다. 그 어른께 아무런 한 일도 없는데 그를 사랑하게 하고 귀양의 은혜를 내리시니 무어라 감사해야 할지 모르겠습니다. 이 은총을 지상의 어떤 선보다 어떤 쾌락보다 귀중하게 생각합니다. 어떠한 형고, 제 아무리 무거운 형고가 닥쳐와도 이를 외면하지 않을 뿐 아니라, 오히려 반가이 맞아 겪으리라 마음먹고 있습니다. 그러니 신부님, 제 염려는 마시고 신부님께 드리는 거룩한 희생 중에 저를 천주님께 맡기시고 자주 서신을 주시어 저를 붙들어 주시기 바랍니다. 어디에 있거나 항상 신부님의 겸손하고 선량한 딸이 되겠습니다.

섬을 향하여 실려오는 귀양자들의 숫자가 점점 늘어나는데 어찌하여 클라라와 루치아는 육지로 이송되어가는 지 알 수 없었으나 쥬리아는 되돌아가는 클라라로부터 묵주를 하나 선물로 받았다. 그리고 루치아가 내미는 은화 한 닢도 받았다.

“이것도 필요할 때가 있을 거야…”

덕천가강은 그래도 못내 미련을 버리지 못하였는 지 마음만 고쳐 먹으면 쥬리아도 클라라와 루치아처럼 다시 돌아갈 수 있다는 것을 암시적으로 보이기 위하여 저들은 데려가고 더 많은 귀양자들을 섬으로 내보냈던 것인데, 그런 내막을 모르는 쥬리아는 열심히 기도만 할 뿐이었다.

"하느님의 뜻이 어디에 있던지 간에 저는 기꺼이 그 뜻을 따르겠나이다."

쥬리아가 이렇게 기도를 드리는 동안 세상의 모든 것을 손에 넣을 수 있다고 생각한 덕천가강은 울분을 터뜨린다.

"천하를 다 얻은 이 이에야스가 포로로 잡혀 온 일개 조선 처녀 하나의 마음을 얻어내지 못하다니…"

덕천가강은 끝까지 신앙을 저버리지 않는 오다 쥬리아가 떠나간 곳을 향하여 주먹을 휘둘렀다. 그리고는 쥬리아에게서 받은 좌절감을 잊어버리기 위하여 닥치는 대로 처녀들을 불러들여 무질서하게 놀았다. 욕정은 더 많은 욕정을 낳고, 욕정이 넘쳐 눈을 어둡게 하는 우를 범하고 있었던 것이다.

이 무렵 대도에는 수많은 기리시탄들이 신앙을 버리지 않는다는 이유 하나만으로 귀양을 왔는데, 이들 가운데 한 사람이 자신의 믿음을 말하였다.

"교회 안에서 피를 흘리지 않더라도 주를 위하여 귀양 가 죽는 것은 거룩한 순교라고 하였습니다. 그러니 여기서 죽으면 우리는 순교자가 되는 것입니다. 끝까지 신앙을 잃지 않기를 바랍니다."

쥬리아는 이 말을 듣고 큰 희망을 품기 시작하였다. 순교의 길을 걸으리라. 그 길이 아무리 험하다 할지라도 골고다 언덕에서 십자가를 지심과 같으리이까?

그러나 쥬리아는 이런 위안도 받을 수 없는 신도라는 바위섬으로 이송되었다. 인적이 없는 독방같은 섬이었다. 그리고는 보급마저도 끊겨 버렸다.

"천주님… 왜 이렇게 저를 시험하시나이까? 차라리 생명을 거두어 주십시오."

갈증과 배고픔에 허덕이던 쥬리아는 마침내 이런 헛소리를 하며 뜨거운 바위 위에 앉아 타는 입술과 눈을 들어 하늘을 우러러보았다. 가물 가물한 의식 속에 덕천가강이 나타나서 조롱의 말을 퍼붓기 시작 한다.

'네가 뭐 그리 잘 났다고, 내 청을 거절하느냐? 널 한 번만 안아보려는데, 그것도 안 되겠다는 것은 뭐냐? 널 죽여서라도 내 욕심은 채울 수 있다. 하지만 네 발로 순순히 기어들어와 내 품에 안기기를 바랬거늘…'

그 뒤를 이어 소서행장이 밝은 얼굴로 나타난다.

'쥬리아야, 네가 고생하는 건 주님이 십자가에 매달린 데 비하면 아무것도 아니다. 주님은 널 위하여 골고다 언덕에서 보혈을 흘리셨느니라. 그 피의 댓가를 치뤄야 내가 있는 이곳으로 올 수 있으리라. 선을 위하여 일시적인 목숨을 버리는 것이 영생을 얻는 것만 못하겠느냐?'

문득 눈을 들어 바라보니, 그곳은 감로수가 철철 넘쳐 나는 곳으로 '자, 이 물을 마음껏 받아 마시고 기운을 차려라.'하는 것이 아닌가.

자세히 보니 두 날개가 달린 천사가 거기 있었다. 처음 바닷새가 아닌가 의심도 하였지만, 분명 새가 아닌 수호천사였다.

"선이란게 대체 무얼 뜻하는 겁니까?"

"인간은 본래 하느님의 속성대로 선하게 지어졌느니라. 처음 사람

들이 선악과를 따 먹고 악해져 에덴동산에서 쫓겨나기 전까지는 말
이다.”

“그렇다면 그 선을 어떻게 찾아내어 행해야 됩니까?”

“이미 그 선은 예수님께서 찾아 주시지 않았느냐? 그를 믿고 감사
하는 생활을 해야 한다. 그러자면 미움을 사랑으로 바꿔야 한다.”

바위섬에서의 이 기적같은 체험으로 쥬리아는 온 몸에 힘이 다시
솟는 것을 느꼈다. 매일같이 천사는 생수를 내려주었고, 쥬리아는 그
생수를 받아 마셨다.

“이것 보게나. 아직도 저 여자가 살아 있어.”

죽은 시신이라도 거두어 가려고 다시 온 바위섬에 아직도 살아 있
는 쥬리아를 본 관리들이 오히려 더 놀랐다. 이럴 수 없는 일이었다.
물과 먹거리가 없는 바다 한가운데 외딴 바위섬에서 보름 동안이나
견뎌내고 있다니 있을 수 없는 기적같은 일이었다.

핍진해 있는 쥬리아를 업으려고 등을 돌려대는 관리에게 쥬리아는
오히려 ‘더운 데 그런 수고를 끼쳐드릴 수 없다’며 한사코 걷기를 고
집하였다. 이 정도야 골고다 언덕을 향하여 십자가를 지고 간 주님의
고행에 비하면 아무것도 아니란 말을 입 속으로 중얼거린다.

이러한 기행은 곧 덕천가강에게 보고되었고, 이제는 알아서 마음대
로 처리하라는 마지막 처분이 내려졌다.

“그 악독한 것을 마음대로 처분해라.”

또다시 쥬리아는 일본 본토에서 가장 멀리 떨어져 있는 신진도로
이송되었다. 아무도 찾는 이 없는 절해 고도로 겨우 대여섯 채의 집
이 있을 뿐이었다. 이 죽음의 섬으로 실려 가면서도 쥬리아는 오히려
뱃사공들을 위로하였다.

“저 때문에 너무나 수고들이 많아요.”

호송원이 없었더라면 다른 살 만한 곳으로 데려다 주고 싶은 생각이 날만큼 쥬리아는 뱃사공들에게 친절을 베풀었다. 끌려가는 주제에 무슨 친절을 베풀게 있을까 만은 이제 무인도나 다름없는 섬에 가면 돈이 필요 없을 거라며 루치아에게서 얻은 은화를 저들에게 주어버렸다. 그리고 호송원들에게도 '나 때문에 괜한 수고들이 많다'며 그들을 위해 기도까지 했다.

"천주님. 이들은 아무것도 모릅니다. 그저 윗사람이 시키는 대로 할 뿐인 불쌍한 관리들입니다. 그러니 저들의 집안에 축복을 내리시옵소서."

호송원들이나 뱃사공 모두 이러한 쥬리아에게 감동을 받아 '우리도 돌아가서 그 기리시탄이 뭔지 한 번 알아보세'라는 말을 주고받았다.

어쨌거나 오다 쥬리아는 이제 사람들의 발길이 끊어진 절해고도에 혼자 버려졌다. 유형치고는 너무나 혹독한 형벌이었다. 연약한 여자의 몸으로서는 도저히 혼자 살아갈 수 없는 그러한 환경이었다.

"아니, 어떻게 이런 곳에…"

처음 오다 쥬리아를 발견한 주민들은 이 여자가 왜 이곳에 온 것일까 궁금하게 여겼지만, 이내 무관심해지기 시작하였다. 무관심한 척해야 자기 집에 들어앉지 않으리라 생각하고 있었던 것이다. 첫날은 아무도 그의 존재를 아는 척도 하지 않았다.

그도 그럴 것이 섬 안의 집이라는 것이 방 한 칸 변변한 게 없는 움막이나 마찬가지였기 때문이다. 어디에 이 낯선 여자를 들일 것인가? 차라리 모르는 척하는 게 편하다고 생각했던 것이다.

게다가 호송원으로부터 유배당한 죄인이란 말을 들었을 것이다.

그러나 여기에도 하느님의 뜻이 있었던 것일까? 미리 예비된 섭리가 있었던 것일까? 차라리 이대로 엎드린 채 죽고 말리라던 쥬리아는 신도에서의 기갈과 뱃길에서의 피로를 말끔히 씻고 사공이 안아서 내려준 채로 엎드려 있던 자리를 털고 일어나 앉았다.

"주님, 어찌하여 절 이런 곳에다 버리시옵니까?"

쥬리아는 한동안 이렇게 부르짖었다.

"절더러 어떻게 하라는 말입니까?"

절망감이 엄습하고 뒤이어 극심한 공포로 변하였다가 또다시 알 수 없는 분노로 바뀌었다. 살아가리라. 어떻게 해서든 살아가리라. 살아남는 것이 문제라면, 어떻게 해서든 살아남으리라. 누군가 데리러 올 때까지, 아니면 죽을 때까지는 살아 있으리라.

"주여! 제가 어찌하기를 바라나이까."

쥬리아는 왜 여기까지 끌려와 버림받게 되었는지, 이제부터 어떻게 살기를 바라는지 그 이유와 방법을 묻고 있었다. 그러한 그에게 웃으며 다가오는 한 인물이 있다.

"제 이름은 오가사와라 곤노오조라 합니다. 순뿌에 오신 걸 환영합니다."

머잖아 자기 집에다가 성당을 세울 것이라며, 자주 들려주기를 바란다는 인사를 하는 소립원근지승. 키가 훤칠하게 큰 데다가 잘 생긴 미남이었다.

"교오또의 여자에게서 태어난 히데요시의 아들이래…"

그러나 덕천가강의 호적에 실리지 못하고 오가사와라가의 양자로 입적되어 있다고 했다. 그러한 그가 무슨 말을 어디서 어떻게 들었는지 '출생 환경이 비슷하다'고 들었다며 은근히 동정 섞인 말을 하였다.

"같은 형편이라 들었습니다. 그렇지만, 저도 이렇게 잘 살고 있지 않습니까? 그러니 쥬리아님께서도 용기를 잃지 마십시오. 앞으로는 절 어려워 마시고 무엇이나 힘든 점이 있으면 말씀하세요. 천주님

안에서의 형제자매로 받아들이겠습니다."

동병상린이라고 같은 불행을 안고 태어난 서로의 입장을 이해한다
는 말까지 하였다.

어떻게 출생의 비밀을 알았을까? 그러면서도 그 일에 대해선 더
이상 관심을 보이지 않던 남자. 알 수 없는 신비감에 쌓여 있으면서
도 기리시탄 안에서의 형제자매 그 이상은 가까이도 멀리도 있지 않
던 남자. 솔직히 말하면 쥬리아의 마음을 송두리째 빼앗아간 남자였
다.

'천주님은 이 모든 아픔을 안다'는 신앙심 깊은 위로의 이야기를
들을 때는 마음이 홀가분해졌고, 어쩌면 이 사람에게 몸과 마음을 기
대어 보고 싶은 마음이 일기도 했었던 남자였다.

그는 덕천가강에게서 자기 몫으로 받은 사저를 성당으로 사용할 만
큼 열성적인 신앙생활에 몰두하여 정치에는 관심이 없는 듯 보였다.
그러면서도 준부성 내의 기리시탄은 물론 외부에 있는 선교사들과 연
결시키는 역할을 하고 있는 것으로 보아서는 또다른 뜻이 있는 것
같기도 하였다. 이를 두고 일부에서는 '오사까의 히데요리는 막부들
을 규합해 쇼군이 될 기회를 노리고 있고, 순뿌의 오가사와라 곤노조
오는 안 그런 척하면서도 외국 선교사들의 힘을 빌어 쇼군이 되려 한
다.'는 소문도 나돌고 있었다.

이에 덕천가강은 이러한 말들을 일축하며 헛소문이라고 못 박았다.
"그놈은 그런 욕심이 없는 놈이야. 단지 내가 제 에미에게 잘못 대
해 준다는 원망이 조금 있긴 하지."

그러니 애꿎은 아이 더 건드리지 말라고 일축해 버렸다. 덕천가강
은 이미 셋째 아들 수충에게 쇼군의 자리를 물려줄 준비를 다 끝내고
있었던 터라, 다른 자식들에 대한 걱정은 조금도 하지 않았다. 그러

면서도 주변에서 들려오는 서자에 대한 이러저러한 소문에 대해서 남다른 속앓이를 해오던 그였다.

이러한 부자지간의 불편한 사이를 그 누구보다도 잘 아는 사람이 있었으니 외교고문 금지원숭전이란 자였다. 금지원숭전은 선종의 승려로서 입이 마르고 닳도록 덕천가강에게 기리시탄에 대한 금교령을 내리라고 종용하던 자였다.

그날도 그랬다.

"이 순뿌성 안에 수많은 기리시탄이 있습니다. 때문에 저들을 추종하는 세력이 날이 갈수록 늘어만 가고 있으니 이들을 제거해야만 합니다. 그렇지 않으면 서양 사람들을 자꾸 끌어들여 우리 고유의 일본 전통은 사라져버리고 맙니다. 뿐만 아니라, 저들이 상인들을 위협하여 거래를 중단하는 예가 많아지고 그로 인하여 세입 감소가 이루 말할 수 없는 지경입니다."

그러잖아도 조선 사신에게 톡톡히 당해 기분이 우울해 있던 덕천가강은 외교고문의 말을 귀담아 듣지 않을 수 없었다.

"이 곤찌인 수덴의 말을 들으셔야 합니다. 쥬리아란 조선 여아가 감히 쇼군의 영을 거역하는 것도 따지고 보면 다 그 때문입니다. 기리시탄이기 때문입니다. 그리고 그 기리시탄은 이미 오가사와라 곤노오조와 은밀한 관계를 가지고 매일같이 성당에서 만나고 있다는 소문입니다."

"뭣이라? 곤노조오가 오다 쥬리아와 관계를 맺고 있다고?"

금지원숭전은 여자라면 사족을 못 쓰는 덕천가강의 성미를 이렇게 은근 슬쩍 부추겼다.

"합하! 이 기회에 기리시탄을 싹 쓸고 저들의 재산을 몰수해야 합니다."

관원전투 이후 서군에 붙었던 장수들의 영지를 경도에서 먼 외곽 지역으로 밀어내기는 하였지만 관용을 베풀어 목숨을 거두지는 않았던 것인데, 이제 그게 또다시 화근이 되리란 속삭임이다.

"저들의 대부분이 기리시탄이니까 명분이 서지 않습니까? 국법으로 다스린다는 데에야 누가 뭐라 하겠습니까?"

덕천가강의 귀가 어느 정도 솔깃해진 것을 본 금지원숭전은 이렇게 말했다.

"먼저 이 중놈을 시험해 보소서. 그 조선 아이를 불러 수청을 들게 하여 뜻에 따른다면, 이 중놈의 이야기가 모두 거짓이라 생각하여 저를 벌하시고, 만약 전번처럼 거절하고 돌아선다면 오가사와라 곤노조오와 관계를 생각해서 그리한 것인 줄 믿고 소승에게 상을 내리시옵소서."

일은 이렇게 하여 벌어진 것이다.

그러나 이런저런 내막을 알 수 없는 쥬리아로서는 이 엄청난 시련을 어떻게 감당해야 할 지 예측조차 할 수 없었다. 그 때문에 얼마나 큰 소용돌이가 일어나고 있는 지, 일본 전역에 내려진 금교 조처로 인하여 얼마나 많은 수난의 물결이 일고 있는 지 쥬리아는 그저 연약한 여자의 몸으로 낯선 땅에 버려진 불안감을 떨쳐 버리려고 애를 쓰고 있을 뿐이었다.

그러한 쥬리아에게 소립원근지승이 나타나서 말했다.

"이제는 일어날 때입니다. 언제까지 연약한 모습만 보이시렵니까?"

이 세상에 태어나 처음으로 마음을 빼앗겼던 남자의 말이다. 비록 몸은 서로 바다를 사이에 두고 있는 처지였지만, 그 목소리를 들으니 결코 잊을 수 없는 그리움이 깃들어 있었다.

"뭐라고 하셨나요?"

"사방을 둘러보십시오. 어디서나 할 일은 있는 법…"

쥬리아는 생시처럼 뚜렷이 들려오는 소리를 들으며 자리를 털고 일어났다.

그러한 그녀의 눈에 한 장면이 들어온다. 노파가 갓난아이를 싸안고 경문을 외우며 숨통을 끊으려는 광경이 보였다. 노파는 이제 막 어머니의 자궁 밖으로 나온 영아의 입과 코를 막아 질식을 시키는 '보내기 의식'을 치르려 하고 있는 중이었다. 경문을 외던 노파가 흘깃 낯선 사람을 보자 눈을 피하여 돌아앉는다.

쥬리아는 이 보내기 의식을 대도에서 처음으로 보았다.

"안 되요, 할머니…"

쥬리아는 저도 모르게 달려가 아기를 빼앗아 안았다.

갑자기 나타난 쥬리아에게 아기를 빼앗긴 '보내기 할멈'은 경문을 외다 말고 뒤로 주춤 물러났다.

"안 되요, 할머니… 산 목숨이잖아요?"

가난에 찌든 시골에서는 아이가 태어나면 더 기를 능력이 없어 영아의 숨통을 끊어버리는 관습이 있다. 이 일을 맡은 무당을 '보내기 할멈'이라 부르기도 하는데, 동네에 한 사람쯤 있다. 대개 가난한 집 안에서 아이 둘을 낳고, 셋째부터는 이 보내기 할멈한테 넘겨진다.

할멈은 아직 핏덩이에 지나지 않는 어린 영아의 입과 코를 젖은 물수건으로 막아 숨을 못 쉬게 하거나 손으로 막아 질식을 시킨다. 이런 오지 섬에서는 오랜 세월 동안 그렇게 해온 관습이 있어 장남이 아니면, 장가를 들이지 않고, 한 집에 둘 이상은 기르지 않았다.

이 오랜 관습은 하나의 불문율같은 것으로 허가 받은 살인 행위같은 것으로 일본 전역의 도서지방이나 산간 오지 마을에서 공공연히 행해지고 있는 일이었다.

"이러한 관행은 옳지 못한 일입니다. 기리시탄이라면 당연히 이런 악습을 막아야 합니다."

대도에 귀향을 온 교인들이 이 일을 막고 나선 적이 있었다. 처음엔 막강하게 저항하던 섬사람들도 차츰 그게 나쁜 관행인 것을 인정하고 수그러들었다. 그땐 교인들의 숫자가 워낙 많아 섬주민들도 어찌할 수가 없었다.

그러나 지금은 형편이 다르다. 갑자기 아이를 빼앗긴 노파가 큰 소리로 동네 사람들을 불러모았다.

"마귀가 나타났다…"

갑작스런 소동에 온 동네가 시끄러워졌다.

"네가 뭔데 아이를 살리려 하느냐?"

더 이상은 키울 수 없는 현실인데, 왜 죽을 권리마저도 빼앗느냐고 힐문하는 노파다. 대대손손 그렇게 해서 섬의 식량을 조절해 왔다는 노파의 이야기에 그저 고개만 끄덕거리고 있는 주민들이 있는가 하면 그렇지 않은 사람도 있었다.

아이의 엄마는 아직도 눈물을 흘리며 슬픔에 젖어 있었다. 보아하니 관습적으로 아이를 죽일 뿐, 막상 그 부모들은 그러고 싶은 생각이 없는 게 분명했다.

쥬리아는 아이를 끌어안고 무당에게 큰 소리로 외쳤다.

"아이를 죽이는 건 잘못된 관습이야… 살인이라구요."

그러면서 아이의 부모에게 호소했다.

"아이를 기르기 위해서 일을 더 많이 하면 되잖아요? 바다에는 먹을 만한 것들이 얼마든지 있어요."

동네 사람들의 일부는 이 말에 일리가 있다는 표정을 지었다. 지금까지 오랜 관행으로 그렇게 해왔지 꼭 그러라는 법은 어디에도 없었던 것이다. 쥬리아는 이 틈을 놓치지 않았다. 이미 대도에서의 경험이 있지 않은가.

"나는 조선 사람이에요. 바다를 건너서 왔다구요. 우리 조선에도 오래 전 옛날에는 어린아이를 더 기를 수 없어 애장을 한 일이 있었지요. 그렇지만, 지금은 그러지 않아요."

쥬리아는 아무런 잘못도 없는 아이를 키워 보지도 않고 미리 죽이는 것은 잘못된 관행이라며, 정말 아이를 기를 능력이 없으면 자기가 키우겠다고 나섰다. 그러면서 살인이나 자살은 나쁜 행위라고 일깨워 주었다.

"사람을 죽이는 것은 살인이에요. 나쁜 짓이라구요."

"어디서 이런 악귀가 나타나 가지구…"

무당은 악을 쓰며 귀신이 나타났다고 중얼거리며 떠나자, 뒤를 이어 동네 사람들도 흩어졌다.

"아이를 받으세요."

아이들 돌려받은 애기엄마는 이제 여나믄 살이 되었을까말까 한 처녀였다. 울어서 두 눈이 퉁퉁 부은 이 어린 엄마는 아기를 셋 이상 낳아서가 아니라, 남편되는 사람이 바다에 나아가 돌아오지 않아 부정한 아이를 낳았다 해서 그렇게 되었다는 이야기였다. 남편이 바다에서 돌아오지 않은 일을 두고 어째서 부정한 아이라는 것인가? 쥬리아는 이해를 할 수 없었다.

그러나 어쨌건 이 일로 쥬리아는 부정 탄 아이의 엄마와 함께 기거할 수 있게 되었다. 동네 사람들은 어느 누구도 부정 탄 아이 엄마와 가까이 하지 않았고, 그 친정집과 시댁되는 집에서까지도 나 몰라라 하는 분위기였다.

"섬 안의 모든 일은 무당이 주관하고 있어요."

어린 엄마는 덕분에 아이의 목숨을 구하게 되었다면서 쥬리아에게 섬에서 일어나는 이야기를 들려주었다. 섬은 농사를 지을 땅은 조금 있었지만, 농사를 지을 기술이 없어서 겨우 바다에 나아가 해산물을 채집하거나 고기를 잡아먹는 게 고작이라고 했다.

"일 년에 한두 번 뭍에 나가 필요한 것들을 사 와요."

이때는 마을에 필요한 물품을 공동으로 구입해 온다. 그 일을 맡은 자가 무당이기 때문에 그에게 잘못 보이면 심부름을 해주지 않는다는 것이다.

"올해는 칼을 사다 주기로 약속을 했었는데…"

벌써 몇 년째 벼르고 별러서 칼을 하나 구입하기로 했는데, 무당의 비위를 그르쳐 그게 이루어질 지가 걱정이라는 아이 엄마의 말이다.

"칼을요?"

"여기선 칼이 없으면 아무 일도 못해요."

섬에서는 무슨 일을 하려면 칼이 필요했다. 고기를 썰던지 나무를 하던지 칼이 필요한데 쇠붙이로 만든 물건은 뭍에 나가야 구해 올 수 있다. 돌을 다듬어서 칼 대신 쓰는 집과 진짜 쇠칼을 가지고 있는 사람의 생활 정도는 다르다. 석기시대와 철기시대의 차이였던 것이다. 이러한 심부름까지 무당이 도맡아 한다는 것이다.

쥬리아는 아무 말없이 가슴에 품고 있던 장도를 아이 엄마에게 내주었다.

"칼이 그렇게 필요하면 이걸 쓰세요. 우리 오마니가 주신 거예요."

"어마나…"

아직 자기 이름조차도 갖지 못한 애기 엄마는 쥬리아가 내미는 은장도를 보고는 깜짝 놀란다. 이렇게 아름다운 칼은 처음 보았기 때문이다. 섬에서 필요한 칼은 그저 쇠붙이를 갈아 고기나 나무를 자를 때 사용하는 연장에 불과한 도구였기 때문이다.

섬에서는 칼을 가지고 있는 집이 두 집 밖에 없었다. 그래서 무슨 일이 있으면 칼이 있는 집으로 빌리러 가야 했다. 그러자면 자연적으로 그집 일을 거들어 주지 않을 수가 없다. 또한 밉보이지 않으려고 고개도 숙여야 한다. 칼을 가진 집과 못 가진 집에 따라 그 지위와 처신이 달라질 정도다.

"이렇게 귀한 걸요."

선뜻 칼을 가지라고 내미는 쥬리아를 바라보는 아이 엄마의 눈에 눈물이 글썽인다. 귀중한 물건을 아무렇지도 않게 내주다니…

"우리 아버님이 오마니에게 주신 정표였답니다."

"그렇게 귀한 걸 절 주시다니 당치 않으십니다."

"괜찮아요. 이제 그런 정표 따윈 필요가 없게 되었어요."

"어째서요?"

"이제 다시는 이 섬 밖으로 나갈 수 없을 테니까요."

쥬리아는 아이 엄마가 알아듣지 못할 조선말로 말했다.

'이곳이 내 무덤이 될 테니까요.'

이 날부터 쥬리아는 바닷가에서 해초를 채집하고 산이라고 할 수도 없는 언덕이었지만, 산 위에 올라가 땔감을 줍고 먹을 걸 준비하는 생활 터전을 마련하였다. 아직도 보내기 할멈은 반감을 품은 눈길로 모녀와 쥬리아를 본 둥 마는 둥 아는 체를 하지 않았고 마을 주민들은 누구 편을 들어야 할지 서먹서먹한 분위기였다.

그러나 이 서먹함도 그리 오래 가지는 않았다.

동네 노인 중에 등창이 오래 되어 고질병이 된 사람이 있었는데, 우연히 이를 본 쥬리아가 느릅나무 속껍질을 벗겨 만든 고약을 바르게 해서 상처가 말끔히 치유된 일이 생겼다. 바닷가 사람들은 소금물에 살기 때문에 웬만해서는 상처가 덧나지 않는데, 이 노인은 바위에 떨어져 다리가 부러지고 상처를 입어 오랫 동안 물질을 나가지 않았기 때문에 그게 악창으로 변질되어 고생을 한 것인데, 기적같은 일이 일어났다.

"그 조선 처녀가 신통한 의술을 가졌나 봐."

이를 지켜본 섬사람들은 차츰 쥬리아가 특별한 능력을 가진 여자라 믿기 시작하였고, 저마다 아픈 곳을 하소연해 왔다. 쥬리아는 어머니에게 배운 몇가지 민간요법으로 이들을 정성껏 치료해 주었다.

또 한편 쥬리아는 이러한 민간요법을 아낌없이 섬사람들에게 전수시켜 주었다. 이렇게 해서 쥬리아는 차츰 섬사람이 되어갔다.

그러면 그럴수록이 섬사람들을 무지에서 깨우쳐 주어야겠다고 굳게 다짐했다.

"아이의 이름을 지어야겠어."

쥬리아는 아이 엄마도 이름이 없는 데다 아이조차 이름이 없어 뭐라고 불러야 할지 몰라 두 사람의 이름을 지어야겠다고 말하였다.

"아이의 이름을요?"

어차피 쓰고 부를 필요도 없을 아이의 이름은 지어 무엇에 필요하겠느냔 말투다.

"그래도 사람은 부를 이름이 있어야 해요."

지금까지 이름없이 살아도 전혀 불편함이 없던 섬사람으로서는 그깟 이름이 무슨 필요가 있느냐고 했다. 필요하면 그저 '이봐'나 '저봐'라고 소리만 치면 되었던 것이다.

"애기 아빠는 성이 뭐였어요?"

"성요? 이 섬에는 그런 거 없어요."

그 동안 섬사람들은 이름도 성도 없이 살아왔다고 한다. 서로 부를

일이 있으면 그때마다 편리한 구호를 소리쳐 부른다는 이야기다. 예
컨데 '거기 있는 사람' 아니면 '어이' 애매한 호칭이었다.

"대대로 아이 아빠의 성도 없었다니까, 내 본래의 성을 따서 이가
로 하고, 이름은 지금의 내 성인 오다로 해요. 이오다… 그러니 이
제부터 아이의 이름은 이오다예요."

"이오다? 이오다…"

오다의 엄마는 신기한 듯 '이오다'를 몇 번 발음해 보고는 킥킥 웃
는다. 아무래도 이름을 갖는다는 게 쑥스러운 모양이다.

이 섬에서 이름을 갖고 있는 사람은 무당 혼자 뿐이었다. 그 혼자
만이 유일하게 섬 밖을 나갔다 온 사람으로서 바깥 세상에 무엇이 있
는 지 어떻게 사는 지 그 외엔 아무도 모른다.

몇번 그를 따라 바깥 출입을 했던 사람들은 하나씩 죽어 없어지고
지금 남아 있는 사람들은 그야말로 이름도 성도 없는 무지랭이들로
무당에게 의존하는 수밖에 별 도리가 없는 사람들 뿐이었다.

그러한 섬에 오다 쥬리아가 등장한 것은 일대 사건이 아닐 수 없었
다. 게다가 처음부터 쥬리아가 한 행동은 무당에 대한 도전이었으므
로 호시탐탐 반전의 기회를 노렸다. 그런데도 쥬리아를 함부로 어떻
게 할 수 없었던 것은 배를 타고 오면서 보여준 오다 쥬리아의 기도
에 감화를 받은 호송원이 남기고 간 말 때문이었다.

그때 호송원이 뭐라고 말했던가?

'이 조선 처녀는 쇼군의 총애를 받던 사람으로 지금은 유배생활을
하고 있지만, 언젠가는 다시 불려갈 지 모르니 함부로 대했다간 큰
일 날 줄 알아라.'

그러나 무당은 동네 사람들조차 자기를 버리는 듯한 느낌을 더 참
지 못하고 쥬리아를 찾아와 섬을 떠나라고 윽박질렀다.

“이 섬을 떠나라.”

“나도 떠나고 싶지만, 내 맘대로 할 수 있는 일이 아니다. 나랏님
이 나를 이곳으로 보냈으니, 네가 상관할 바가 아니다.”

쥬리아는 이럴 때일수록 담대히 맞서야 한다 생각하고, 오히려 큰
소리를 쳤다.

“너를 보낸 나랏님이 누구냐?”

“도꾸가와 이에야쓰님이시다.”

“도꾸가와 이에야쓰? 난 그런 사람 모른다. 나는 도요토미 히데요
시님께서 이 동네 구장으로 삼으셨으니, 이 섬은 내가 다스릴 권리
가 있다.”

쥬리아는 이 무당이 세상 돌아가는 줄 모르는 우물 안 개구리인 것
을 금세 알아차렸다. 그러니까 도요토미 히데요시가 집권을 할 당시
바깥출입을 한 번 해 보고는 아직 본토를 건너가 본 일이 없다는 것
이 증명된 셈이다.

“세상이 바뀐 줄도 모르나요? 도요토미 히데요시는 벌써 죽었고 지
금은 도구까와 이에야쓰가 일본을 다스리고 있어요. 나는 그가 사
는 순뿌성에서 온 사람이에요.”

그러면서 쥬리아는 이제부터 이 섬에서는 절대로 영아를 죽이는 일
은 있을 수 없다고 엄포를 놓았다.

“갓난아이를 죽이는 보내기 할멈같은 짓은 터무니 없는 미신이라구
요. 앞으로는 절대로 그런 일은 용서 못해요.”

그러면서 쥬리아는 장도를 꺼내어 거기 새겨진 용무늬를 가리키며,
‘내 말은 이 칼을 내게 주신 지엄한 분의 명령’이라며 무당의 위세를
꺾었다.

칼을 본 동네 사람들은 두 손을 머리 위로 올려 엎드려 비는 시늉

을 하며 쥬리아의 말을 따르겠노라고 맹서를 한다. 섬사람들은 막연하게 신칼에 대한 믿음을 가지고 있었던 것이다.

언젠가는 신칼을 가진 자가 이 섬을 통치할 것이라는 전설이 입증된 셈이다.

'신칼'

용무늬가 새겨진 이 칼이야말로 신칼이 아니고 뭐란 말인가? 바다에서는 용이 최고의 영물이다. 어디서 용무늬가 새겨진 칼을 가진 자가 나타날 것인가?

그러니 저들은 신칼을 가지고 있는 오다 쥬리아에게 업드려 빌 수밖에 더 있겠는가.

"살인은 나쁜 짓이에요. 그 누구도 한 번 태어난 목숨을 우리가 마음대로 죽이지 못해요. 이는 하느님이 인간에게 준 가장 큰 축복이기 때문이에요."

쥬리아는 저도 모르게 입 밖으로 나오는 말을 신기해 하면서도 이렇게 말했다.

"하느님이 우리 인간을 이 세상에 태어나게 하기 위해서는 미리 먹을 걸 준비해 놓고 있기 때문에 그 일을 걱정할 필요는 없어요."

쥬리아는 굶주림에 지친 꼬레오의 아이들을 가르치던 신부님이 늘 하시던 '공중에 나는 새를 보라. 저들은 먹을 걸 걱정하지 않아도 하느님이 알아서 먹여 주신다.'는 성경 구절을 떠올리며 열심히 저들을 타이른다.

"바다에 나가서 고기 한 마리를 더 잡으면 해결되는 일입니다."

쥬리아는 바다의 고기를 누가 길러서 잡느냐고 물었다. 산에 나무를 누가 심어서 베어다 땔감으로 쓰느냐고도 물었다. 이 모든 것들은 하느님이 우리 인간을 위하여 미리 준비해 놓은 것이라 설명해 주었다.

"모자라면 얼마든지 더 주시는 하느님이십니다."

무당은 일단 칼을 보고 기가 꺾이긴 했지만, 아직 분이 풀리지 않은 채로 돌아가 버렸다.

"노파가 그냥 있지는 않을 거예요."

이오다의 엄마는 반드시 노파가 해코지를 해올 것이라고 염려했다. 무당에게 반기를 든 사람은 보복을 당했다는 이야기였다. 모르긴 몰라도 이오다의 아버지되는 사람도 노파의 미움을 사 실종된 게 아닌지 모르겠다는 의혹도 제기했다. 무당은 섬사람들 중에 자기 입지에 도전하는 사람을 그냥 내버려두지 않는다고 말했다.

쥬리아는 크면 큰 대로 작으면 작은 대로 권력을 휘두르는 사람들을 지금까지 수없이 많이 봐 왔다. 그렇지만 이렇게 작은 동네에서까지 권력을 행사하려는 일이 있다는 게 소름 끼치도록 무섭다.

"천주님, 이 일을 어떻게 하면 좋을까요?"

쥬리아는 밤새 기도했다.

"쥬리아야, 걱정 마라. 네가 있는 곳에 내가 있을 것이다."

쥬리아의 기도에 응답이 왔다. 땅끝까지 복음을 전파하라는 그 말씀의 땅끝이 바로 여기라는 것이었다.

수천 수만의 대중들을 감동 감화시키는 것도 중요한 일이겠지만, 땅끝 구석에 숨은 저들에게 내 복음을 전파하는 것이 더 귀중한 일일 수도 있느니라는 음성이었다. 이 소리는 이 땅의 소리가 아니었다.

"작은 일에 네 정성과 목숨을 바쳐 충성하라."

소리의 주인공은 어린 목숨 하나를 살리는 일도 영혼을 구제하는 일이라며, 때로는 그 임무 하나를 완수하기 위하여 태어나는 목숨도 있다 한다. 왜냐 하면 그 하나하나의 영혼이야말로 하느님이 손수 지으신 자식들이기 때문이라는 것이다.

"나는 내 자식들을 한없이 사랑하느니라…"
쥬리아는 소리가 난 곳을 바라보려고 눈을 먼 데 하늘로 돌렸다.
거기 길게 유성 하나가 빛을 발하며 멀어져가고 있는 것이 보였다.

— 끝

✽ 이 책을 끝내면서

　여기서 오다 쥬리아가 어떤 생활을 하다가 갔는 지는 섬에 남아 있는 '오다아네 명신'이라고 새겨진 비문을 통하여 짐작할 수 있다.
　이 비석은 세워진 지가 이미 오백 년이나 된 사당으로 '오다'는 이름이고 '아네'라는 말은 존경하는 무인에게 붙여지는 존칭이라고 한다.
　도대체 오다 쥬리아가 신진도 사람들에게 어떻게 했길래 무사들에게나 붙여지는 '아네'라는 존칭어가 이름 뒤에 수식되어 남았을까?
　또 대도에서 신도로 가기 위해 배를 타는 선착장을 '오다아 하마'라고 부르는데, 이 이름 역시 오다 쥬리아를 기리기 위해 붙여진 이름이라고 한다. 그렇다면 오다 쥬리아는 이 신진도 뿐만 아니라, 처음 그가 한 달 동안 귀양살이를 했던 이두의 대도에까지 널리 퍼졌다는 증거가 아닌가?
　도대체 무슨 일을 어떻게 했을까? 섬사람들이 신으로 떠받들어 사당을 짓고 모셨을 정도라면, 그의 마지막 생의 유배생활이 어떠한 것이었는지를 짐작하고도 남게 한다. 그리고 하느님도 그의 기도에 응답했을 것이라는 믿음을 갖기에 충분한 증거가 되리라.
　이를 두고 일본 사가들은 이렇게 전하고 있다.
　빛나는 신앙의 불을 끄려했던 덕천가강은 점점 후세 사람들의 머리 속에서 사라져갔고, 그 자자손손들의 무덤마저 파헤쳐져서 텔레비젼 탑이 서 있지만, 신앙이 깊은 생활과 가난하고 연약한, 전쟁 포로로 잡혀 온 한 여성의 생애와 그 신앙의 항거는 영원히 사라지지 않고 현재까지 섬사람들이 기념하는 민속적 증거로 변하여 뚜렷이 남아 있다.

그렇다면, 이러한 습관이 민속으로 남아 있는 뚜렷한 증거란 무엇을 말하는 것일까? 해마다 신진도를 비롯한 이 일대의 섬에서는 오다 쥬리아제를 열어 그의 뜻을 기리는 민속 축제를 연다. 거기 '보내기 할멈'의 폐해를 주제로 한 전통극이 등장한다. 보내기 할멈에 의해서 죽어간 생명이 그 얼마이며, 쥬리아가 그 일을 막는 전통을 세우지 않았더라면, 그렇게 죽어간 아이가 또 얼마일 것인가?

땅끝까지 복음을 전파하라는 사명은 이래서 생긴 게 아닐까? 오늘날에도 이 사명은 끊임없이 주어지고 있고, 그 누군가는 이 사명을 다 하기 위해서 어딘지 알 수 없는 곳을 향하여 가고 있는 것이 아닐까? 또 혹시 그 사명을 완수하기 위하여 오늘도 이러저러한 연단을 받고 있는 것이 아닐까?

나는 오다 쥬리아 역시, 그러한 섭리에 의해 그렇게 태어나고 또 그렇게 죽어간 것이 아닐까 생각한다. 나 또한 그러한 오다 쥬리아의 생애를 소설로 쓰기 위해 작가로서의 연단을 받지 않았나 하는 생각을 해 본다. 이게 내 처음이자, 마지막 소설이 될 것임으로…

풀과 나무의 집에서 표 성흠 씀